古典文獻研究輯刊

四　編

曾永義　主編

第 **28** 冊

王安石文風轉變特色之研究
——以中晚年文章爲討論中心

沈　秀　蓉　著

國家圖書館出版品預行編目資料

王安石文風轉變特色之研究——以中晚年文章為討論中心／
沈秀蓉 著—初版—新北市：花木蘭文化出版社，2012〔民
101〕
目 6+212 面；19×26 公分
（古典文學研究輯刊 四編：第 28 冊）
ISBN：978-986-254-777-9（精裝）
1.（宋）王安石 2. 宋代文學 3. 文學評論
820.8   101001751

ISBN-978-986-254-777-9

9 789862 547779

古典文學研究輯刊
四 編 第二八冊   ISBN：978-986-254-777-9

王安石文風轉變特色之研究
──以中晚年文章爲討論中心

作　　者　沈秀蓉
主　　編　曾永義
總 編 輯　杜潔祥
出　　版　花木蘭文化出版社
發 行 所　花木蘭文化出版社
發 行 人　高小娟
聯絡地址　新北市永和區中正路五九五號七樓
　　　　　電話：02-2923-1455／傳眞：02-2923-1452
網　　址　http://www.huamulan.tw 信箱 sut81518@ms59.hinet.net
印　　刷　普羅文化出版廣告事業
初　　版　2012 年 3 月
定　　價　四編 32 冊（精裝）新台幣 52,000 元

王安石文風轉變特色之研究
——以中晚年文章爲討論中心

沈秀蓉　著

作者簡介

沈秀蓉，國立臺灣師範大學國文研究所碩士班畢業。

提　要

　　本論文由王安石文學觀及實際作品呈現的風格，來觀察其中、晚年文風轉變的特色。在閱讀王安石作品的過程中，發現其一生的文學觀，並非完全延續早年在文章中所提到的「文貴實用」觀念。王安石中年的文學觀主要是落實政治理念，大抵不離致用之意，但晚年的文學觀由積極偏向消極，追求適意，而不求實用。

　　王安石一生文風不變之處在於「文如其人」，因為如此，所以文章能反映出他心境的轉變，包括執政時的強勢、變法失敗的挫折到退隱之後的調適。此外，他的文風也有變化之處。他中年的文章以議論文為主，特色在於大量且自然地援引儒學經典入文，不論建議制度或是商討國政，都能引用三代聖人施政的立意或言論為佐證。也因為學識根柢厚實，文才又高，所以能夠在理學家與文人的文章風格之外另闢途徑，自成一家之言。王安石晚年的文章，內容由議論轉向抒情，和婉中帶有衰疲之氣，少數篇章不失剛直。整體而言，中年為文的氣勢消退，議論收束，書寫回歸文章體類本身的特色。文中援引佛學義理的比例增加，佛學對晚年的王安石亦有看淡世事的助益。

　　王安石的詩風於二度罷相回金陵之際有所轉變，大抵由議論轉為閒淡自得，文風也在相近的時間點產生變化，不過因為詩風轉折的幅度較文風來得明顯，所以多為學者注意。其實由文章更能看出王安石罷相之後與皇帝的互動關係，此時自傷自責、抒發感慨的哀愁情緒，與中年輔政、得君行道的自信形成強烈的對比。

　　宋人多立足於「平易」的時代共相 來讚美王安石中晚年的文學。明人比較注意其個人風格，包括文本六經、簡古。明人已注意到王安石中年以前峭健奇崛的文風，而清人更以此風格來檢視他中晚年的文章，不知不覺強調王安石作品中奇崛文風所佔的比重。進入民國，沿襲此觀念，王安石文風奇崛峭健便持續流傳，為人所知。後人學習王安石文風，也多以奇崛峭健為主，少學晚年淡樸的風格。

　　宋人批評王安石中晚年的文學，不免受到政治立場的影響而有所偏頗，多攻擊其人、文學主張。明人就文學持平而論，比較王安石與其他古文家的優缺點。清人之後，則提出王安石與韓愈在文風的承繼關聯，指出他學韓不足之處。

　　透過研究王安石中晚年文風的轉變，發現各個時期的特色，不再只偏重他早年的文風、文學觀，能夠讓今人更全面了解王安石一生的創作歷程與文學成就。

目

次

第一章 緒 論

第一節 研究動機與研究目的

宋代重視文臣，太祖（960～976 在位）有令不殺言事官，〔註1〕仁宗（1023
～1063 在位）慶曆時期（1041～1048），士大夫「自覺需擔負天下重任」的意識
逐漸覺醒，〔註2〕「皇帝與士大夫同治天下」的呼聲不斷，〔註3〕宋代文人在政
治上的地位愈來愈重要，〔註4〕王安石（1021～1086）則是當時能夠左右政局的
大臣之一。王安石於慶曆二年（1042）考取進士，在地方為官十餘年，嘉祐四
年（1059）呈〈上仁宗皇帝言事書〉（卷三十九），〔註5〕得見他蘊積已久的圖變

〔註1〕 《宋史·曹勛傳》：「藝祖有誓約藏之太廟，不殺大臣及言事官，違者不祥。」
見〔元〕脫脫等撰：《宋史》（臺北：鼎文書局，1983 年 11 月），卷三百七十
九，頁 11700。宋太祖〈戒約〉：「不得殺士大夫及上書言事人。子孫有渝此書
者，天必殛之。」見曾棗莊、劉琳主編：《全宋文》（上海：上海辭書出版社、
合肥：安徽教育出版社，2006 年），第一冊，頁 197。
〔註2〕 見錢穆：《國史大綱》，收入《錢賓四先生全集》（臺北：聯經出版社，1998
年 5 月），第三十二章〈士大夫的自覺與政治革新運動〉，頁 623～650。
〔註3〕 見余英時：《朱熹的歷史世界》（臺北：允晨文化，2007 年 1 月），自序二，頁
18、19。
〔註4〕 可參考劉子健：《兩宋史研究彙編》（臺北：聯經出版社，1997 年 4 月），〈引
言〉，頁 5。北宋中期之後，高級士大夫的言論已經具有左右朝政的影響力，
而君權負責最後採納與拒絕的決定。
〔註5〕 見〔宋〕王安石：《臨川先生文集》（臺北：臺灣商務印書館，1965 年 8 月）
（四部叢刊初編集部，據上海商務印書館縮印明刊本）。本文所引王安石文章
除了在篇章之後註明《王文公文集》之外，均出自此書，下為避繁瑣，除非
同一個段落中有好幾段引文出自同一篇文章而以註腳說明，不然只在引文後

思想，後來熙寧變法所提出的具體政策，也大致在這篇文章中一一點出。熙寧元年（1068），二十歲的神宗（1068～1085在位）即位，欲勵精圖治，詔王安石越次入對，相談甚歡，開啓熙寧年間「上與介甫如一人」的君臣情誼，〔註6〕在皇帝的支持之下，王安石推動了熙寧變法。變法對於四十八歲的王安石而言，不只是人生的轉捩點、長期以來理想的付諸實現，更影響到文風的呈現。

在宋代文壇，講求實用、重視議論的文風並不算突出，王安石之所以重要，在於他的議論文章寫得好，在時代共相中著實存在與其他人不同的殊相。所以結合他的文學觀、作品、學術思想與政治歷程作爲研究主題，不僅能反映北宋文人身兼政治家、學者、文人身分的特色，〔註7〕更能得見王安石在宋代議論潮流中獨特的文學成就。葛兆光（1950～）曾說：「在宋代文學中比較普遍的情況，是繼承『詩以諷諫』、『文以明道』的觀念，把文學當作政治與教化的工具。」〔註8〕王安石早期的文風即是如此，但晚年文章在失去了明確的政治目的之後，政治含義卻仍然潛伏其中，外在政治紛擾與王安石內心調適退隱的拉鋸過程十分引人入勝，尙待我們去發掘。

文學觀主導了作家文風走向，王安石在熙寧變法之前就已經提出「以適用爲本」的文學觀，〔註9〕但眞正能將經世致用內容大範圍地落實到生活中，卻是在熙寧變法時。宋代雖然不乏憂國憂民，力勸改革，貢獻施政方針的文人，但眞正能得君行道，甚至援經致用的學者，非王安石莫屬；再加上他熙寧九年（1076）卸下相位，對文學的看法與個人心境的轉變，使得王安石的

標註卷次及篇名。

〔註6〕 見〔元〕脫脫等撰：《宋史》，卷三百一十二，〈曾公亮傳〉，頁10234。

〔註7〕 王水照說：「宋代士人的身份有一個與唐代不同的特點，即大都是集官僚、文士、學者三位於一身的複合型人才，其知識結構一般遠比唐人淹博融貫，格局宏大。」又說：「政治家、文章家、經術家三位一體，是宋代『士大夫之學』的有機構成。」見王水照：《宋代文學通論》（高雄：高雄復文圖書出版社，2000年6月），緒論，〈宋型文化與宋代文學〉，頁29、30。楊慶存作了更深入的詮解：「宋代優越的社會環境和濃厚的文化氛圍孕育了眾多的傑出人才。僅就作家而言，其知識結構大都淹博融貫，呈多能化、複合型，往往集政治、文學、學術於一身，湧現出很多通才作家，且多以斯文自任，具有強烈的歷史責任感和鮮明的群體意識。」見楊慶存：《宋代散文研究》（北京：人民文學出版社，2002年9月），頁72。

〔註8〕 見章培恆、駱玉明主編：《中國文學史》（上海：復旦大學出版社，1996年3月），中冊，頁298。宋代文學部分是由葛兆光執筆。

〔註9〕 見〔宋〕王安石：《臨川先生文集》（四部叢刊初編集部，據上海商務印書館縮印明刊本），卷七十七，〈上人書〉，頁490。

實用文學觀在中、晚年有了後續不同的發展。後人大多注意王安石峭健拗折的議論文章，卻少談中晚年政治失意、調適心情的文字，相較於重視其他作家的貶謫遭遇、應對心態，對於王安石失意情緒的關注顯然不足。其實正因為王安石曾位居宰輔，又對變法十分有自信，卻因變法失敗而默然退隱，在環境、心境落差極大之下產生的中晚年文字，更值得研究。由於王安石已經在文章中明確交代早年的文學觀，所以本論文其中一個重點在於中、晚年文學觀的梳理上。中年以後，王安石很少再談到他對文學作品的觀點，可是我們可以由實際的作品觀察文學創作的傾向，修正或甚至重新定義王安石中晚年的文學觀，而非呈現「以早年的看法總括一生作品」的局面。更何況王安石中年為宰輔，晚年近似隱居的生活境遇也絕非他能事先預料，如果一味以早期意見為主，恐有失偏頗，故筆者選擇中年與晚年二個時期，除了看王安石掌握政治實權時如何同時運用文字容納實用思想，更要看退隱之後，作品風格的實際變化。一方面以詩文風格轉變作印證，一方面也對照早期的文學觀，希望能比較真實地反映出王安石創作的面貌。

　　王安石名列唐宋古文八大家，他的古文寫作向來受到肯定，相對於古文，卻很少人去探討王安石的駢文作品。如果透過共觀古文、駢文的寫作，能夠更全面了解王安石中、晚年的創作歷程，觀察作者書寫時的情緒是否漫越不同文體之間，也就是相近時間的相同情緒，是否共存於不同的文體中？當古文文風產生變化時，駢文的對應情形又是如何？主要應用於公文制誥類的駢文，在王安石退隱至江寧之後，數量、主題、風格和古文作品的變動是否相似？吉川幸次郎（1904～1980）認為王安石詩作以抒情為主，並說：「事實上，他詩中的抒情味，在同代各家中，的確是最濃厚。」〔註10〕程杰（1959～）也指出王安石對詩、文的態度不同，他說王安石所謂的文就是「書之於策的治教政令，就是治教政令的表達」，而從言志傳世的藝術角度來肯定詩歌的價值。〔註11〕王安石對詩、文的觀感、要求有別，那麼對於古文與駢文是否也有類似的自覺？這樣的書寫心態又該如何解讀？由此不僅能得見王安石的文學觀點，也能看出他擇取文體的態度。

〔註10〕見吉川幸次郎著、鄭清茂譯：《宋詩概說》（臺北：聯經出版事業，1977 年 4月），第三章第一節，〈王安石〉，頁 129。
〔註11〕見程杰：《北宋詩文革新研究》（臺北：文津出版社，1996 年 12 月），第九章〈王安石、曾鞏等淮南、江西文人與詩文革新的深化〉，頁 220～224。

　　程杰認爲王安石詩風應以熙寧末年罷相作爲畫分，著眼於地域環境的轉變，王安石離開中央，退居江寧，心態也隨著轉變，作詩避免涉及時事，熙寧時期那些充滿抗爭意味的詩作自然減少。〔註12〕張白山（1912～1999）也認爲王安石隱居江寧蔣山的半山園，所創作的詩篇，脫離政治、社會現實，和早年的文學主張有所差別，〔註13〕劉正忠（1968～）說：「他（按：王安石）由早年的『詩語惟其所向』發展到晚年的『詩律精嚴』，正是以法度收攝意氣的結果。進一步來說，把『悲壯』融入『閒淡』，把『奇崛』融入『尋常』，把『妖冶』融入『老成』。」〔註14〕李春桃（1977～）則說：「學術界一般把王安石熙寧九年（1076）十月第二次罷相至哲宗元祐元年（1086）逝世稱爲王安石的後期或晚期。」〔註15〕王安石退隱金陵前後，詩風產生轉變已有共識，但目前仍舊缺乏對王安石文風轉變的探討，尤其早年與晚年的詩風相差甚遠，文風是否也有同樣的轉折？又爲何學者們多注意到詩風的轉折，而少談論文風的變化？也能於觀察文風轉折的過程中一併探討。對於王安石詩作風格的轉變，前人已有著墨，但對於王安石文章的研究，尚無人以「時期區分」作爲專文撰寫的架構，也還沒有人梳理他中晚年文學觀及文風特質轉變的情形，這是筆者主要努力的方向。

　　王安石博學多聞，他的作品除了和政治相關，也受到濃厚的學術氛圍所習染。因此要觀察王安石的文風轉折，除了政局的變動，王安石的治學態度也是重要的關注焦點。儒學與佛學在王安石一生治學過程中佔有重要地位，不過早年、中年期間，儒學思想成分較爲濃厚，二度罷相之後，轉而鑽研佛學，佛教相關題材出現在作品中的比例便明顯提高。其實儒家與佛教思想二者皆並存於王安石的生命中，並非早年、中年絕無沾染佛教義理，也不是晚年就完全遠離儒家，只是哪一家的思想爲某個階段的主要思想代表，影響較大而已。

　　王安石中年時期的學術與政治關係密切，除了大都爲新法論政發聲之外，熙寧元年（1068）爲侍講，也爲講經者是否得以賜坐而上奏皇帝。熙寧六年至八年修撰《三經新義》，重新詮釋《尙書》、《詩經》、《周禮》，作爲科

〔註12〕同前註，頁235～238。

〔註13〕見張白山：《王安石》（上海：上海古籍出版社，1986年8月），頁61。

〔註14〕見劉正忠：《王荊公金陵詩研究》，第六章，〈結論〉，頁244。

〔註15〕見李春桃：〈論王安石晚期思想與詩歌〉，《綏化學院學報》（2005年2月），第二十五卷第一期，頁70。

舉定本，〔註16〕也招致兩極化的評價，豐厚的儒學根柢影響到他的寫作。

晚年佛學對王安石的影響漸趨明顯，北宋文人多爲捍衛儒家地位而有排佛言論，但一方面卻與佛教中人來往。〔註17〕王安石並無明顯的排佛言論，不僅閱讀佛典，與僧人時常往來，〔註18〕文章中更援引佛教文字，與朋友討論佛教義理，這樣的轉變對王安石而言，在文風與心境上各代表什麼樣的意義？

王安石的文章在宋代的評價兩極化，到了明代，地位明顯提昇。王安石文風的評價如何轉變？歷代文人對他中晚年文風的看法又是如何？他的主要文風特色至何時被提出、鞏固，以及對後代學子的影響爲何？可以藉此了解王安石文風由宋代至今，爲後人詮解的演變歷程。

因此，本論文預期討論以下的問題：

一、配合客觀的政治局勢及作者的才性特質，梳理王安石文學創作的背景。

二、觀察政治、儒學對王安石中年文風的影響，以及佛學在他晚年文風、心境的轉變所代表的意義，加上實際閱讀作品，歸納出王安石中、晚年的文風特色，並對照古文與駢文發展情形的異同。

三、觀察王安石早年、中年、晚年文學觀的異同，藉著檢視中、晚年古文及駢文增減的比例、用途及風格，修正王安石實用文學觀即爲一生文學觀的印象，爲中、晚年的文章找出更貼近的創作主軸，並勾勒出中、晚年文風的轉折，補足現今研究忽略其文風轉變之處。

四、比較王安石文風與詩風轉折情況的異同，且探討爲何學者多論詩風轉折，而少提及文風的變遷。

五、嘗試由中、晚年書寫在王安石整體創作中的特色，來說明中、晚年書寫對於王安石個人的意義。

六、觀察文人對王安石中晚年文風的評價，以及其代表性文風建立的過程、對後代的影響。

〔註16〕《宋史・選舉志》：「帝嘗謂王安石曰：『今談經者人人殊，何以一道德？卿所著經，其以頒行，使學者歸一。』八年，頒王安石書、詩、周禮義于學官，是名《三經新義》。」見〔元〕脫脫等撰：《宋史》，卷一百五十七，頁 3660。

〔註17〕見張煜：《王安石與佛教》（上海：復旦大學博士碩文，2004 年），第一章第二節〈宋代的排佛與調和論者〉、第三節〈宋代士大夫與佛教〉，頁 8～24。

〔註18〕可參照洪雅文：《王安石禪詩初探》（臺北：華梵大學東方人文思想研究所碩士論文，2000 年），第三章第三節，〈交遊人物〉，頁 36～49。張煜：《王安石與佛教》，第二章第二節，〈王安石禪林交遊考述〉，頁 35～47。

第二節 「文風」的界定

姚鉉（968～1020）編《唐文粹》、呂祖謙（1137～1181）編《宋文鑑》，都收錄詩、賦……等韻文。姚鉉在自序中介紹此書收錄作品範圍：「古賦、樂章、歌詩、贊、頌、碑銘、文論、箴、議、表奏、傳錄、書序，凡爲一百卷，命之曰《文粹》。」〔註19〕《宋文鑑》也是收錄賦、詩、詔誥、奏疏……等各種體類文字，周必大（1126～1204）爲《宋文鑑》作序說：「賦、詩、騷則欲主文而譎諫；典策詔誥則欲溫厚而有體；奏疏表章取其諒直而忠愛者；箴銘贊頌取其精愨而詳明者，以至碑、記、論、序、書啓、雜著，大率事辭稱者爲先……復謂律賦經義，國家取士之源，亦加采掇，略存一代之制。」〔註20〕劉師培（1884～1919）說：「古人詩賦俱謂之文。」〔註21〕可見古人界定「文」的範圍相當廣泛，而本論文題目中的「文章」指王安石的賦作、古文與駢文作品，「文風」則是指這些作品呈現的風格，〔註22〕本論文研究過程主要關注他中、晚年文章風格的轉變。

第三節 研究範圍

一、「中晚年」的年限

前人研究大致將王安石的生平分爲青年、中壯年、晚年三個階段，包括蘊蓄時期、在京爲官、居喪講學、執政變法、退隱鍾山五個時期。如江珮慧、石佩玉、張沈安都將王安石生平大致分爲這五個時期，時間斷限爲「青年」指熙寧元年入京爲官之前；「中壯年」指京爲官到二度罷相；「晚年」指二度罷相之後到王安石逝世。〔註23〕柯敦伯將爲官時期又細分爲「外任州縣」

〔註19〕見姚鉉：〈唐文粹序〉，收入曾棗莊、劉琳主編：《全宋文》，第十三冊，頁281。
〔註20〕見〔宋〕周必大：《文忠集》，收入《景印文淵閣四庫全書》（臺北：臺灣商務印書館，1983～1986年），集部八七，卷一百四，〈《皇朝文鑑》序〉，頁19，總頁數133。
〔註21〕見劉師培：《論文雜記》（臺北：廣文書局，1970年10月），頁69。
〔註22〕「中國傳統『風格』一詞的語義內容包含兩層意義：一是作品語文結構（文理組織）所形成的藝術形相，一是由作者主觀才性所展示的精神風貌。」見顏瑞芳、溫光華著：《風格縱橫談》（臺北：萬卷樓圖書股份有限公司，2004年2月），頁5。
〔註23〕見江珮慧：《王荊公詠史詩研究》（彰化：彰化師範大學國文研究所碩士論文，

與「內登館閣」來討論，〔註 24〕張祥浩、魏福明則將「在地方任官」與「在京爲官」合在一起討論，而「居喪江寧」份量不足一節，但架構皆不離這五個時期。〔註 25〕

　　上述前人意見中，執政變法與退隱鍾山的時間點均被畫分爲不同階段。本論文參考、綜合前人界定王安石生平斷限年代的意見，將熙寧元年（1068）之前的時間稱爲「早年」，而王安石得遇神宗的熙寧元年爲始，至熙寧九年二度罷相爲「中年」，熙寧十年回到江寧至元祐元年（1086）逝世的這段時間歸爲「晚年」，中、晚年的分界約略對應到前人區分「執政變法」與「退隱鍾山」的時間斷限，正可以王安石入京爲高官、罷相回金陵的生平起伏爲界，配合作品來探討文學觀的更迭軌跡。

二、採用文集的版本

　　前人對於王安石詩文集版本的整理已相當完備，〔註 26〕目前王安石文集的版本較常見的有二個系統，臨川本爲最爲普及的版本，四部叢刊即據此刊刻，而龍舒本所收的文章沒有臨川本那麼多，卻有臨川本未收錄的篇章。本論文引文以四部叢刊版本的王安石《臨川先生文集》爲主，龍舒本則是根據上海人民出版社在 1974 年 7 月出版的《王文公文集》，補充臨川本未曾收錄的篇章，以茲對照。當本論文引文出自龍舒本時，即在篇章之後註明《王文公文集》，以爲區別。

2004 年）、石佩玉：《王荊公中晚年的心靈世界──以其詩爲討論中心》（臺中：靜宜大學中文研究所碩士論文，2005 年）、張沈安：《王安石政論散文研究》（瀋陽：遼寧大學碩士論文，2005 年）。

〔註 24〕見柯敦伯：《王安石》（臺北：臺灣商務印書館，1965 年 5 月），第三章，〈外任州縣時代上〉、第四章，〈外任州縣時代下〉、第五章，〈內登館閣時代〉，頁 20～44。

〔註 25〕見張祥浩、魏福明：《王安石評傳》（南京：南京大學出版社，2006 年 6 月），第二章，〈王安石的生平經歷〉，頁 45～195。

〔註 26〕根據方元珍、劉正忠的整理研究，目前王安石的詩文集約有臨川本、杭州本、龍舒本三種，臨川本與杭州本內容接近，應爲同一系統。臨川本的系統分詩三十八卷，文六十二卷，而龍舒本分詩三十六卷，文三十四卷，四部叢刊影印的版本即是臨川本，也爲目前最爲通行的版本。見方元珍：《王荊公散文研究》（臺北：文史哲出版社，1993 年 3 月），第四章第四節，〈集部著述〉，頁 72～83、劉正忠：《王荊公金陵詩研究》（永和：花木蘭文化出版社，2007 年 3 月），第一章第二節，〈荊公詩文集及其箋注〉，頁 5～9。

第四節　文獻探討

一、臺　灣

　　近年來臺灣地區出版有關於王安石研究的專書，以方元珍的《王荊公散文研究》與本論文最爲相關。方元珍以經、史、子、集爲區分類別，整理羅列王安石各類著作，足見王安石學問遍及各領域。此外，也追溯了王安石散文的淵源，包含六經、《史記》、揚雄、韓愈、佛老，可以得知王安石學習無固定的界域。論文中更歸納出王安石早期的文學觀點，並將他的散文分類，歸納出主要內容及作法、修辭、風格，就王安石散文整體的內容與形式探討十分完備。此外，夏長樸的《李覯與王安石研究》〔註27〕對王安石的致用思想有縝密的分析，認爲王安石講求致用是由自身要求起，又注重時變，這對本論文探討王安石早年講求實用的文學觀到了晚年所可能產生的轉變有相當啓發之處。

　　以碩博士論文來看，臺灣地區最近以「王安石文學」作爲主要探討課題，關於詩作的研究有梁明雄《王安石詩研究》〔註28〕、李燕新《王荊公詩探究》〔註29〕、李康馨《王荊公詩析論》〔註30〕、梁貴淑《王安石絕句探析》〔註31〕、陳錚《王安石詩研究》〔註32〕、劉正忠《王荊公金陵詩研究》〔註33〕、洪雅文《王安石禪詩初探》、江珮慧《王荊公詠史詩研究》、潘文鶯《王安石詩中女性形象研究》〔註34〕、石佩玉《王荊公中晚年的心靈世界——以其詩爲討論中心》。

　　當中梁明雄《王安石詩研究》與李燕新《王荊公詩探究》均注意到王安石晚年的佛理詩增加，他們的研究可供筆者在爬梳佛教於王安石文學影響的部分作爲參考。

　　李康馨《王荊公詩析論》也由題材和形式來討論王安石的詩，不過和李

〔註27〕夏長樸：《李覯與王安石研究》（臺北：大安出版社，1989 年 5 月）。
〔註28〕梁明雄：《王安石詩研究》（臺中：東海大學中文研究所碩士論文，1973 年）。
〔註29〕李燕新：《王荊公詩探究》（高雄：高雄師範大學國文研究所碩士論文，1976 年），本論文於 1997 年 12 月由文津出版社出版。
〔註30〕李康馨：《王荊公詩析論》（臺北：臺灣大學中文研究所碩士論文，1978 年）。
〔註31〕梁貴淑：《王安石絕句探析》（臺北：輔仁大學中文研究所碩士論文，1986 年）。
〔註32〕陳錚：《王安石詩研究》（臺北：東吳大學中文研究所博士論文，1992 年）。
〔註33〕劉正忠：《王荊公金陵詩研究》（高雄：高雄師範大學國文研究所碩士論文，1994 年），本論文於 2007 年 3 月由花木蘭文化出版社出版。
〔註34〕潘文鶯：《王安石詩中女性形象研究》（高雄：中山大學中文研究所碩士論文，2005 年）。

燕新不同的是，李康馨嘗試從各種題材中統攝出一條心靈線索，如「萬民疾苦的關懷」，以王安石爲官時爲人民發聲的政論詩爲主；「一己情志的發抒」則是指以王安石自己的情感志趣爲出發點的作品，當中又分「自我的投射」與「寂寞的心靈」二節，由王安石中年執政後，好友漸疏，至晚年歸隱的寂寞生活，試圖以王安石的詩作解讀他度過寂寞的過程，可供筆者對照晚年文風特色，分梳異同之處。

　　陳錚《王安石詩研究》先說明宋代的社會環境及詩壇狀況，再討論王安石詩的風格、題材、修辭技巧。將王安石的詩風分爲早、晚期，分別點出不同的特色，大抵早期好議論、詩意直接不含蓄，晚期工於對偶鍊句，分別舉例印證，可惜沒有將早年與晚年標明分期時間，無法讓讀者知道王安石詩風過渡的大致時間段落，只在〈詩風轉變的關鍵〉一節加入「中年」詩風作爲討論，似乎有引以爲過渡時期之意。

　　劉正忠《王荊公金陵詩研究》對王安石晚年的詩風有相當精闢的見解，除了以金陵時期的詩作爲主要討論的範圍之外，更結合了王安石的政治遭遇、經學成就、佛學研究，以求能更全面地了解詩作的創作背景及內容。論文指出王安石兼有「意氣」與「淡泊」二種生命情調，晚年的詩風爲意氣收束，淡泊發展的呈現，並以爲王安石重法度的詩學架構與淡泊人格消融了早期作品的峭直奇崛，體現了「道中有味」的金陵詩美感。

　　洪雅文《王安石禪詩初探》先由王安石生平搜尋並架構起他學佛的因緣、交遊的佛教人物，證明佛教對王安石的影響是長期濡染，並非由於政治失意，才開始鑽研佛理。其次，將王安石的禪詩分爲禪典詩、禪跡詩、禪理詩、禪趣詩。於禪典詩發現王安石使用的佛教典故，書籍竟達四十種之多，並認爲王安石在經歷過人生的大起大落之後，能回歸平和，佛教因素在他自我調適的過程中有不可抹滅的作用。

　　石佩玉《王荊公中晚年的心靈世界——以其詩爲討論中心》由詩出發探討王安石中晚年的心靈世界，以學習前儒精神和採用花爲意象的詩梳理王安石由年少至晚年的心理歷程，對於詩歌語言的寓意有深入探討，美中不足的是沒有將詩作的時間大致區分、界定，由主題入手梳理王安石的詩風，卻比較不容易看出階段性的轉變。筆者於本論文中會盡量確定詩、文作品的創作時間，以求能掌握文學風格、觀點產生轉變的關鍵時刻。

　　以「王安石文章」作爲研究主題的論文則有陳玉蓉《歐陽脩與王安石墓

誌銘研究——以韓愈文體改創爲中心的討論》〔註35〕、陳德財《王安石墓誌銘研究》〔註36〕、翁志萍《王安石及其散文之研究》〔註37〕、郭春輝《王安石政論文研究》。〔註38〕當中翁志萍《王安石及其散文之研究》架構大抵接近方元珍《王荊公散文研究》一書，另外討論了王安石與神宗、司馬光（1019～1086）等時人與唐宋八大家其餘七人的關係，使得論文敘述的時代背景與人物交往線索更加清晰。

此外，無獨有偶的，在二〇〇四年有二本論文恰巧都論及王安石的墓誌銘書寫情形。陳玉蓉《歐陽脩與王安石墓誌銘研究——以韓愈文體改創爲中心的討論》在整理韓愈、歐陽脩與王安石三人墓誌銘的特點與價值之外，也觀察了歐、王二人對韓愈改創文體作出的回應。接著引申到另一個「文體成規延展」的問題，以歐陽脩爲文收放自如與王安石注重文章體製的特色來探討宋人對韓愈的詮釋，以及二人對於韓愈在文章體類處理上所採取的因應方式。而陳德財《王安石墓誌銘研究》的切入角度是比較王安石的墓誌銘與墓主在宋史傳記中的記錄，以碑誌文和史傳的相合程度來突顯王安石的影響，舉出《宋史》有時會引用王安石的碑誌文字爲證，最後再歸結出王安石墓誌銘的寫作特色、藝術風格。

郭春輝《王安石政論文研究》先敘述北宋的政治情形，歸結出注重實用，議論時政的時代風潮，其次說明王安石的人格及文學觀，明顯與當時風氣有所關連，再置入王安石的政論文章，從立意、修辭、章法方面討論寫作藝術，以及從中整理得見的政治、法治、人才、經濟、軍事思想，最後探討王安石政論文章的美學表現。

與本論文直接相關的單篇文章有黃盛雄〈王安石之文論〉，〔註39〕歸納出王安石的文論有二：文之定義爲禮教治政、爲文之目的爲致用。並探討王安石文論的根源：本於儒家、治學態度求實用、與變法、理財的概念相關。再將王安石的文論與其他古文家、理學家的文學觀比較，凸顯王安石的特點。

〔註35〕陳玉蓉：《歐陽脩與王安石墓誌銘研究——以韓愈文體改創爲中心的討論》（臺北：政治大學中文研究所碩士論文，2004年）。

〔註36〕陳德財：《王安石墓誌銘研究》（新竹：玄奘大學中國語文研究所碩士論文，2004年）。

〔註37〕翁志萍：《王安石及其散文之研究》（臺北：銘傳大學應用中國文學研究所碩士論文，2005年）。

〔註38〕郭春輝《王安石政論文研究》（臺南：成功大學中文研究所碩士論文，2007年）。

〔註39〕見黃盛雄：〈王安石之文論〉，靜宜學報，1978年6月，第一期，頁27～53。

這篇論文探討的內容大抵根據王安石早年，以及部分中年的思想、行爲，尚未注意到其晚年文學觀的轉變，此爲本論文可補足之處。

方元珍〈王荊公散文與其時代之關係〉，〔註40〕分別就宋代的政經環境、學術風氣、文學發展三個角度切入，從中穿插王安石文章所見弊病、學術特色、文學源流，連繫王安石文章與時代背景的關係，認爲王安石文章不僅有自己的特色，也反映了時代各個面向的脈動。對於筆者欲由學術層面觀察王安石中、晚年的書寫態度，以及王安石中年時政治對其創作的影響有所助益。

蔡信發〈析論王安石的散文〉，〔註41〕說明王安石學養豐厚的爲文背景、重實用的文學主張，以及文如其人、簡勁眞實、識見卓越的文風特點……等，認爲王安石的文章在唐宋八大家中學養最厚，也最具有鑑別度。當中指出王安石文風特點的地方，相當值得筆者作爲觀察王安石文風轉變的參考。

二、大陸、香港

郭紹虞（1893～1984）在《中國文學批評史》中立了一節〈政治家之文論〉，把王安石、司馬光、李覯（1009～1059）列入其中討論。認爲這些政治家特殊之處在於他們的文論「就道言則更主於用，就文言則所長在識」，〔註42〕點出參與政治的北宋文人學者重實用、見識深的特點。程杰《北宋詩文革新研究》指出王安石文學觀的核心和經術致用的思想體系一致，除了詩以外的其他文學主張大多自此延伸，將焦點集中在王安石文章的議論性、實用性。〔註43〕程杰觀察到王安石晚年詩風因政治失意，境況、心態皆有轉變，連帶詩風也歸於含蓄深婉，卻沒有自此深入考察文風是否也有類似轉變，文學觀是否仍以向實用、重議論爲主，而這正是本論文可以著手探討的部分，以最能承載實用觀念的文章變化來推知王安石文學觀的中、晚年發展。而香港學者王晉光長期以來致力王安石研究，尤以詩作方面別有見解，如《王安石詩探索》、《王安石詩技巧論》、

〔註40〕見方元珍：〈王荊公散文與其時代之關係〉，國立空中大學人文學報，1992 年 4 月，創刊號，頁 25～42

〔註41〕見蔡信發：〈析論王安石的散文〉，《文史論衡——論學自珍集》（臺北：漢光文化，1993 年 6 月），頁 205～226。

〔註42〕見郭紹虞：《中國文學批評史》（臺北：明倫出版社，1972 年 9 月），第一章第五節，〈政治家之文論〉，頁 362。文中提及因爲李覯無政治實權，不見事功，所以不算「政治家」，而以「政治學家」視之。

〔註43〕程杰：《北宋詩文革新研究》，第九章〈王安石、曾鞏等淮南、江西文人與詩文革新的深化〉，頁 215～240。

《王安石論稿》、《王安石八論》〔註44〕探討王安石詩的創作技巧、議政詩、寫景詩的作法，以及創作源流來自杜甫、陶淵明、李白等人的影響，可以彌補筆者在王安石詩作方面了解的不足。

大陸方面有關以王安石文章為主題的論文有李小蘭《論王安石散文創作中的思維類型》〔註45〕、張沈安《王安石政論散文研究》。

李小蘭《論王安石散文創作中的思維類型》以王安石的散文為研究對象，試圖從其中探索出政治思維、形象思維與創新思維，寫法比較接近以三種既定的思維模式來檢視王安石的散文，並尋找作品驗證自己的說法，而得出王安石的散文作品的確受到中國傳統政治思維、注重藝術語言的文學形象思維和有懷疑能力的創新思維影響的結論。

張沈安《王安石政論散文研究》以王安石的仕途發展歷程將政論散文分期：入仕之初、在京為官、居喪講學、執政變法、退隱鍾山。政論散文的數量除了居喪講學時期之外，由入仕至執政變法，數量一直增加，風格由拗峭經過居喪講學之後，出現了平和的風格，至執政時期，拗峭與平和的作品都有所發展，而退隱至鍾山後，為政論散文創作休歇時期。論文中還顧及王安石政論散文的歷史定位及對後世的影響，為政論散文的歷史流變作了平實的整理。

綜觀前人研究成果，對於王安石詩的關切比文章的研究多，這是由於王安石詩備眾體，尤精絕句，兼有各種主題，更有獨特的「集句詩」，作品量多質佳，實為宋代詩壇上的大家。而他的文章則以政論文、墓誌銘、公文書為大宗，其他題材的文章比例較低，相對而言，比較不容易有各種主題為切入角度進行研究，但王安石名列古文大家，他的文章與詩作的卓越成就同樣不容忽視。

第五節　研究方法與研究步驟

一、研究方法

本論文首先以王安石的文章為主要閱讀對象，細讀作品，分析文章特質，

〔註44〕 王晉光：《王安石詩探索》（馬尼拉：德揚公司，1987 年 1 月）、《王安石詩技巧論》（西安：陝西人民出版社，1992 年 11 月）、《王安石論稿》（臺北：大安出版社，1993 年 11 月）、《王安石八論》（臺北：大安出版社，2006 年 8 月）。
〔註45〕 李小蘭：《論王安石散文創作中的思維類型》（武漢：華中師範大學碩士論文，2004 年）。

從中歸納出中、晚年的文學觀及文風特色。其次配合王安石的詩、詞等其他作品以為參照、佐證。再援引前人評點、評論以及今人研究成果，作為探討王安石中、晚年文風的參考。希望能盡量客觀表達王安石的心境轉折與投射到文學作品的自我呈現。

二、研究步驟

　　本論文第一章為緒論，說明本論文的研究動機、目的、題目界定、研究範圍，以及回顧前人研究，指出論文主要研究重點。第二章就王安石的人生經歷與才性特質，了解其作品形成背景。接著以二章的篇幅，分別探討中、晚年的文風特色。由王安石於中、晚年主要研習的學術思想談起，結合期間所作古文、駢文的內容、形式，歸納出中、晚年的文風特色。第五章討論王安石文學觀與文章的常與變，由作品歸結出中、晚年的文學觀，討論與早年文學觀的異同。此外，中、晚年文風轉折的內容為何？並觀文風與詩風的轉折，推論文人忽略文風轉折的原因。第六章由王安石中、晚年的書寫特色，探討中、晚年書寫對於宋代及作者本身的意義。第七章由歷代文人對王安石的評論，探索其形象的轉變與代表文風建立的過程，以及中、晚年書寫對後代的影響。第八章結論，總結本論文的研究成果及未來的期許。

第二章　王安石生平境遇與才性特質

　　王安石是北宋相當特殊的文人，學融各家，詩文並擅，要了解他的文學創作，除了可以直接聯繫到個人性格，外在的時代背景與政經局勢對他在作品題材的選擇取向也是一大導因。宋代文人以國家安危爲己任的使命感極重，不吝上書貢獻己見，在這樣的時代氛圍之中，王安石也上書議論國政，雖然沒有得到仁宗的回應，卻引起了神宗的注意，埋下變法契機。

　　對照宋代的政治局勢與王安石的生平經歷，可以更了解王安石接受神宗委以變法大任的心態。王安石初入仕途，需顧及家人及生計需求，多求外任地方。神宗即位，王安石已將近五十歲，正好累積十餘年地方任官的經歷，有掃除弊病的決心、革新制度的構想，家人也多能自立，於是應神宗詔令，入京爲官。神宗與王安石的互動、互信，更影響王安石中晚年文章內容、文風展現。除了外在的遇合，藉由梳理王安石的才性特質，能更準確掌握文人細膩的心理變動及文本透露的隱微訊息。

第一節　政治局勢

一、具有相同意識的改革想法

　　慶曆革新前後，不少文人、大臣於仁宗在位期間（1023～1063 在位）進呈上皇帝書，指出天下的弊病，提供革新國家行政制度的辦法，整體情況如陳亮（1143～1194）所言：「方慶曆、嘉祐，世之名士常患法之不變也。」〔註1〕但

〔註1〕見〔宋〕陳亮：《龍川文集附辨譌考異》（臺北：新文豐出版社，1984 年 6 月），

是除了在慶曆三年（1043）、四年有一群有志之士力挺為期不到一年的慶曆革新，稍事振興之外，大部分的時間卻如朱熹（1130～1200）所形容的：「仁宗朝是甚次第時節！國勢卻如此緩弱，事多不理。」〔註2〕儘管眾臣紛紛進言，仁宗卻沒有採納諍言，任由國勢頹唐。

韓琦（1008～1075）在慶曆三年就上疏提出「選將帥，明按察，豐財利，抑僥倖，進有能之吏，退不才之官，去冗食之人，謹入官之路」八個挽救時弊的處理方法。由韓琦之言可以推測宋代於慶曆之際在鎮守邊防、任用官吏、經營財政等方面都出現了問題，韓琦建議仁宗由擇官著手：愼選文官、武將並減少冗官，一舉三得，希望可以補救宋代積弱不振的國勢。韓琦更預期「然數事之舉，謗必隨之。願委信輔臣，聽其措置，雖有怨謗，斷在不疑，則紀綱漸振，而太平可期」，〔註3〕可見當時國家綱紀不振，朝廷內部並不和諧，也有為數不少的大臣反對革新，未來必須抵制負面的怨懟，他期望仁宗能堅定理念，撐過重建綱紀的過渡時期。

程頤（1033～1107）在皇祐二年（1050）寫了〈上仁宗皇帝書〉，〔註4〕提醒仁宗注意天下已經出現的弊端：民用不足、國無存糧、冗兵過剩、所用非人。「天下未治者，誠由有仁心而無仁政爾」，程頤沒有把全部的責任推給仁宗，仍然肯定他的仁心，但期待他有所作為。程頤在文中先揭示出問題的嚴重性，要求仁宗正視問題，「宜早警惕於衷，思行王道」，但是在處理的方法上，程頤只提到「求乎明於五帝、三王、周公、孔子治天下之道者，各以其所得大小而用之」的用人原則，因他認為行王道「非可一二而言，原得一面天顏，罄陳所學」，想當面和仁宗商討，所以並未在文中說明具體的解決方

卷十一，〈詮選資格〉，頁116。

〔註2〕 〔宋〕黎靖德編：《朱子語類》（臺北：文津出版社，1986年12月），卷一百三十，頁3095。

〔註3〕 此段落的引文均出自〔宋〕韓琦：《韓魏公集》，收入《叢書集成初編》（上海：上海商務印書館，1936年6月），卷十，〈家傳〉，頁185。繫年見〔宋〕李燾撰：《續資治通鑑長編》（臺北：世界書局，1961年11月），卷一百四十二，「七月甲午」條，頁18、19。

〔註4〕 朱熹在為程頤編的年譜中，「（皇祐）二年庚寅十八歲」條提到「上書闕下，勸仁宗以王道為心，生靈為念，黜世俗之論，期非常之功，且乞召對，面陳所學不報」，即指〈上仁宗皇帝書〉一文之事。見〔宋〕朱熹編：《伊川先生年譜》，收入《北京圖書館藏珍本》（北京：北京圖書館出版社，1998年8月），第十九冊，卷一，頁3，總頁數21。

案。而由程頤提到非當世無人，是「求之失其道爾」，〔註5〕可見雖然史書記載仁宗對於韓琦在慶曆三年的進言「嘉納之」，〔註6〕但官吏擇取不當的弊端至皇祐年間（1049～1053）仍然存在。

　　包拯（999～1062）在皇祐三年（1051）作〈七事〉，希望仁宗要能明辨奏言的是非、循名責實，觀察大臣行為、用心之忠邪，勿以朋黨為意，自然能看出君子與小人的區別。另外，要重視大臣有無為國之心，而非以「近名求進」的疑慮限制了他們的作為、要仔細裁定臣下所奏之事是否得當、革除不信任大臣的各種限制、復用曾犯小錯但有才行的人為國效命。包拯還說：「方今諸路饑饉，萬姓流離，府庫空虛，財力匱乏，官有數倍之濫，廩無二年之蓄，兵卒驕惰，夷狄盛強，即不幸繼以凶年，加之小寇，則何人可以倚仗而枝梧哉！」一併指出目前民間、中央與邊疆所面臨的困境：人民流離失所，生產力減少；朝廷國庫不足，入不敷出；邊疆夷狄壯盛，戍守的軍卒卻缺乏訓練，民力、財力、國力已臻虧損的臨界點。以對比手法襯托官冗財少、敵強我弱的情況，希望仁宗可以負起責任，不難發現包拯言語中已透露不完全信任仁宗的訊息。他最終殷切期待仁宗能積極求才，而且要把握時機，「不可失此時而不為；儻失此時而不為，禍變一發，則雖欲為而不可為矣」。〔註7〕包拯陳述國事的語氣及情緒都比程頤更加強勢與急迫，但仍然無法喚醒仁宗勵精圖治的決心。

　　蘇洵（1009～1066）在嘉祐三年（1058）十二月一日為推辭赴京應試，寫了〈上皇帝十事書〉，和程頤、包拯相同的是蘇洵也看到了執政者似乎尚未發覺的社會現象：「今天下號為太平，其實遠方之民，窮困已某（甚）。」國力不振的隱憂已然存在，蘇洵認為這導因於朝廷考核官吏制度的不足，以致官吏辦事不力：「夫有官必有課，有課必有賞罰。有官而無課，是無官也。有課而無賞罰，是無課也。」拔擢人才各司其事，考課官吏政績是必要的，設官、考核、賞罰是環環相扣的存依關係。他更提出自己的看法：「可使朝臣議定職司考課之法，而於御史臺別立考課之司，中丞舉其大綱，而屬官之中選強明者一人，以專治其事。以舉刺多者為上，以舉刺少者為中，以無所舉刺

〔註5〕　此段落的引文均出自見〔宋〕程顥、程頤著：《二程全書》（臺北：臺灣中華書局，1965 年 11 月）（四部備要，據江寧刻本校刊），伊川先生文集第一，頁15。

〔註6〕　見〔宋〕李燾撰：《續資治通鑑長編》，卷一百四十二，「七月甲午」條，頁19。

〔註7〕　此段落的引文均出自〔宋〕包拯：《孝肅包公奏議》，收入《叢書集成初編》（上海：上海商務印書館，1939 年 12 月），卷一，〈七事〉，頁 6～9。

者為下。」〔註8〕立法、設官署、派專人任職、以官吏實際的作為當作考核標準，不失為一個有系統、步驟分明的施政建議。此外，在選擇官吏的部分，蘇洵也對公孫子弟可由父兄爵位而得庇蔭官職頗有微詞，主張應該和一般人同樣經過選才的管道，才能夠真正擇取有德有能的官吏。足見當時有遠見的臣子都有改革的認知。

二、存在分歧意見的革新行動

由韓琦、程頤等人的奏疏看來，眾人針砭之事大同小異，任官、財政為眾矢之的，不難理解朱熹所言仁宗不甚理會國事的情形，原本的問題還是存在，積累成痾。也能看出仁宗朝以來一直不乏主張革新的聲音，但是因為缺乏仁宗皇帝的背書，一切意見只是空談。

到了英宗即位的治平年間（1064～1067），治平元年五月英宗病癒親政，隨即問執政：「積弊甚眾，何以裁救？」富弼（1004～1083）回答：「恐須以漸釐改。」〔註9〕英宗有心革新，但此時反而是大臣持保守的態度，而且英宗多病，〔註10〕在位未滿四年即病逝，變法的構想也不了了之。神宗熙寧年間（1068～1077）變法之所以能順利推動，一方面神宗正值盛年，身強體健，又有圖治勵新的企圖心，王安石也在地方任上累積了十餘年的仕宦經歷，自栩對於人民的困境相當了解，在仁宗時上了〈上仁宗皇帝言事書〉（卷三十九）、〈上時政疏〉（同上），對新政的規劃已有大致概念，延續了三朝的期望，君臣滿心期待的合作，開啓了變法新局。

富弼曾經對英宗說改革應該逐步修正，不該躁進。日後傾向這種看法的人越來越多，甚至以此作為反對王安石變法的一個理由。例如程顥（1032～

〔註8〕 此段落的引文均出自〔宋〕蘇洵著：《嘉祐集》（臺北：臺灣商務印書館，1965年8月）（四部叢刊初編集部，據上海商務縮印無錫孫氏小淥天藏影宋本），卷九，〈上皇帝十事書〉，頁34。

〔註9〕 見〔宋〕李燾撰：《續資治通鑑長編》，卷二百一，「五月辛亥」條，頁8。

〔註10〕《宋史・英宗本紀》：「一日，語神宗曰：『國家舊制，士大夫之子有尚帝女，皆升行以避舅姑之尊，義甚無謂。朕嘗思此，竊寐不平，豈可以富貴之故，屈人倫長幼之序也？可詔有司革之。』會疾不果，神宗述其事焉。」又記：「及其臨政，臣下有奏，必問朝廷故事與古治所宜，每有裁決，皆出群臣意表。雖以疾疢不克大有所為，然使百世之下，欽仰高風，詠歎至德，何其盛也！」見〔元〕脫脫等撰：《宋史》，卷十三，頁261。英宗不乏有為之心，但健康不佳與時間不足無法讓他以主導革新之功績留名歷史。

1085）本來也贊同變法，朱熹說：「新法之行，諸公實共謀之，雖明道先生不以爲不是，蓋那時也是合變時節。但後來人情洶洶，明道始勸之以不可做逆人情底事。及王氏排眾議行之甚力，而諸公始退散。」〔註11〕當時社會風氣都傾向求新求變，但是後來王安石推行改革的方式和眾人的認知不同，於是大家才紛紛持反對意見。而且稱反對人士爲守舊派，其實有待商榷。他們在慶曆新政時是革新的主要人物，也主張修改固陋的舊制，他們反對的不是「新法」，而是「王安石推行的新法」。「守舊」應該指相對於王安石在差役、田賦、教育……等大幅度且立即性的重整而言，多數人主張循序漸進的溫和作風。潘富恩和徐余慶並列二程與王安石而論，認爲他們「對於弊壞了的時政一定要加以改革，在這個問題上，二程和王安石並沒有什麼分歧。然後究竟通過什麼途徑來改革，二程和王安石之間存在著嚴重的分歧」，〔註12〕改革的意識相同，但落實方式的差異大至不能妥協的地步，開啓衝突的源頭。王安石這邊的態度其實和前文所引韓琦上書皇帝時的顧慮相同，在變法之前就預知會有人反對。王安石曾說：「雖有僥倖之人不悅而非之，固不勝天下順悅之人眾也，然而一有流俗僥倖不悅之言，則遂止而不敢爲者，惑也。」（卷三十九〈上仁宗皇帝言事書〉）王安石認爲改變必然會帶來一些反對的意見，或許因爲新法妨礙部分人原本享有的利益，但不可因此而退步不前，畢竟是少數僥倖分子的看法，應以大部分人民的福利爲重。他更以先王爲例：「惟其剙法立制之艱難，而僥倖之人不肯順悅而趨之，故古之人欲有所爲，未嘗不先之以征誅而後得其意。……夫先王欲立法度，以變衰壞之俗而成人之才，雖有征誅之難，猶忍而爲之，以爲不若是，不可以有爲也。」（同上）不因爲有人反對而放棄，反而要突破困難，不然無以成大事。變法之後，王安石曾對司馬光（1019～1086）說：「議事每不合，所操之術多異故也。雖欲強聒，終必不蒙見察。」（卷七十三〈答司馬諫議書〉）寫信時王安石就認定司馬光不會接受他的意見，這同時表明了他也不會接納司馬光的勸告，拒絕了二人對話討論的可能性，並對司馬光說他拒諫提出反駁：「闢邪說，難壬人，不爲拒諫。至於怨誹之多，則固前知其如此也。」（同上）剛執行變法的王安石，認爲反對聲浪的出現是理所當然的，不想去深究當中是否有些許忠告，也因爲這點堅持，更

〔註11〕見〔宋〕黎靖德編：《朱子語類》，卷一百三十，頁3097。

〔註12〕見潘富恩、徐余慶：《程顥程頤理學思想研究》（上海：復旦大學出版社，1988年11月），第四章，〈二程的政治思想〉，頁174。

讓反對的大臣們認爲他執拗難近，無法溝通，雙方對於變法推行的方式，所持意見始終分歧。

第二節　生平經歷

一、布衣與任地方官：於地方實施改革

王安石，字介甫，一字介卿，[註13] 撫州臨川人。少隨其父王益（994～1039）任官而遷徙各地，十六歲跟隨父親入京師，不久王益通判江寧府，王安石也一起到江寧。王益於寶元二年（1039）過世，王安石返金陵守喪三年，慶曆元年（1041）喪期結束，王安石赴京應禮部試，慶曆二年中進士第四名，以秘書郎簽書淮南判官，八月上任。慶曆五年回京任大理評事，慶曆六年出任明州鄞縣，[註14] 未來變法的縮小版模式，在治理鄞縣時已經初步實施：

> 公知明州鄞縣，讀書爲文，二日一治縣事。起陽堤堰，決陂塘，爲
> 水陸之利。貸穀于民，立息以償，俾新陳相易。興學校，嚴保伍，
> 邑人便之，故熙寧初爲執政所行之法，皆本於此。[註15]

將新政藍圖推行於地方，成效卓著，[註16] 兼善硬體設備及制度面的改革，因涉及的地域不大，王安石能確實掌握執行人員的工作進度，他還親自到鄞縣的十四個鄉進行視察，確定「鄉之民畢已受事，而余遂歸云」（卷八十三〈鄞縣經遊記〉），勤於公務的態度可見一斑。

文彥博於皇祐元年（1049）上〈薦張瓌王安石韓維狀〉，謂王安石「凡數

[註13]　見〔宋〕吳曾：《能改齋漫錄》（上海：上海商務印書館，1939 年 12 月），卷十四，頁 360、361。〔宋〕吳子良：《荊溪林下偶談》，收入王水照編：《歷代文話》（上海：復旦大學出版社，2007 年 11 月），第一冊，頁 536。

[註14]　《宋史》有記錄王安石調任鄞縣始末：「舊制，秩滿，許獻文求試館職，安石獨否。再調知鄞縣，起堤堰，決陂塘，爲水陸之利；貸穀與民，立息以償，俾新陳相易，邑人便之。」見〔元〕脫脫等撰：《宋史》，卷三百二十七，頁 10541。他並不以高官榮爵爲目標，立志在中央任官，而是以家中經濟負擔、親人爲主要考量決定留任地方。即使在地方任官，王安石仍然設置多項便利人民的政策。

[註15]　見〔宋〕朱熹、李幼武同編：《宋名臣言行錄》，收入《宋史資料萃編》第一輯（臺北：文海出版社，1967 年 1 月），後集卷六，頁 6，總頁數 569、570。

[註16]　〔明〕應雲鶯：「徐考公宰鄞諸政，青苗、保甲、市易、水利，種種有成蹟可按，鄞民至今賴之。」見〔宋〕王安石：《臨川先生文集》，應雲鶯所作〈臨川先生文集後序〉，頁 647。

任，並無所陳，朝廷特令召試，亦辭以家貧親老。且館閣之職，士人所欲，而安石恬然自守，未易多得」，並推崇爲「恬退守道者」。〔註17〕王安石於皇祐三年鄞縣任期滿時，朝廷召試，他上〈乞免就試狀〉（卷四十）。以祖母年老，下有弟妹當照顧而推辭赴京應試，希望能繼續在地方任官，並說明因爲考量個人經濟因素而決定留任地方，不敢擔當文彥博所謂的「恬退」美譽，後來皇帝應允他通判舒州。王安石也有詩作〈舒州被召試不赴偶書〉（卷三十三），自嘲自己不愛虛名，只覺朝中珍饈、鄉下野菜均美味，但比較嚮往地方官的生活。至和元年（1054）舒州任滿，除群牧判官，〔註18〕與司馬光成爲同事。〔註19〕至和元年王安石力辭館職，有人以爲矯揉造作，曾鞏（1019～1083）作書與袁陟，說明王安石不會在意外在的眼光及傳言，他是否矯揉造作，實無需再論。〔註20〕

　　王安石在至和元年到嘉祐元年（1056）有短暫在京時間，他曾說：「某在廷二年，所求郡以十數。」（卷七十三〈上執政書〉）「二年京師，以求議論之補。」（同上〈上歐陽永叔書四〉）指的就是這段期間。嘉祐元年十二月，王安石提點開封府界諸縣鎮公事。二年知常州，三年二月調任江南東路刑獄，十月任命爲三司度支判官。〔註21〕四年受直集賢院，〔註22〕六年六月任知制

〔註17〕上二段引文出自文彥博：〈薦張瓌王安石韓維狀〉，見曾棗莊、劉琳主編：《全宋文》，第三十冊，頁14。

〔註18〕《續資治通鑑長編》：「（至和元年九月辛酉）殿中丞王安石爲群牧判官。安石力辭召試，有詔與在京差遣，及除群牧判官，安石猶力辭，歐陽修諭之，乃就職。」見〔宋〕李燾撰：《續資治通鑑長編》，卷一百七十七，頁2。本除集賢校理，王安石連上五封辭狀，以先臣未葬、二妹當嫁，祖母、二兄、一嫂相繼過世，正處貧困之時而拒此職位。李之亮解釋：「集賢校理亦爲學士官，其俸亦薄。而地方官則有職田等待遇，故宋代求實惠的官員往往願意擔任外官。」見〔宋〕王安石撰，李之亮箋注：《王荊公文集箋注》（成都：巴蜀書社，2005年5月），頁75。

〔註19〕司馬光於至和元年除群牧司判官，見〔清〕顧棟高輯：《司馬溫公年譜》，收入〔明〕馬巒、〔清〕顧棟高撰：《司馬光年譜》（北京：中華書局，2006年6月），頁44。

〔註20〕見〔宋〕曾鞏著：《元豐類藁》（臺北：臺灣商務印書館，1965年8月）（四部叢刊初編集部，上海商務印書館縮印烏程蔣氏密韻樓藏元刊本），卷十六，〈答袁陟書〉，頁128。

〔註21〕「（嘉祐三年二月丙辰）知常州王安石提點江南東路刑獄……註：安石知常州在二年秋。」、「（嘉祐三年十月）甲子提點江南東路刑獄祠部員外郎王安石爲度支判官。」見〔宋〕李燾撰：《續資治通鑑長編》，卷一百八十七，頁3、卷一百八十八，頁6。又《宋史‧仁宗本紀》：「（嘉祐五年五月）己酉，王安石

誥，〔註 23〕八年母喪，回江寧守喪。治平二年（1065）喪期已滿，朝廷連下數封詔令，促王安石返京復官，王安石以抱病、無能等理由連辭三次，希望能謀一個可以在江寧府居住的官職，〔註 24〕終英宗之世，王安石未再被起用。治平四年正月神宗即位後，因爲韓維（1017〜1098）時常提起王安石，神宗耳聞其名已久，閏三月命王安石知江寧府，〔註 25〕他上〈辭知江寧府狀〉（卷四十）推辭，但最終上任，九月神宗下令授王安石爲翰林學士。

二、執政中央：與神宗推行變法

熙寧元年（1068）王安石就任翰林學士，神宗詔他越次入對，〔註 26〕兩人相談甚歡。神宗欣賞王安石的原因可由朱熹的二則記載來勘看：

> 荊公初作江東提刑，回來奏事，上萬言書。其間一節云：「今之小官俸薄，不足以養廉，必當有以益之。然當今財用匱乏，而復爲此論，人必以爲不可行。然天下之財未嘗不足，特不知生財之道，無善理財之人，故常患其不足。」神宗甚善其言。

> 問荊公得君之故，曰：「神宗聰明絕人，與羣臣說話，往往領畧不去，才與介甫說，便有『於吾言無所不說』底意思，所以君臣相得甚懽。」

召入爲三司度支判官。」見〔元〕脫脫等撰：《宋史》，卷十二，頁 245。高步瀛在考訂〈上仁宗皇帝言事書〉的寫作時間時，說明王安石離開原官職應是嘉祐四年，故〈上仁宗皇帝言事書〉應作於是年，而《續資治通鑑長編》所載「嘉祐三年十月」應是下達授職度支判官命令之日，《宋史》記錄的「五年五月」，應指到任的時間。見高步瀛：《唐宋文舉要》（臺北：漢京出版社，1984年 5 月），甲編卷七，頁 865。

〔註 22〕「度支判官祠部員外郎王安石，累除館職並辭不受，中書門下具以聞詔令直集賢院，安石猶累辭乃拜。」見〔宋〕李燾撰：《續資治通鑑長編》，卷一百八十九，「五月壬子」條，頁 18。

〔註 23〕見〔宋〕李燾撰：《續資治通鑑長編》，卷一百九十三，「六月戊寅」條，頁 8。

〔註 24〕王安石：〈辭赴闕狀一〉、〈辭赴闕狀二〉、〈辭赴闕狀三〉，見〔宋〕王安石：《臨川先生文集》，卷四十，頁 259、260。

〔註 25〕關於神宗起用王安石的過程，可參見劉正忠：《王荊公金陵詩研究》，第二章第一節，〈時代感受與政治體驗〉，頁 19。

〔註 26〕「（熙寧元年夏四月）乙巳，詔翰林學士王安石越次入對。」見〔清〕畢沅撰：《續資治通鑑》（臺北：臺灣中華書局，1965 年 11 月），卷六十六，頁 3。《宋史・王安石列傳》：「數月，召爲翰林學士兼侍講。熙寧元年四月，始造朝。入對，帝問爲治所先，對曰：『擇術爲先。』」見〔元〕脫脫等撰：《宋史》，卷三百二十七，頁 10543。

〔註27〕
神宗早看過王安石寫的〈上仁宗皇帝言事書〉（卷三十九），對於王安石不僅指明弊病，同時提出治國需具備善理財的方法和人物印象深刻。在二人對話之際，神宗更覺得與王安石所見略同，毫無隔閡。王安石提出治國必先「擇術」，比其他大臣在仁宗時期主張「擇人」更周詳，例如大臣們同樣認為需要增加國庫收入，也大多提出「知人善任」的重要性，但王安石還建議採用「生財之道」，追溯事情最根本的源頭以尋求解決之道，思慮更為具體、深入，年輕又有改革熱忱的神宗因此對他另眼相待。

　　熙寧二年（1069）二月王安石拜參知政事，開始推行新法。三年十二月任同中書門下平章事，〔註29〕因新法屢受阻礙，原在朝舊臣與太皇太后、皇太后都不支持，熙寧三年韓琦上疏論青苗法，王安石即稱疾不朝，後遂求去，神宗慰留，最後王安石仍起視事。〔註29〕在此次飽受攻訐的過程中，王安石自言受流俗小人所毀：「內外交構，合為沮議，專欲誣民，以惑聖聽，流俗波蕩，一至如此！……故因疢疾，輒求自放。」（卷四十四〈謝手詔慰撫箚子〉）「朝廷內外，詖行邪說乃更多於鄉時，此臣不能啓迪聖心以信所言之明效也。雖無疾疢，尚當自劾，以避賢路。」（同上〈答手詔封還乞罷政事表箚子〉）以及自責未達立法度、變風俗的目標，故欲藉病求罷參知政事，字裡行間對外界批評的不滿顯然高過對自身能力的懷疑。但於熙寧五年陸續上書求去宰相職位時（同上〈乞解機務箚子一〉至〈乞解機務箚子六〉），由抨擊反對聲浪轉變為對神宗體諒的感激，再加以疾病侵擾，作為無法勝任官職的理由，此時的推辭多出於自己無意棧留，並無歸咎於新法之失，但仍舊為神宗勸進。神宗第一次首肯王安石罷相是熙寧七年四月，以觀文殿大學士知江寧府。基於國政紊亂，旋即於八年二月再延王安石入相，六月，王安石上《三經新義》。九年七月長子王雱過世，對王安石造成極大的衝擊，〔註30〕更無心於政場紛

〔註27〕上二段引文見〔宋〕黎靖德編：《朱子語類》，卷一百三十，頁3096、3095。
〔註29〕《宋史・王安石列傳》：「（熙寧）二年二月，拜參知政事。……三年十二月，拜同中書門下平章事。」見〔元〕脫脫等撰：《宋史》，卷三百二十七，頁10544、10546。
〔註29〕韓琦論青苗法的文章為〈乞罷青苗及諸路提舉官奏〉、〈又論罷青苗疏〉，見曾棗莊、劉琳主編：《全宋文》，第三十九冊，頁245～249、259～269。此事見〔明〕馮琦撰、陳邦瞻增訂、張溥論正：《宋史紀事本末》（臺北：臺灣商務印書館，1965年5月），卷三十七，〈王安石變法〉，頁268、269。
〔註30〕《宋史・王安石列傳》：「安石之再相也，屢謝病求去，及子雱死，尤悲傷

爭。十月再度去宰相位,判江寧府,回到金陵。〔註31〕

變法實現了神宗和王安石的圖新想法,對於王安石而言,神宗對他最大的支持是無止盡的信任,儘管答應王安石去職,實爲情勢所逼,非肇因於神宗懷疑他的品行、忠心。〔註32〕王安石說:「方陛下有所變更之初,內外小大紛然,臣實任其皋戾,非賴至明辨察,臣宜誅斥久矣。」(同上〈乞解機務箚子一〉)「陛下收召拔擢,排天下異議,而付之以事。」(同上〈乞解機務箚子六〉)「事或乖於眾口,而陛下力賜辯明;言有逆於聖心,而陛下常垂聽納。此臣所以履艱虞而不忌,服勤苦而不辭。」(卷六十〈乞退表四〉)「羈孤無助,遭值大聖,獨排眾毀,付以宰事。」(卷七十三〈與參政王禹玉書二〉)明顯對神宗感念在心。變法期間,雖然眾人攻擊的對象是王安石,但是承受最大壓力的人是神宗。攻擊王安石的奏箚呈至神宗處,神宗除了排除天下眾議,力保王安石之外,還要安撫他的情緒,熙寧三年(1070)、五年,王安石萌發退意時,神宗一方面需堅定信心,不被流言動搖,一方面慰留王安石,這份信任讓他得以繼續推行新法。

由年甫弱冠的神宗的角度來看,王安石不啻是學識豐厚的臣子,更是一個能交流心中想法的長者:「自古君臣如卿與朕相知極少,豈與近世君臣相類?」熙寧五年,王安石請求自放外地,神宗說:「卿豈所懷有不盡,當爲朕盡言之,朕何嘗違卿?」「卿,朕師臣也,斷不許卿出外。且休著文字,徒使四方聞之或生觀望,疑朕與卿君臣間有隙,朕於卿豈他人能間!」〔註33〕可以看出神宗在政事上對王安石的信賴與尊重,一直遵循王安石的建議,也以言語證明自己的懇切與誠意。唐介(1010~1069)曾向神宗說:「臣近每聞陛下宣諭某事,問安石以爲可,即施行某事;問安石以爲不可,未得施行,如此則執政何所用?必以臣爲不才,當先罷免。」〔註34〕唐介的說法更證明神

不堪,力請解機務。」見〔元〕脫脫等撰:《宋史》,卷三百二十七,頁10550。王安石在王雱死後數年見其遺墨,仍寫下「永慶招提墨數行,歲時風露每悽傷。殘骸豈久人間世,故有鍾情不可忘」的詩句,對長子思念不已。見〔宋〕王安石:《臨川先生文集》,卷二十九,〈題永慶壁有雱遺墨數行〉,頁196。

〔註31〕關於王安石二度罷相的始末,可見劉正忠:《王荊公金陵詩研究》,第二章第一節,〈時代感受與政治體驗〉,頁23~26。

〔註32〕熙寧七年,太皇太后與皇太后請求罷青苗法、免役法,並建議暫出王安石於朝廷之外,又流涕言新法之不便,明言王安石亂天下。見〔宋〕李燾撰:《續資治通鑑長編》,卷二百五十二,「四月丙戌」條,頁19、20。

〔註33〕此段落的引文同前註,卷二百三十三,「五月甲午」條,頁15。

〔註34〕見〔宋〕楊仲良撰:《資治通鑑長編紀事本末》,收入《宋史資料萃編》第二

宗對王安石的信任。

　　王安石的學生陸佃（1042～1102）曾經描述王安石與神宗相處的情形：

　　　　熙寧之初，銳意求治。與王安石議政，意合，即倚以爲輔，一切屈
　　　　己聽之，更立法度，拔用人才。而耆舊多不同，于是人言沸騰，中
　　　　外皆疑，雖安石不能自保，亦乞罷政事，然上獨用之，確然不移。
　　　　安石性剛，論事上前，有所爭辯時，辭色皆厲，上輒改容，爲之欣
　　　　納。蓋自三代而後，君相相知，義兼師友，言聽計從，了無形跡，
　　　　未有若茲之盛也。〔註35〕

他們二人的互動，王安石不畏犯上，直言進諫，神宗也能包容接納，莫怪曾公
亮（999～1078）說：「上與介甫如一人，此乃天也。」〔註36〕在長期的觀察之
下，劉安世（1048～1125）說：「得君之初，與人主若朋友，一言不合己志，必
面折之，反復詰難，使人主伏弱乃已。及元豐之初，人主之德已成，又大臣尊
仰，將順之不暇，天容毅然，正君臣之分，非與熙寧初比也。」〔註37〕他注意
到熙寧與元豐時期，王安石與神宗的互動關係有所不同，由近似交情匪淺的朋
友關係疏離至階級嚴明的君臣分際。

　　眾人對於新法失敗各有見解，司馬光曾經規勸王安石「介甫誤矣，君子難
進易退，小人反是，若小人得路，豈可去也？必成讎敵，他日將悔之」、「諂諛
之士，於介甫當路之時，誠有順適之快，一旦失勢，必有賣介甫以自售者矣」，
〔註38〕多進小人，導致他們日後把持朝政，的確成爲新法失敗的主因，例如呂
惠卿（1032～1111）在熙寧九年（1076）左右有詆毀王安石的文字，〔註39〕藉
此鞏固自己的地位。也有人認爲新法失敗導因於實行範圍過大，無法事必躬親、
有效視察：「然公知行於一邑則可，不知行於天下不可也。又所遣新法使者皆刻

　　　輯（臺北：文海出版社，1967年11月），卷五十九，〈王安石事跡上〉，頁1896。
〔註35〕見〔宋〕陸佃：《陶山集》（臺北：新文豐出版社，1984年6月）（據商務民國
　　　二十四年十二月初版依聚珍版叢書排印），卷十一，〈神宗皇帝實錄敍論〉，頁
　　　117。
〔註36〕見〔元〕脫脫等撰：〈曾公亮傳〉，《新校本宋史并附編三種》，卷三百一十二，
　　　頁10234。
〔註37〕見〔宋〕馬永卿輯：《元城語錄》（國家圖書館古籍影像檢索系統，明萬曆丁
　　　巳（四十五年，1617）魏縣知縣區龍禎刊本），卷上，頁14。
〔註38〕二則引文分別見〔宋〕馬永卿輯：《元城語錄》，卷上，頁9。〔宋〕司馬光：《溫
　　　國文正司馬公文集》（臺灣：臺灣商務印書館，1965年8月）（四部叢刊初編
　　　集部，上海商務縮印常熟瞿氏藏宋紹興本），卷六十，〈與王介甫書〉，頁453。
〔註39〕見〔宋〕李燾撰：《續資治通鑑長編》，卷二百七十六，「六月辛卯」條，頁5。

薄小人，急於功利，遂至決河爲田，壞人墳墓室廬膏腴之地不可勝紀。」〔註40〕
「木屑竹頭，自有司事，非將相才也。盡有能幹有司，不堪大用。王介甫新法，
行之一郡則效，行之天下輒弊，何者？小大之勢異也。」〔註41〕另外，王安石
對於陽奉陰違，有心不配合新法的地方官吏也無可奈何。大抵而言，空間的大
小是新法實行不易的客觀因素，眾人反對與用人不當的隱憂，則是造成變法失
敗的主要原因。

　　身屬反對派一員的蘇軾（1037～1101）曾說：「吾儕（儕）新法之初，輒守
偏見，至有異同之論，雖此心耿耿，歸於憂國，而所言差謬，少有中理者。今
聖德日新，眾化大成，回視向之所執，益覺疎矣。」〔註42〕蘇軾於元豐六年（1083）
回憶他們在批評新法的時候，承認不免有先入爲主的預設立場，發言鮮少持平
而論，現在回顧，更覺偏離事實。因爲這樣的針鋒相對，少有建設性的進言，
雙方的對峙終至陷入意氣之爭。陸九淵（1139～1192）的話可以補充說明：「熙
寧排公者，大抵極詆訾之言，而不折之以至理，平者未一二，而激者居八九，
上不足以取信於裕陵，下不足以解公之蔽，反以固其意，成其事。新法之罪，
諸君子固分之矣。」〔註43〕反對人士多以情緒化的言語批評新法，無法具體指
出新法的盲點，反而讓主政派覺得反對無理，更鞏固推行新法的決心。當時社
會風氣思變，朱熹言新法是「諸公共謀之」；而眾人無法在變法推行上取得共識，
反而不斷阻擾新法施行，故陸九淵說新法造成的罪責應該大家一起分擔。葉矯
然（1614～1711）也說：「新法之行，雖屬執拗，亦諸人激成之過。」〔註44〕
這些話其實都代表著不只是王安石一人要爲新法進行的過程、成就的結果負
責，參與政爭的大臣都成了對宋代政局愛之適足以害之的共犯。

〔註40〕見〔宋〕朱熹、李幼武同編：《宋名臣言行錄》，收入《宋史資料萃編》第一
　　　　輯，後集卷六，頁6，總頁數569、570。
〔註41〕見〔清〕李漁：《笠翁別集》卷二，收入《李漁全集》（杭州：浙江古籍出版
　　　　社，1998年6月），第一卷，頁427。李漁引李仁熟的評論，李仁熟也認爲空
　　　　間的大小是影響變法成敗的一個因素。
〔註42〕見〔宋〕蘇軾：《蘇東坡全集》（臺北：世界書局，1964年2月），續集卷四，
　　　　〈與滕達道二十三首〉之十九，頁109。吳雪濤將此文繫年於元豐六年，見吳
　　　　雪濤：《蘇文繫年考證》（呼和浩特：內蒙古教育出版社，1990年2月），頁
　　　　168～170。
〔註43〕見〔宋〕陸九淵：《象山先生全集》（臺北：臺灣商務印書館，1965年8月）
　　　　（四部叢刊初編集部），卷十九，〈荊國王文公祠堂記〉，頁157。
〔註44〕見〔清〕葉矯然：《龍性堂詩話續編》（臺北：廣文書局，1973年9月），頁
　　　　28、29。

三、退居金陵：在山林研治學術

　　王安石在熙寧九年二度罷相之後，回到了金陵。熙寧十年爲集禧觀使，元豐元年（1078）封舒國公，三年改封荊國公。〔註45〕這些虛銜榮職對他的生活沒有產生太大的影響，比較大的改變是生活重心的轉移，從爲政回到治學爲主的生活，但仍然關注政局動向。他曾經寫過一封信：「予老病篤，皮肉皆消，爲國憂者，新法變更盡矣。然此法與先帝議之二年乃行。天若祚宋，終不可泯，必有能復之者。」〔註46〕發信時間是元豐八年（1085）乙丑七月，作於神宗去世之後，對新法變更殆盡心存惋惜，祈求天祐大宋，新法再起。再看王銍的記錄：

> 元豐末，劉誼以論常平不便，罷提舉官，勒停。遊金陵，以啓投王荊公，令其再起，稍更新法之不便於民者。荊公答以啓略曰：「起於不得已，蓋將有行；老而無能爲，云胡不止？」〔註47〕

儘管已經遠離政壇，生活也多治學遊山，但或多或少仍舊牽掛時局變化，關心新法的存廢情形，不過因爲已經不在其位，所以他一再強調再起新法的人物不會是自己。王安石的生活型態不同，是因爲他遠離了口誅筆伐的舞台，重新專注於學術，這是工作場域轉移的緣故，而非單純空間置換造成的差異。王安石在元豐時期，大部分時間以讀書論學爲主，他明白此時的身分不該干預政事，故多遊歷山水、寄情詩文，轉移焦點。遠離政壇，立場殊異的政治紛擾已成往事，王安石說：「吾昔好交游甚多，皆以國事相絕。」〔註48〕退隱金陵之後，部分友人在學術惺惺相惜的基礎上相知恨晚。如蘇軾於元豐年間

〔註45〕「（熙寧十年六月壬辰）以鎮南軍節度使、同平章事、判江寧府王安石爲集禧觀使，居金陵。」見李燾：《續資治通鑑長編》，卷二百八十三，頁3。「（元豐元年）正月，以王安石爲尚書左僕射、舒國公、集禧觀使。」見〔清〕蔡上翔：《王荊公年譜考略》，收於〔宋〕詹大和等撰，裴汝誠點校：《王安石年譜三種》（北京：中華書局，2006年6月），卷二十一，頁532。「（元豐三年九月）觀文殿大學士、集禧觀使、左僕射、舒國公王安石爲特進，改封荊國公。」見〔宋〕李燾：《續資治通鑑長編》，卷三百八，頁11。

〔註46〕邱鋒：〈新發現的一封王安石家信〉，《光明日報》，1976年8月9日。張白山所記日期爲1976年8月8日，疑誤。見張白山：《王安石》，〈後期詩歌及其詞曲〉，頁98。

〔註47〕見〔宋〕王銍：《四六話》，收入《叢書集成初編》（上海：上海商務印書館，1936年12月），頁7。

〔註48〕見〔宋〕邵伯溫：《邵氏聞見錄》（北京：中華書局，1983年8月），卷十二，頁128。

說：「近者經由屢獲請見，存撫教誨，恩意甚厚。別來切計台候萬福。軾始欲買田金陵，庶幾得陪杖屨，老於鍾山之下。」也賦詩：「勸我試求三畝田，從公已覺十年遲。」〔註49〕在談詩論學之餘，想要和王安石比鄰終老，後來雖然沒有如願，但文友間的情誼，讓王安石在金陵的晚年更添溫厚淳盈的安適之感。

王安石於元祐元年（1086）過世，加司空，紹聖年間（1094～1097）諡曰「文」，崇寧三年（1104），追封舒王。〔註50〕身後所追封的官職，或許無法彌補王安石生前變法失敗的遺憾，但他所創作的詩文卻是當下情感最真實的記憶，不僅可以召喚當時的思緒反應，更以藝術形式凝結保存下來，供後人一再分享他的體會，反而是另一種文學境界上的成功。

罷官至返鄉的際遇，也影響了王安石的心境與文學創作，使他中晚年的文風產生轉變。

第三節　才性習染

在相同的時代背景之下，不同的人仍有不同的作為，才性特質的差異無疑是當中一個重要的因素，就文學創作而言，更是構成作品風格的主要成分。劉勰（464～522）說：「夫情動而言形，理發而文見，蓋沿隱以至顯，因內而符外者也。然才有庸儁，氣有剛柔，學有淺深，習有雅鄭，並情性所鑠，陶染所凝，是以筆區雲譎，文苑波詭者矣。」〔註51〕作者內心的感受反映在文字上，因為個人的環境習染、才性特質有別，所以展現的筆觸、文風也各不相同。

一、終其一生好學

王安石本身聰穎之外，「好學」絕對是個性上的優勢。由他早年寫的〈傷仲永〉（卷七十一）可得知，王安石認為個人與生俱來的天分不可依恃，後天的教育養成則是不可缺少的。王銍記王安石居鍾山時，常乘驢而出，隨意休息，或

〔註49〕見〔宋〕蘇軾：《蘇東坡全集》，續集卷十一，〈上荊公書〉，頁351、前集卷十四，〈次荊公韻四絕〉，頁197。

〔註50〕見〔元〕脫脫等撰：《宋史》，卷三百二十七，頁10550。

〔註51〕見〔南朝梁〕劉勰：《文心雕龍》（臺北：臺灣商務印書館，1965年8月）（四部叢刊初編集部，上海商務印書館縮印明刊本），卷六，〈體性〉第二十七，頁32。

憩或坐，但「未嘗無書，或乘而誦之，或憩而誦之」，﹝註52﹞邵伯溫（1057～1134）
曾記王安石初爲淮南判官，常常讀書達旦，來不及梳洗就去辦公，﹝註53﹞劉安
世也說他「終身好學」，﹝註54﹞陸友仁《研北雜志》記王安石晚年罷相回金陵時，
家中的一個老兵常向一酒官沽酒，酒官問老兵王安石現在多爲何事，老兵說：「相
公每日只在書院讀書。」﹝註55﹞這些都可以看出他追求學問的勤奮，不論外在
境遇如何，仍然時時保持閱讀的習慣，由少年至暮年始終如一，積累出紮實的
學問。

　　王安石自言學習的內容爲「自百家諸子之書，至於《難經》、《素問》、《本
草》、諸小說無所不讀，農夫、女工，無所不問，然後於經爲能知其大體而無
疑」（卷七十三〈答曾子固書〉）涉獵的範圍遍及各家，學習的態度十分開放，
目的則是爲了能夠更了解經典，王安石中年對於儒學經典的熟稔，晚年可以
援引佛語的功力，由他一生學習內容之廣泛可見端倪。

二、爲人簡樸清廉

　　劉安世曾以王安石與司馬光相比：

> 金陵亦非常人，其操行與老先生略同。先生呼溫公則曰老先生，呼
> 荊公則曰金陵，其質樸儉素，終身好學，不以官職爲意，是所同也。
> ﹝註56﹞

《元城語錄》是馬永卿纂輯劉安世的話語而成，引文中的「先生」指劉安世；
「老先生」則是司馬光。劉安世並稱王安石與司馬光都是儉樸的人。王安石
中年位居宰輔，權高一時，未見奢侈行徑，晚年退居金陵，繁華落盡，也能
寄情山水，安頓心靈。也因爲他著眼的不是外在的榮華名利，所以不把高官
作爲追求的目標，年少仕宦，主要是爲了維持家庭生計，「少隨官牒，徒有
志於養親」（卷五十八〈除依前左僕射觀文殿大學士集禧觀使謝表〉）、「仕初
有志於養親，學遂不專於爲己」（卷五十六〈除知制誥謝表〉）、「某之不敏，

﹝註52﹞見〔宋〕王銍：《甲申聞見二錄補遺》，收入《景印文淵閣四庫全書》，子部三
　　　　四三，頁4，總頁數220。
﹝註53﹞見〔宋〕邵伯溫：《邵氏聞見錄》，頁94。
﹝註54﹞見〔宋〕馬永卿輯：《元城語錄》，卷上，頁3。
﹝註55﹞見〔元〕陸友仁：《研北雜志》，收入《百部叢書集成》（臺北：藝文印書館，
　　　　1965年），卷下，頁14。
﹝註56﹞見〔宋〕馬永卿輯：《元城語錄》，卷上，頁3。

不幸而無以養,故自麋於此。蓋古之人有然者,謂之爲貧之仕」(卷七十七〈答王該秘校書二〉),並不眷戀官位,爲官時更是十分清廉。黃庭堅(1045～1105)如此形容王安石:「余嘗熟觀其風度,眞視富貴如浮雲,不溺於財利酒色,一世之偉人也。」〔註57〕認爲王安石的偉大在於他清廉的個性所展現出來的風度,人到無求品自高。陸九淵(1139～1192)也看出了王安石的清廉出自內心:

> 英特邁往,不屑於流俗,聲色利達之習,介然無毫毛得以入於其心,
>
> 潔白之澡,寒於冰霜,公之質也。〔註58〕

因爲心境清明如鑑,無愧於人,所以不懼外在的流言,也不爲聲色娛樂所誘惑。王安石自認變法是爲百姓謀福利,不是圖一己之利,所以自覺問心無愧,諸事以百姓爲考量,總是義正詞嚴地堅持己見,一往無前地推動變法,也因爲如此,縱使政敵不同意王安石的觀點,並沒有理由從個人的操守批評他。吳澄說:「荊國文公,才優學博而識高,其爲文也,度越輩流。其行卓,其志堅,超超富貴之外,無一毫利欲之汨,少壯至老死如一。其爲人如此,其文之不易及也固宜。」〔註59〕王安石儉廉的個性陪隨他一生,吳澄更將這種不忮不求的特質視爲後人難以超越其文的一個原因。倪志僩說:「而其爲人,風裁峻潔,絕去一切聲色綺紈之好,尤爲素樸而純實;所以見於文章者,醇粹明白,語無枝葉,乾淨俐落,出自性情,其所素養然也。」〔註60〕倪志僩也將素樸的性情視爲導致王安石文章潔淨的由來。

三、個性異常堅定

　　嘉祐五年仁宗詔司馬光和王安石同修起居注,司馬光五辭而後受,王安石不從,連上十二封奏書請辭。《續資治通鑑長編》記:「(嘉祐五年四月)己卯,度支判官、祠部員外郎、直集賢院王安石同修起居注。安石以入館才數

〔註57〕見〔宋〕黃庭堅:《豫章黃先生文集》(臺北:臺灣商務印書館,1956年8月)(四部叢刊初編集部,上海商務印書館縮印嘉興沈氏藏宋本),卷三十,〈跋王荊公禪簡〉,頁337。

〔註58〕見〔宋〕陸九淵:《象山先生全集》,卷十九,〈荊國王文公祠堂記〉,頁156。

〔註59〕見〔元〕吳澄:《吳文正集》,收入《景印文淵閣四庫全書》,集部一三六,卷二十,〈臨川王文公集序〉,頁220。

〔註60〕見倪志僩:〈北宋古文學之新發展〉,《東方雜誌》(1983年10月),第十七卷第四期,頁36。

月，館中先進甚多，不當超出其右，固辭之。」「最後有旨令閤門吏齎敕就三司授之，安石不受，吏隨而拜之，安石避於廁，吏置敕於案而去，安石遣人追還之，朝廷卒不能奪。」〔註61〕可以得見他的堅定。適度的堅持能提高做事成功的機率，但過度的執著卻會使人不妥協、不善認錯，失去與眾人集思廣益、統合諸家見解之長的機會。

　　王安石於熙寧三年為〈眾人〉一詩，〔註62〕聲明自己問心無愧，不理會外來無根據的流言：「眾人紛紛何足競，是非吾喜非吾病。頌聲交作莽豈賢，四國流言且猶聖。唯聖人能輕重人，不能銖兩為千鈞。乃知輕重不在彼，要之美惡由吾身。」（卷十）王安石自言如此，後人有不同的延伸解讀，正面的解讀如鄒元標：「身未執政，天下譽之不加信，及既執政，天下毀之不加阻。彼其心視毀譽如浮靄之往來太虛，公又儒而自信者也。」〔註63〕負面的解讀如朱熹：「天資亦有拗強處。」〔註64〕林紓（1852～1924）：「古人性之偏執者，至王臨川極矣。」〔註65〕正面與負面的差別就在於他們對王安石的判斷是自信還是自傲，自信能產生勇氣；自傲就容易流於偏執。而程杰同時注意到了王安石個性中「堅持」特質的正反面表現：「王安石是一個剛強、認真的人，剛強、認真得有些執拗；……無論是政治上、學術上，還是在文學上，王安石都表現出一種認真、嚴肅的精神，顯示出性格上凝定、沉毅的整體特徵。」〔註66〕在正面態度上的堅持固然是好事，如勤勉治學、勤政愛民，但如果在意見上仍固執己見，就偏於執拗，捨棄了多數人的智慧，十分可惜。王安石的堅定幫助他治學為文、推行變法、訂正《三經新義》、撰《字說》……等，但也因為有時過度的堅定，拒絕許多諍言，導致孤軍奮戰不說，更難以達成目標，這也就是韓琦（1008～1075）所言王安石能為翰林學士而不適合輔政的原因。〔註67〕

〔註61〕見〔宋〕李燾撰：《續資治通鑑長編》，卷一百九十一，頁9、10。

〔註62〕詩的繫年據李德身：《王安石詩文繫年》，頁206。

〔註63〕見〔明〕鄒元標：《願學集》，收入《景印文淵閣四庫全書》，集部二三三，卷五上，〈崇儒書院記〉，頁42，總頁數186。

〔註64〕見〔宋〕黎靖德編：《朱子語類》，卷一百三十，頁3101。

〔註65〕見林紓撰：《春覺齋論文》，收入王水照編：《歷代文話》，第七冊，頁6398。

〔註66〕見程杰：《北宋詩文革新研究》，第九章〈王安石、曾鞏等淮南、江西文人與詩文革新的深化〉，頁237。

〔註67〕「安石為翰林學士則有餘，處輔弼之地則不可。」見《宋史・韓琦列傳》，〔元〕脫脫等撰：《宋史》，卷七十一，頁10229。又見卷八十六，〈王安石列傳〉，頁10553。

　　王安石身處改革意識濃厚的時代，卻無法完成變法的使命，他能獲得變法的機會得力於他的個性，變法失敗也是肇因於他的個性。王安石的堅定、盡責、廉潔、專注，讓他自任官以來長期關注百姓生活、上書言政，也讓神宗注意到他的言行，更推崇其學識。不過也因為過度的自信，認為旁人反對新法純粹是為了阻擋新法落實，他們並無考慮到新法的益處，導致朝中的君子都遠離王安石，他只能援引小人，更添爭議。而他的文章正好配合時事發論，在了解生平際遇與才性習染之後，有助勾勒出文風及文學觀點流變的樣貌。

第三章　王安石中年的文風特色

　　熙寧年間（1068～1077）是王安石政治生涯的巔峰時期，這段期間的文章創作與政治、學術皆有關。大部分文字的創作動機爲政治而發，文章的內容又時常援引經典入文。所以必須先釐清與王安石相關的政治事件與儒學思想的互動，才能深入分析王安石中年的文風。

　　與王安石相關，而涉及儒學與政治的事件，如：論坐講、編纂《三經新義》……等，可以由他在這些事件中的反應，了解中年創作文章的心理歷程。論坐講主要探討王安石提出侍講應賜坐的理由，從中看出對儒學傳承的重視，以及捍衛儒學，不惜與眾大臣對峙的勇氣，可以看出日後爲文論政的不屈氣勢。而編纂《三經新義》的原因包括傳承儒學與在變法理論中尋求學術支持等因素，由開始編纂《三經新義》至頒布爲學官的過程，能看出神宗與王安石在施政上的配合，試圖以學術力量達到統一思想的政治意圖。再由士子在科舉改制之後所受到的影響、其他文人的不滿來解讀《三經新義》所遭遇的負面評價，從學術的角度觀察王安石對變法的執著。

　　了解成文背景之後，再梳理王安石中年時期的古文及駢文風格，並歸納其特點。此外，王安石中年的文風也並非全然不變，其逐漸偏向晚年文風的過渡歷程同樣相當值得觀察。

第一節　儒學思想與當代政治的發展

　　宋代的學者往往身兼政府官員，在論政、論學、論文之間，很難完全切割個別專職的領域，其實也無需刻意區分，這正好形成宋代文章的特點，作

家們豐厚的知識背景，使得引用經史、訴諸權威變得習以爲常，議論性強、學識富瞻於是成爲宋代文學的要點，王水照（1934～）對「政治家、文章家、經術家三位一體，是宋代『士大夫之學』的有機構成」已有清楚的統整分析。〔註1〕也因爲士人之間論辯的主題多橫跨學界與政壇，透過政治事件的角度來看儒學的轉化，或由儒學經典在宋代的發展，來觀察政治力量潛伏其中的影響，皆可以從不同面向觀察作家文學創作背後的成因。中年階段的王安石大部分時間沉浸在學術與政事之中，更適合觀察學術與政事濡墨至文學創作的痕跡。王安石中年的學術思想以儒學爲主，本節先由宋代政治與儒學關係較爲密切的事件，來看王安石儒學思想的傾向與專精的儒學典籍。

一、經筵與皇權的抗衡：論坐講

經筵爲「經筵官」的省稱，或指經筵官爲皇帝、太子進行講論經史的場所，此處爲官職省稱之意，指爲皇帝或太子講解經傳章句、解決相關疑惑的官員總稱，包含侍讀、侍講、翰林侍讀學士、翰林侍講學士、崇政殿說書等。〔註2〕韓維（1017～1098）曾敘述經筵中「侍講」的制度演變：「天僖舊制，侍臣皆賜坐，講者別設席於前，列坐而講。乾興以後，皆先坐，賜茶，徹席立講，講畢復坐，賜湯。今來侍者皆坐，講者獨立。」〔註3〕北宋開國以來，皇帝身邊的侍臣與侍講皆享有賜坐的特權，至眞宗乾興元年（1022）改爲講官於未始講及講罷經史時可坐，但講經時需立講，之後變成講者從頭至尾立講，而侍者皆坐聽，侍臣的權利沒有太大更動，但侍講站立時間明顯增加。

熙寧元年（1068）王安石擔任翰林學士兼侍講，建議神宗回復舊制，侍講於講經時應賜坐，引起軒然大波：

> （四月）庚申，翰林學士侍讀呂公著、翰林學士兼侍講王安石等言：
> 「竊尋故事侍講者皆賜坐，自乾興後講者始立而侍者皆坐聽。臣等竊謂侍者可賜立而講者當賜坐，乞付禮官考議，詔禮院詳定以聞判。」……太常龔鼎臣、蘇頌、周孟陽，同知禮院王汾、劉放、韓

〔註1〕 見王水照：《宋代文學通論》，緒論，〈宋型文化與宋代文學〉，頁29、30。

〔註2〕 見龔延明編：《中國歷代官制別名大辭典》（上海：上海辭書出版社，2006年7月），頁481、龔延明編：《宋代官制辭典》（北京：中華書局，1997年4月），頁31、45、46。

〔註3〕 〔宋〕韓維：〈議講者當賜坐狀〉，見曾棗莊、劉琳主編：《全宋文》，第四十九冊，頁153。

忠彥等言：「臣竊謂侍從之臣見於天子者賜之坐，有司顧問猶當避席立語，況執經人主之前，本欲便於指陳，則立講爲宜，若謂傳道近於爲師，則今侍講解說舊儒章句之學耳，非有爲師之實，豈可專席安然以自取重也？又朝廷班制以侍講居侍讀之下，祖宗建官之意輕重可知矣。今若侍講輒坐，其侍讀當從何禮？若亦許之坐，則侍從之臣每有進說，皆當坐矣。且乾興以來，侍臣立講歷仁宗、英宗兩朝行之且五十年，豈可一旦以爲有司之失而輕議變更乎？」〔註4〕

同樣支持賜坐的呂公著（1018～1089）在〈請坐講奏〉一文中補充：「所以當賜坐者，以傳先王之道故也。伏惟陛下躬仁聖之質，將興堯舜之治，於傳道之際，不宜因循有司一時之失，不正其禮。」〔註5〕王安石與呂公著二人認爲應當尊重師道，侍講講經時的身分爲師長，講經等於傳道，「講者立、聽者坐」不合師禮，請求皇上恢復乾興時期賜坐侍講的舊制。贊同賜坐的人還有韓維，他回顧「祖宗以來，講說之臣多賜坐者，誠以其敷暢經藝，所以明先王之道，道之所存，禮則加異」。〔註6〕但是也有人反對，呂誨反對的理由是「執經在前，乃進說，非傳道也。安石居是職，遂請坐而講說，將屈萬乘之重，自取師氏之尊。真不識上下之儀，君臣之分」。〔註7〕通觀前引數文內容，支持賜坐者把闡釋經義等同於闡明先王之道，並且把侍講與受講者的身分、地位納入師生倫理中，主張加以禮遇侍講；反對派的人則認爲解說經義不等於爲師的「傳道」，比較接近向君主進言，一般大臣晉見皆立語，君臣尊卑上下輕重仍須有別，侍講自然也不例外。另外，舊法亦行之有年，應安於舊法，不該驟然更動。雙方無法產生共識的原因在於以侍講的工作性質而言，儒者氣性比官吏職位受人注意，他們從儒學角度出發，執守師生之禮而論；大臣們則是首重政治考量，以君臣之禮爲爭論的立足點。且侍講由與侍臣皆坐，變成侍臣坐、侍講獨立，更動規定時並沒有一視同仁或給予合理的解釋，於公於私，侍講皆感到不受尊重，在改制後將近五十年的時間，王安石是首位挺身

〔註4〕 見〔宋〕楊仲良編：《資治通鑑長編紀事本末》，卷五十三，頁1694～1696。

〔註5〕 〔宋〕呂公著：〈請坐講奏〉，見曾棗莊、劉琳主編：《全宋文》，第五十冊，頁275。

〔註6〕 〔宋〕韓維：〈議講者當賜坐狀〉，見曾棗莊、劉琳主編：《全宋文》，第四十九冊，頁153。

〔註7〕 〔宋〕呂誨：〈論王安石姦詐十事狀〉，見曾棗莊、劉琳主編：《全宋文》，第四十八冊，頁141。

而出反映不平的講官。

曾鞏（1019～1083）得知此事後也寫了一篇〈講官議〉，〔註8〕對於支持賜坐者有關「道」的定義有更深入的探討，來反駁王安石的見解：

> 世之挾書而講於禁中者，官以侍爲名，則其任故可知矣。廼自以謂吾師道也，宜坐而講，以爲請於上。其爲說曰：「必如是，然後合於古之所謂坐而論道者也。」夫坐而論道，謂之王公；作而行之，謂之卿大夫。語其任之無爲與有爲，非以是尊師之道也。且禮於朝，王及群臣皆立，無獨坐者；於燕，皆坐，無獨立者，故坐未嘗以爲尊師之禮也。昔晉平公之于亥唐，坐云：「則坐。」曾子之侍仲尼，子曰：「參復坐。」則坐云者，蓋師之所以命學者，未果有師道也。
>
> 顧僕僕然以坐自請者也，則世之爲此者，非妄歟？〔註9〕

曾鞏一開始便提醒侍講的職責爲「侍」，不以師者視之，但他忽略了當時同在講筵的「侍臣」是可以就坐的，這個論點說服力不強。接著批評主張賜坐的理由，文章中所引主張賜坐者的言語今未見於《臨川先生文集》中，但此文應是對王安石意見所發的議論。曾鞏指出王安石認可的理由「古之所謂坐而論道者」並非專指爲師之理，而是指在上位者負責的職務，以此作爲訴求的方向有所偏差。

〔註8〕 何焯：「呂獻可彈王介甫十事，其三云：『人主延對經術之士，講解先王之道，設侍講、侍讀常員執經在前，乃進讀，非傳道也。安石居是職，遂請坐而講說，將屈萬乘之重，自取師氏之尊，眞不識上下之儀、君臣之分，況明道德以輔益聰明者乎？但要君取名而已。』此議似亦爲介甫發。」見〔清〕何焯：《義門讀記》（上海：上海古籍出版社，1992年7月），卷四十一，頁5、6，總頁數270、571。儲欣：「子固之於介甫，……有因其請坐講而著論以解之者，〈講官議〉是也。」見〔清〕儲欣輯：〈南豐先生全集錄〉，《唐宋十大家全集錄》，收入《四庫全書存目叢書》（臺南：莊嚴文化，1995年），卷二，頁15，總頁數690。李震：「（熙寧元年）是歲，王安石在京爲翰林學士，請坐講，曾鞏著《講官議》（《集》卷第九）以諷。」見李震：《曾鞏年譜》（蘇州：蘇州大學出版社，1997年12月），頁241、242。北宋有二次論坐講事件，一次由王安石、呂公著發起，另一次是元祐元年（1086）三月由程頤提出，程頤論坐講之事可見〔宋〕李燾撰：《續資治通鑑長編》，卷三百七十三，頁7、8，「三月辛巳」條。以及〔宋〕李心傳編：《道命錄》（臺北：文海出版社，1981年6月），卷一，頁27、28。曾鞏卒於元豐六年（1083），故〈講官議〉爲曾鞏針對王安石所寫應無疑。

〔註9〕 見〔宋〕曾鞏：《元豐類藁》（四部叢刊初編集部，上海商務印書館縮印烏程蔣氏密韻樓藏元刊本），卷九，頁74、75。

　　「坐而論道，謂之王公」出自《周禮・考工記》：「國有六職，百工與居一
焉。或坐而論道；或作而行之；或審曲面勢，以飭五材，以辨民器；或通四方
之珍異以資之；或飭力以長地財；或治絲麻以成之。坐而論道，謂之王公；作
而行之，謂之士大夫。」〔註10〕此處的「坐而論道」是六職之一，歸屬王公的
職責，指涉的「道」爲「治國之道」，比較傾向處理政事的原則、方法，與師者
所傳之道無法一概而論，王安石在主張賜坐時，斷章取義地移植「坐而論道」
爲尊師之道並不適當，但已能得見王安石論政習慣引經據典。熙寧六年（1073）
至八年期間，王安石撰寫《周禮新義》，對上引《周禮・考工記》經文的第一句
「坐而論道」及其前後文是這麼解釋的：「百官謂之百工者，以其如之故也。當
其聯事合志，則謂之百僚；當其分職率屬，則謂之百官；當其興事造業，則謂
之百工。民器各有宜，不可以不辨。」〔註11〕接近《周禮》經文依照不同職位，
賦予各自權責的原意，但沒有直接對坐而論道作出詮釋。第二次在經文出現的
「坐而論道」則無文字涉及解釋，但《周禮新義・天官》提到：

　　眠治朝言王，而作大事不言王，則作大事者大宰故也。蓋命者君所
　　出，而事之者臣所作，故曰：「坐而論道，謂之三公；作而行之，謂
　　之士大夫。」〔註12〕

可見王安石當時應明白「坐而論道」的本意著重於政治上，指國君與大臣等
官屬負責事務不同的分判標準，並非指爲師應受尊重而坐講之意，與熙寧元
年時的說法已經不同。

　　曾鞏的〈講官議〉認爲「坐而論道」非論尊師之禮外，更由禮制上說明
「坐」多爲長者命學者所做，並非師禮之必然，意指講官不該執意而行。黃
震（1213～1280）評〈講官議〉：「謂古禮，於朝則王及群臣皆立，無獨坐者；
於燕則皆坐，無獨立者。坐云者，師所以命弟子，而譏當時請坐講者爲非，
是欲以古制律今，而講官以弟子禮命其君耶？」〔註13〕黃震逕自將「坐」等

〔註10〕見《十三經注疏》（臺北：藝文印書館，1989 年 1 月），第三冊，卷三十九，
　　　　頁 2、3，總頁數 593、594。錄自書中所引《周禮》經文。
〔註11〕見程元敏著：《三經新義輯考彙評（三）——周禮（下）》（臺北：國立編譯館，
　　　　1987 年 12 月），頁 567。
〔註12〕見程元敏著：《三經新義輯考彙評（三）——周禮（上）》（臺北：國立編譯館，
　　　　1987 年 12 月），頁 47、48。句中「謂之三」的「三」字，程元敏註：「墨海
　　　　本、經苑本竝作王，詳解述亦作王。」
〔註13〕見〔宋〕黃震：《黃氏日抄》（京都：中文出版社，1979 年 5 月），卷六十三，
　　　　頁 711。

同於師長令學生從事的行爲，這混淆了曾鞏原本的二層漸進的意思。曾鞏的第一層意思是「坐」並非絕對的尊師之禮，第二層意思是「坐」多爲長者命學者所做，是長者的體恤，而非發自學生的尊重行動。第二層意思和其他的反對者所持的理由相同，主張講官不該以弟子之禮要求皇帝遵循，因爲他並不具師長身分。雖然事件最後的結果是「上以問曾公亮，但稱臣侍仁宗書筵亦立，後安石因講賜留，上面諭曰：『卿當講日可坐。』安石不敢坐，遂已」，〔註14〕但從「論坐講」的事件除了能得見神宗對王安石的禮遇之外，由爭取賜坐權利而與政治上獨大的皇權對立，也看出王安石不畏強權的勇氣、對於儒學思想傳承者地位的重視，以及爲了達到目的而曲說經典意義。

二、政治與學術的結合：訂定《三經新義》

（一）神宗對王安石政策的支持

王安石變法始於熙寧二年（1069），熙寧四年二月改革科舉，進士科廢試詩賦，改試經義，〔註15〕具體規定爲「罷詩賦、帖經、墨義，各占治《詩》、《書》、《易》、《周禮》、《禮記》一經，兼以《論語》、《孟子》，每試四場，初本經，次兼經，並大義十道，務通義理，不須盡用注疏」。〔註16〕自北宋開國以來，減低詩賦考試比重的建議已屢次被提及，〔註17〕但不是沒有下文，就是實施的時間過短，到了熙寧年間才眞正廢除詩賦一科。這次的科舉改革除了刪去注重聲律詞藻的詩賦一科，也廢除了近似填空、默寫題型的帖經、墨義科目，讓學子不再只經由背誦接觸經書。王安石曾說：「所謂文吏者，不徒苟尚文辭而已，必也通古今，習禮法，天文人事，政教更張，⋯⋯所謂諸生者，不獨取訓習句讀而已，必也習典禮，明制度，⋯⋯有大議論，則以經術斷之是也。以今準古，今之進士，古之文吏也。今之經學，古之儒生也。然其策進士，則但以章句聲病，苟尚文辭，類皆小能者爲之。策經學者，徒以

〔註14〕見〔宋〕楊仲良編：《資治通鑑長編紀事本末》，卷五十三，頁1697。

〔註15〕《宋史·神宗本紀》，見〔元〕脫脫等撰：《宋史》，卷十五，頁278。

〔註16〕見〔宋〕李燾撰：《續資治通鑑長編》，卷二百二十，「二月丁巳」條，頁1。《宋史·選舉志》亦有相關記載，見〔元〕脫脫等撰：《宋史》，卷一百五十五，頁3618。

〔註17〕見夏長樸：《王安石的經世思想》（臺北：臺灣大學中文研究所博士論文，1980年7月），第五章第一節，〈養士與取士〉，頁182～185。晏殊、李淑、范仲淹、宋祁、司馬光等人均曾上疏請求。

記問爲能，不責大義，類皆蒙鄙者能之。」（卷六十九〈取材〉）道出人才應該具備的能力以及表達對過去取才制度的不滿。此次改革在儒學上而言，士子就學方向由專研注疏向通解義理跨出一步，也可見王安石治學、作文並非只靠博記累積學識，融會貫通、體悟深意是他更重視的爲學方法。

　　不僅王安石有意改革科舉制度，神宗也偏愛以經義取士，除了發布上述「務通義理，不須盡用注疏」的決策之外，更屢次表現出支持的決心。《宋史‧選舉志》：「神宗篤意經學，深憫貢舉之弊，且以西北人材多不在選，遂議更法。」〔註18〕「篤意經學」已經隱含變更法制的可能方向，神宗意有所圖而採取主動的態度，熙寧四年下詔申明罷詩賦、試經義之理由雖然出自中書，但詔書的內容同時見於王安石〈乞改科條制箚子〉（卷四十二）一文，幾乎完全相同，表示神宗與王安石在科舉的改制上有志一同。文章指出欲依循上古之制，必須藉著建立學校來取士，達成「道德一於上，習俗成於下」的目標，在學校未落成之前，則先「除去聲病對偶之文，使學者得以專意經義」，〔註19〕以矯正士子學習方向，作爲中繼的程序。

　　熙寧五年，王安石以黎侁（？～1074）、張諤文字呈與神宗，以不合經義爲憾：

> 上曰：「經術今人人乖異，何以一道德？卿有所著，可以頒行，令學者定於一。」安石曰：「《詩》已令陸佃、沈季長作義。」上曰：「恐不能發明。」安石曰：「臣每與商量。」〔註20〕

王安石的答話透露他已著手進行「一道德」的準備工作，〔註21〕如果再配合王安石所說「念古者一道德以同天下之俗，士之有爲於世也，人無異論。今家異道，人殊德，又以愛憎喜怒變事實而傳之」（卷七十二〈答王深甫書二〉）、「古者一道德以同俗，故士有揆古人之所爲以自守，則人無異論。今家異道，人殊德，士之欲自守者又牽於末俗之勢，不得事事如古，則人之異論可悉弭乎」（卷七十五〈與丁元珍書〉）一起看，得以發現王安石一道德的思想早於

〔註18〕　見〔元〕脫脫等撰：《宋史》，卷一百五十五，頁3616。

〔註19〕　以上二段引文同見於〔宋〕李燾撰：《續資治通鑑長編》，卷二百二十，「二月丁巳」條，頁1、〔清〕徐松纂輯：《宋會要輯稿》（臺北：新文豐出版社，1976年10月），〈選舉〉，三之四三、三之四四，頁4269、〔宋〕王安石：《臨川先生文集》，卷四十二，〈乞改科條制箚子〉，頁269。

〔註20〕　見〔宋〕李燾撰：《續資治通鑑長編》，卷二百二十九，「正月戊戌」條，頁5。

〔註21〕　見夏長樸：《王安石的經世思想》，第五章第二節，〈三經義的修撰〉，頁202。

嘉祐（1056～1063）、治平（1064～1067）年間就已初步形成，〔註22〕已經直接把「經義分歧」與「無法一道德」等同而論，在推行變革時卻說一道德是建立學校之後教育士人的目標，改試經義只是銜接學校與科舉取士之間落差的過渡方式，而由神宗在熙寧五年承認「經義分歧」與「無法一道德」的對等關係，有意使王安石新詮經義，使學者有統一遵循的版本。其實王安石一直承認統一士人的認知是一道德的關鍵，但是在政治決策上並不急進，採取循序漸進的方式，讓神宗居於公開宣布進程的地位，他在儒學上的預先準備與在政治上的實踐節奏並不一致。陶豐說：「新學在神宗朝能夠獲得『獨尊』的地位，是許多原因共同起作用的結果：首先它具有成爲一門顯學所應該具備的學術、道德感召力。其次，它本身就是新政的一部分，因而獲得政治力量的推廣，被納入北宋王朝的制度體系，成爲國家意識形態。最後，制度的作用又反過來強化了它的地位。」〔註23〕陶豐只從新學出發，單向說明政治力量對新學的推廣，其實新學的成立本來也有穩定變法局勢的意圖。王安石中年對外界的整體態度應該是「以成形的學術概念輔佐政治，再藉著政治力量保護自身看重學術的生存空間」，學術與政治的關係是相輔相成的。

　　王安石與宋神宗在變法初期的互動，實是神宗多信任、允諾王安石的意見，他們皆有心於改革，實際的措施由王安石擬定，神宗大多樂觀其成，而且支持王安石的行政措施，推行新法時甚至令人覺得是一搭一唱的合作拍檔，看科舉改制事件就有二人似乎對結論已了然於心的對話推展過程：

> 上諭執政曰：「今歲南省所取多知名舉人，士皆趣義理之學，極爲美事。」王安石曰：「民未知義則未可用，況士大夫乎？」上曰：「舉人對策，多欲朝廷早修經義，使義理歸一。」〔註24〕

這是熙寧六年三月的對話。與前引熙寧五年的對話合觀，神宗對士子群起研讀經學義理顯然很滿意，更延續熙寧五年的想法，藉舉人對策所言，暗示王安石修纂經義。神宗有意命王安石編訂《三經新義》很明顯地早有端倪可尋，

〔註22〕林素芬討論過王安石「一道德」的想法應該在嘉祐、治平年間就已初步形成，想要採用人爲的方式使士人對道的認識達到統一，可以說是他政治思想的基調。見林素芬：〈「道之不一久矣」——論王安石的「道一」說〉，《臺大中文學報》第十七期（2002 年 12 月），頁 125～159。

〔註23〕見陶豐：〈王安石新學興廢述〉，收入王水照主編：《新宋學》（上海：上海辭書出版社，2001 年 10 月），第一輯，頁 329。

〔註24〕見〔宋〕李燾撰：《續資治通鑑長編》，卷二百四十三，「三月庚戌」條，頁 6。

而王安石也很有默契地預先與門人商量作經義之事，由二人對話的層層推
進，神宗的目的已昭然若揭，王安石卻都能早一步想到神宗的顧慮，且事先
籌劃完備，在一道德同風俗的考量上，王安石已有縝密的規畫，他的行事能
讓神宗感到安心。

　　宋神宗於熙寧六年正式請王安石開設經局，修訂經義，熙寧八年頒布王
安石等人修訂的《三經新義》為科舉的標準本，〔註25〕蔡絛曾說：「王元澤奉
詔為三經義，時王丞相介甫為之提舉，蓋以相臣之重所以假命於其子也。……
《詩》、《書》蓋多出元澤及諸門弟子手，至若《周禮新義》實丞相親為之筆
削者。」〔註26〕修訂《三經新義》的人包括王安石與其子王雱、呂惠卿……
等，當中《周禮新義》〔註27〕全出自王安石之手。神宗於熙寧四年、五年、
六年關於提倡經義的言談似乎進行著發現問題、尋找方法、處理事件、達成
目的的有效進程，扮演表面上的主導人物恰如其分，讓王安石在學術資源與
政治援助上無後顧之憂，君臣間的對話更表明了神宗與王安石二人不言而喻
的行事默契。

（二）《三經新義》對科舉學風的影響

　　《三經新義》的出現，對學術來說，貢獻在於對經典提出不同的解釋，
為宋人具備懷疑精神的展現，並將經典注疏改以義理詮釋，影響宋人日後研

〔註25〕　李燾：「（熙寧六年三月庚戌）注：丁卯舊紀書：詔王安石設局置官，訓釋《詩》、
　　　　《書》、《周禮》義，即此事也。」見〔宋〕李燾撰：《續資治通鑑長編》，卷
　　　　二百四十三，頁7。又《宋史‧選舉志》：「帝嘗謂王安石曰：『今談經者人人
　　　　殊，何以一道德？卿所著經，其以頒行，使學者歸一。』八年，頒王安石書、
　　　　詩、周禮義于學官，是名三經新義。」見〔元〕脫脫等撰：《宋史》，卷一百
　　　　五十七，頁3660。
〔註26〕　見〔清〕蔡絛《鐵圍山叢談》，收入《知不足齋叢書》（北京：中華書局，1999
　　　　年6月），第三冊第九集，卷三，頁21。
〔註27〕　於《漢書‧王莽傳》中得見劉歆改《周官》為《周禮》。王安石著述的書名為
　　　　《周官新義》，但自序中卻名為《《周禮義》序》，王安石時稱《周禮》，時稱
　　　　《周官》，如此稱呼錯雜的例子多有，可參見程元敏：〈三經新義版本與流傳〉，
　　　　《三經新義輯考彙評（三）──周禮（下）》，頁760～762。各書記載《周禮
　　　　新義》的書名也有出入，見方笑一：《北宋新學與文學──以王安石為中心》
　　　　（上海：上海古籍出版社，2008年6月），第五章第一節，〈《周禮義》概況〉，
　　　　頁105、106。亦可見廖育菁：《王安石《周官新義》研究》（彰化：國立彰化
　　　　師範大學國文研究所碩士論文，2004年12月），第三章第一節，〈《周官新義》
　　　　的書名、卷數〉，頁45～49。今為統一，均以王安石自己作的序為主，以下於
　　　　論文當中均稱此書為《周禮新義》。

究經學的方式。〔註28〕但是後來《三經新義》卻成爲科舉的官方定本，學子應試的標準答案。司馬光曾說：

> 王安石不當以一家私學欲蓋掩先儒，令天下學官講解及科場程試，
>
> 同己者取，異己者黜。〔註29〕

蘇軾也看到了《三經新義》帶來的缺點：「文字之衰未有如今日者也，其源實出於王氏。王氏之文未必不善也，而在於好使人同己。」「王氏之學，正如脫墼，按其形模出之，不待修飾而成器耳。求爲桓璧彝器其可乎？」〔註30〕汪藻（1079～1154）作〈鮑吏部集序〉云：「本朝自熙寧、元豐，士以談經相高，而黜雕蟲篆刻之習，庶幾其復古矣。學者用意太過，文章之氣日衰。」〔註31〕司馬光說的是方法上的錯誤，他贊成廢詩賦、試經義，反對的是以王安石一家的經義爲標準本，以之作爲進入官場的取決標準；蘇軾則是針對文章內容的貧乏與單一化、制式化感到憂心。二人都看到學術風氣停宕、士人思考固滯的未來，汪藻的話則是蘇軾和司馬光預言成眞的見證。

　　由士子的角度來看，儘管科舉有參考定本讓應考士子方便許多，但也使得大部分的應試者只背誦固定數本書籍，不再多方閱讀、思考爲文論策的架構。《宋會要輯稿》記載，徽宗政和二年（1112）左右，「鬻書者以《三經新義》，並莊

〔註28〕 王安石以義理詮解經典，例如《周禮·春官·內史》：「執國灋及國令之貳，以考政事，以逆會計。」鄭玄注：「國法：六典、八法、八則。」賈公彥疏：「以內史掌爵祿、殺生之事，故執國法及國令之貳者。國法大宰掌其政；國令，謂若凡國之政令。故亦掌其貳國，即句考其政事及會計，以知得失、善惡，而誅賞也。」《周禮新義》解：「上以道制之，下守以爲法；上以命使下，下稟以爲令。」鄭玄解釋國法包含的內容；賈公彥區分內史及大宰職責，說明二者管理範圍及工作內容的差異。注、疏都是依照經文的行文順序，貼近經文字句做解釋，而王安石就針對「灋」及「令」二字延伸到整個國家的上下應對方式：在上位者以道制定規則，在下位者就應遵守以爲回應。故姚瀛艇說：「王安石訓釋《周禮》，不是作煩瑣的章句注疏，而是用自己的哲學思想和政治觀點來闡明義理。這不僅賦予《周禮》以新義，使之成爲變法的指導思想，而且開宋儒義理之學的先聲，在中國經學史上具有重要的意義。」見姚瀛艇：〈宋儒關於周禮的爭議〉，《中國經學史論文選集》（臺北：文史哲出版社，1993 年 3 月），下冊，頁 107。余英時也說：「他（按：王安石）把經學推上了一個『義理』階段，這是無可否認的事實。」見余英時：《朱熹的歷史世界》，緒說，頁 81。

〔註29〕 見〔宋〕司馬光：《溫國文正司馬公集》，卷五十二，〈起請科場箚子〉，頁 389。

〔註30〕 見〔宋〕蘇軾：《蘇東坡全集》，前集卷三十一，〈答張文潛縣丞書〉，頁 376、續集卷八，〈送人序〉，頁 239。

〔註31〕 見〔宋〕汪藻：《浮溪集》，收入《叢書集成初編》（上海：上海商務印書館，1935 年 12 月），卷十七，頁 196。

老子說等，作小冊刊印，可置掌握。人競求買，以備場屋檢閱之用」。〔註32〕
市場機制反映人民需求，印刷的定本不僅供不應求，更製成小冊，以便隨身攜
帶，也有士子夾帶進入試場意圖抄襲的記錄，〔註33〕《三經新義》風行的程度
可見一斑。王安石當初編纂《三經新義》是考慮到「人材乏少，且其學術不一，
一人一義，十人十義，朝廷欲有所爲，異論紛然，莫肯承聽，此蓋朝廷不能一
道德故也」，〔註34〕想整合大家的看法，也爲一道德同風俗作準備，「欲變學究
爲秀才」，不意「變秀才爲學究」，〔註35〕這是他始料未及的。稍後的羅從彥、
馬端臨等人都注意到了科舉改制與一道德之間的關係，羅從彥說：「興舍法、以
經義易詞章、訓釋三經、挽天下學者從之，以爲先王一道德同風俗之意，果在
於此。」〔註36〕馬端臨更直指王安石欲箝制思想，以便朝廷推行政策：

> 變聲律爲議論，變墨義爲大義，則於學者不爲無補，然介甫之所謂一
> 道德者，乃是欲以其學使天下比而同之，以取科第。夫其書縱盡善無
> 可議，然使學者以干利之故，皓首專門，雷同蹈襲，不得盡其博學詳
> 說之功，而稍求深造自得之趣，則其拘牽淺陋，去墨義無幾矣，況所
> 著未必盡善乎？至所謂「學術不一，十人十義，朝廷欲有所爲，異論
> 紛然，莫肯承聽」，此則李斯所以建焚書之議也，是何言歟？〔註37〕

馬端臨也是持抑制學術發展的理由批評，認爲改變應試的內容對學子有益，
但如果只停留在置換應試的書籍、科目，士人仍需靠著背誦應試，根本的缺
失並未改善，如此一來，改革前後的差別、意義都不大。陳師道（1052～1101）
記科考情形：「舉子專誦王氏章句而不解義，正如學究誦註疏爾。教坊雜戲亦
曰：『學《詩》於陸農師，學《易》於龔深之。』蓋譏士之寡聞也。」〔註38〕
王安石本來的立意是要士人多接觸經書的義理，不過義理應該是要多方聽取
不同的解釋，尋找最適合的理解路徑，如果只研讀一家定論，對於判斷義理

〔註32〕見〔清〕徐松纂輯：《宋會要輯稿》，〈選舉〉，四之七，頁4280。
〔註33〕見劉子健：〈宋代考場弊端〉，《兩宋史研究彙編》，頁247。
〔註34〕見〔元〕馬端臨：《文獻通考》（臺北：新興書局，1959年1月），卷三十一，
　　　　選舉四，頁293。
〔註35〕見〔宋〕陳師道：《後山談叢》，收入《百部叢書集成》（臺北：藝文印書館，
　　　　1965年），卷一，頁10。
〔註36〕見〔宋〕羅從彥：《豫章羅先生文集》，收入四川大學古籍所編：《宋集珍本叢
　　　　刊》（北京：線裝書局，2004年6月），卷九，〈遵堯錄別錄〉，頁6。
〔註37〕見〔元〕馬端臨：《文獻通考》，卷三十一，〈選舉四〉，頁293。
〔註38〕見〔宋〕陳師道：《後山談叢》，收入《百部叢書集成》，卷一，頁10。

思考的訓練恐怕不足，王安石的作法無疑是捨本逐末。因爲有定本，大部分的士人就只是背誦章句，考試題型雖然已改成策論，以申論方式作答，但是士人準備考試的方法與改制前並無差異，王安石以爲良善的治學方法始終無法爲士人所識、所用。

就這起科舉與儒學的交涉事件始末，劉子健（1919～1993）曾作簡單的統整：

> 北宋中葉，已經注意經義的注疏和解釋。慶曆變法的領導群，自稱是正學。可是這初代的先鋒，興趣很廣，經史子集，金石圖版，琴棋書畫，都去發展。他們既不成爲一個學派，彼此之間，有關經學的解釋，往往不同。有的還覺得經世之學和實際經驗，比經學還重要。後來王安石領導新法，就確信經學是爲政之辭，考試標準以新學爲重。他自己寫的《周官新義》，尤須重視。這就引起很多其他學者的反對，認爲用一家私學，排斥其他說法。〔註 39〕

這一段話簡要地說明北宋前期至中期學者面對學問與實務的態度，而王安石也提出了自己的見解，他認爲經術可以用來經世務。本來這只是諸多說法中的一種，但正如徐洪興（1954～）所言：「政治之利用學術，總帶有一種實用的特徵，它總希望作爲統治思想的那一部分學說絕對化。可絕對化的結果，則總是使之凝固化，不再產生新的變化和發展。」〔註 40〕夏長樸更直接以王學爲討論對象：「反對王學者所反對的是將王安石的學術定爲官學，在學校學習、科舉必考的狀況下定於一尊，這將使得其他學術在不公平的條件下失去競爭力，對當時學術的發展並不有利。」〔註 41〕王安石的說法獲得政治力量的支持，成爲暫時的正統代表，壓縮了其他想法存在的空間，而招致群起攻之。學術本該交互激盪，不該只由數人的看法壟斷其他聲音，阻扼了各有所長的思想精華。更何況新的，而且是廣博的學風已經在各自陣營爭相萌發，卻突然受到抑止，對學術界而言，不啻是一種傷害。

另外，造成這起儒學紛爭的政治力量不該被忽略，也就是神宗對王安石

〔註 39〕見劉子健：〈宋末所謂道統的成立〉，《兩宋史研究彙編》，頁 256。

〔註 40〕見徐洪興：〈儒家原典研究的新取向〉，《思想的轉型：理學發生過程研究》（上海：上海人民出版社，1996 年 12 月），第二章第一節，頁 76。

〔註 41〕見夏長樸：〈一道德以同風俗——王安石新學的歷史定位及其相關問題〉，收入彭林主編：《中國經學》（桂林：廣西師範大學出版社，2008 年 4 月），第三輯，頁 136。

的信任以及對經學義理的執著，歷來論述應該提高神宗在熙寧變法中的影響力，也不該把後來學術由各自發展趨向於一的責任，全盤歸咎於王安石身上，神宗對學術的扶植，使得經學在宋代學術界快速奠定根基：

> 到神宗熙寧四年，「務通義理，不須盡用注疏」被作爲政府文件的形
> 式肯定下來，而「義理之學」自熙寧六年從宋神宗的口中說出之後，
> 遂成爲科舉考試項目中與詩賦、帖墨相對的經義策論的代名詞而爲
> 天下士人之所趨。〔註42〕

這則引文可以再加上熙寧八年（1075）頒布《三經新義》於學官，會使論述更完整。如同前文所述，經義被關注到了，可是舉子「通解」義理的效果有限，如果要討論王安石在北宋經學由注疏邁向義理的轉向上扮演著關鍵性的地位，應是指他提出科舉改制，作了《三經新義》等在制度層面上的更新，一旦要觀照士人習讀義理之後而成就的後續研究風氣，成效並不顯著。眞要說《三經新義》引領考試文風只能說在試經義而不試詩賦的熙寧四年（1071）至元豐八年（1085）期間。在恢復詩賦取士之後，更能看出義理之學並未蔚爲風氣的現象，元祐元年（1086）恢復詩賦取士，與經義取士並行，研習詩賦的人數遠多於經義。〔註43〕雖然直至慶元時期（1195～1200），王安石的《三經新義》仍在學校被講授，〔註44〕在研讀經義的士子之中仍具有一定程度的影響力，但考經義的人畢竟是少數，所以不宜總括地說《三經新義》仍主宰元祐之後科舉的文風走向。賈志揚（1948～）指出詩賦在宋代社會極爲流行，大部分讀書人會選擇詩賦研習或應考，這是實際與人應對與便於應試的考

〔註42〕見陳植鍔：〈宋學概說〉，《北宋文化史述論》（北京：中國社會科學出版社，
　　　　1992年3月），第二章第一節，頁178、179。

〔註43〕蘇軾在元祐四年十月說：「比來專習經義者，十無二三，見今本土及州學生
　　　　員，多從詩賦，他郡亦然。」見〔宋〕蘇軾：《蘇東坡全集》，奏議集卷六，
　　　　〈乞詩賦經義各以分數取人將來只許詩賦兼經狀〉，頁467。李燾：「（元祐
　　　　四年六月戊辰）竊聞進士多從詞科，十常七人，或舉州無應經義者。」見〔宋〕
　　　　李燾撰：《續資治通鑑長編》，卷四百二十九，頁18。〔清〕徐松纂輯：《宋
　　　　會要輯稿》，〈選舉〉，三之四九，頁4272、十四之二，頁4469，記錄元祐元
　　　　年閏二月令科場回復舊法；〈選舉〉八之三七，頁4378，在元祐八年（1093）
　　　　的太學生中，學習詩賦的有2093名，學習經義的只有83名；〈選舉〉，四之
　　　　三一、三二，頁4292，紹興二十七年（1157）正月記：「學者競習詩賦，治
　　　　經甚少。」

〔註44〕見夏長樸：〈一道德以同風俗──王安石新學的歷史定位及其相關問題〉，，
　　　　收入彭林主編：《中國經學》，第三輯，頁140，註2。

量，保障了詩賦存在科舉中的位置。〔註 45〕由此再回顧熙寧時期士人必須研讀經義爲應試的唯一選擇，且終其神宗執政期間，都沒有實施詩賦取士，可知政治左右學術的力量之大與神宗對經義的偏厚。

第二節　中年古文的分類與特色

　　陳善《捫蝨新話》說：「唐文章三變，本朝文章亦三變矣。荊公以經術，東坡以議論，程氏以性理，三者要各位門戶，不相蹈襲。」〔註 46〕唐代文章的三變，或指王楊一變、燕許二變、韓柳三變，〔註 47〕有時間上的歷程，但宋代文章三變，卻是在時間交集的共同空間中幾乎同時發生，這是宋代古文發展比唐代密度集中的證明。唐文章三變是文句由駢偶趨近散化的過程，宋代三變卻是古文多元化的迸發。由此段話除了可看出唐代文章與宋代文章發展的差異，更能從陳善以經術將王安石的文章與蘇軾的議論文作區別，表示王安石的作品不同於一般的議論文。方笑一認爲「經術」就是王安石的議論文與一般議論文不同之處，主要指「對儒家經典解釋和應用的技巧」，他探討了〈周公〉（卷六十四）、〈夫子賢於堯舜〉（卷六十七）、〈夔說〉（卷六十八）、〈季子〉（同上）……十餘篇學術性質較重的文章，稱這些文章爲「詮釋體」古文。此外，以嘉祐四年（1059）的〈上仁宗皇帝言事書〉（卷三十九）爲經術對王安石古文影響深遠的例子，更說《三經新義》的序與經術的關係「自不待言」。〔註 48〕方笑一所論學術性質較厚重的文章，李之亮認爲「就荊公一生而言，有此讀書研經的時間只有三段：慶曆初未第之時、治平中居金陵時、熙寧十年退居金陵時」，〔註 49〕所以這些文章在繫年時都被李之亮摒除在王安石中年時期之外，只有《三經新義》的序文在其中，但方笑一以爲三篇序文與經義有關係是不言而喻的，並沒

〔註 45〕見賈志揚：〈植根於學校——北宋晚期的科舉〉，《宋代科舉》（臺北：東大圖書出版社，1995 年 6 月），第四章，頁 110。

〔註 46〕見〔宋〕陳善：《捫蝨新話》，收入《叢書集成初編》（上海：上海商務印書館，1939 年 12 月），上集，卷三，頁 23。

〔註 47〕見〔宋〕歐陽脩、宋祁等撰：〈文藝傳〉，《新唐書》（臺北：臺灣中華書局，1965 年 11 月），卷二百一，頁 1。

〔註 48〕方笑一說：「陳善僅以『議論』一詞概括蘇氏文風，而對於王文卻以『經術』概之，這就說明，王氏的以『經術』爲『文章』，與一般的『議論』是不同的。」他也把王安石解釋經典某句話而成的文章稱爲「詮釋體」古文。見方笑一：《北宋新學與文學——以王安石爲中心》，第七章，〈以經術爲文章〉，頁 141～157。

〔註 49〕〔宋〕王安石撰，李之亮箋注：《王荊公文集箋注》，頁 939。

有深入分析。本文正好可以補足王安石中年期間的古文沒有被討論到的空白，並且就政論文字中經術浸濡的痕跡及特色作一梳理。

配合王安石的文章繫年，可以發現他中年的古文，以「政論文」與「學理文」爲主。政論文指內容議論國政的文章，包括：〈本朝百年無事箚子〉（卷四十一）、〈乞制置三司條例〉（卷七十）；學理文則是援引經典，討論制度取捨的文章，例如：〈廟議箚子〉（卷四十二）、〈議服箚子〉（同上）、〈議郊祀壇制箚子〉（同上）。此外，王安石中年的古文特色有所變動，可以視爲中年至晚年古文特色的過渡痕跡。

一、議政爲主的作品：政論文

（一）數量往論政主題集中

王安石熙寧初年爲官員及其親族寫作的墓誌銘占作品的大宗，熙寧三年後，以貴族爲墓主的墓誌銘減少，只爲好友王補之及姻親張常勝寫作墓誌銘。書信則是零星穿插其中，熙寧三年至七年，包括〈答司馬諫議書〉、〈答曾公立書〉、四封〈與王子醇書〉（均在卷七十三）⋯⋯等，皆是討論政局或邊防等國事，只有〈答吳孝宗書〉（卷七十四）、〈答吳孝宗論先志書〉（同上）是回覆吳孝宗論學的書信，箋牒篇幅極短，以學問浩繁，不能一言而盡，期許來日見面再議。此外，在熙寧九年寫信給王珪，希望他幫自己向神宗請求允許辭相。序跋類文字則見於熙寧八年所作的《周禮義》序、《詩義》序、《書義》序（均在卷八十四）三篇書序之作，說明制定《三經新義》的緣由。

王安石中年的古文主題圍繞政治而生，大抵不變，但由各類文章數量的增減，可以觀察出一些跡象。受人之託而作、並不識墓主的墓誌銘在爲相後頓時銳減，包含屬性較偏個人私事的書信也相當少見，即使有，也多爲公事而作，僅有的三篇書序也是應神宗要求訂定《三經新義》而生。姑且不論變法成敗，在古文題材的反映上，可見王安石摒除旁務與私事，各類文章主題漸往議論國事集中，他居相輔國的專注與投入應該是無庸置疑的。

（二）旨意由參政中心抽離

王安石熙寧初年寫的箚子，內容以議政居多，例如熙寧元年，神宗問王安石宋代開國百年無事的原因，王安石寫了一篇著名的〈本朝百年無事箚子〉（卷四十一）來回答神宗的問題。文章先述太祖、太宗聰武，眞宗守成、仁

宗、英宗保有仁厚的美德，這是享國百年而無事的表面原因。其中稱讚仁宗寬仁恭儉，「寧屈己棄財於夷狄，而終不忍加兵」（同上），也能不被讒言所惑。之後點出宋代開國以來的弊端：國君施政之前不與臣子討論先王之法，邪說、小人已廁於朝廷，拔擢人才只靠詩賦爲主的科舉，無學校養成之法，也沒有監察官吏的機制，練兵、理財都沒有妥善的規畫，故「賴非夷狄昌熾之時，又無堯、湯水旱之變，故天下無事，過於百年。雖曰人事，亦天助也」（同上），「僥倖」才是王安石眞正想告訴神宗宋開國百年而無事的主旨所在。這篇文章所針砭的缺失，王安石大部分都曾經在〈上仁宗皇帝言事書〉（卷三十九）中反映過，所以前文雖譽仁宗寬厚，其實件件弊病實指仁宗視若無睹、粉飾太平，轉而對神宗寄予厚望，茅坤（1521～1601）評此文：「荊公所以直入神宗之脅，全在說仁廟處，可謂搏虎屠龍手。」〔註50〕在「迫於日暮，不敢久留，語不及悉」（卷四十一〈本朝百年無事箚子〉）的君臣對話之後，王安石冒著褻瀆先帝的不敬，向神宗傾訴肺腑之言。

　　熙寧二年拜參知政事後不久，爲新法首上〈乞制置三司條例〉（卷七十），著手整頓國家財政的計畫。首述先王推行法度的情形：「市之不售，貨之滯於民用，則吏爲斂之，以待不時而買者。」已見市易法平衡供需、控制物價波動的概念。次敘當時朝廷財用窘迫，無統整的官吏能互通有無，以盈補虛，官員各自爲政，捉襟見肘之餘則剝削於民，更存在富賈兼併的情況，到此已明示設置三司條例的必要性，進而提出制置三司條例的益處：「制其有無，以便轉輸，省勞費，去重斂，寬農民，庶幾國用可足，民財不匱矣。」全文論述層次井然分明。

　　熙寧五年之後，箚子書寫的內容逐漸爲「辭官」取代，如六道〈乞解機務箚子〉（卷四十四）、三道〈辭僕射箚子〉（同上）……等。這些與皇帝對話的箚子文書，包括議政、辭官，一直都平均分布在王安石的中年時期，其內容可以感受到王安石逐漸由參政中心抽離，爲民喉舌的文字減少，回到對自身退位的請求。綜觀王安石整體中年文章特點：主題漸趨論政，內容旨意卻是逐漸遠離政治中心。

（三）語氣向委婉辭官接近

　　熙寧初年王安石剛入朝廷時，對神宗彷彿有說不完的國是建言，語氣激

〔註50〕見〔明〕茅坤評選：〈王文公文鈔引〉，《王荊公文鈔》（臺北：臺灣中華書局，1970年3月），頁27。

昂而有自信，例如前引的〈本朝百年無事箚子〉（卷四十一）、〈乞制置三司條例〉（卷七十），直指國家危機，進呈治國策略。

變法開始之後，衍生出許多爭議，王安石位居宰輔之際，立場相當堅定，自認理直氣壯，對大臣的質疑作出回應與論辯。如〈答曾公立書〉（卷七十三）中對青苗法利息提出解釋，收取利息是為了支付新法的各項費用、〈答司馬諫議書〉（同上）對司馬光說他侵官、生事、征利、拒諫一一反駁。為了捍衛新法，不惜與其他人對立，「援己理以抗之」。王安石寫作的精神和他閱讀的習慣相似，都以「合於己心之理」為接受與輸出的原則，〔註51〕面對立場不同的意見，王安石的文風會湧現勁厲的氣勢，絲毫不留餘地，在他與反對意見對抗時，彷彿實踐著皇祐二年（1050）前後讚賞伍子胥為國「奮不圖軀」（卷三十八〈伍子胥廟銘〉）的精神。

王安石於熙寧三年開始有意辭官之後，由辭謝官職箚子能看出王安石的心情起伏，行文語氣產生變化。剛開始辭官時說：「陛下又若不能無惑，恐臣區區終不足以勝，而久妨眾邪之路，則或誣罔出於不意，有甚於今日，以累陛下知人之明。故因疢疾，輒求自放。」（卷四十四〈謝手詔慰撫箚子〉）「朝廷內外，詖行邪說乃更多於鄉時，此臣不能啟迪聖心以信所言之明效也。雖無疾疢，尚當自劾。」（同上〈答手詔封還乞罷政事表箚子〉）此時去意非堅，主要是想告訴神宗不要被外在的言論所迷惑，如果神宗不相信他的話，那麼他再留在朝廷中也無益。王安石知道變法成效尚未彰顯，但此時的他對新法毫無疑問具有相當的信心，希望神宗能夠繼續支持他。後來求去相位時，在一系列〈乞解機務箚子〉（同上）中如此要求神宗配合的言詞已不復見，只說擔心因病耽誤國事，一味以病辭官，甚至自言：「天下後世譏議及國，則非臣所學事君之義也。昔仲山父既明且哲，以保其身，故宣王有任賢使能中興之功。臣既不自知，又昧於知人，信己妄行，以至今日。」（同上〈答手詔令就職箚子〉）反省了自己的作為，有自不量力、識人不清的缺點，等於間接承認在變法中所犯的過錯。後來神宗同意罷相，但請王安石留居京師，以備諮政，王安石也不想留在京師「以速官謗」（同上〈答手詔留居京師箚子〉）。到了

〔註51〕方笑一說：「王安石的議論文章往往帶有強烈的主觀色彩，包含了作者自身預設了的思想觀念。……王安石的議論文不過是一種『主題先行』的寫作。」即是因為王安石在寫作時，心中已存有一個自認最適合的理為書寫核心。見方笑一：《北宋新學與文學──以王安石為中心》，第七章第二節〈經術與王安石古文的表達策略〉，頁147、148。

熙寧末年說：「彷徨踽踽，不知所言。」（同上〈乞宮觀箚子四〉）一方面意味著疢疾嚴重，語無倫次；一方面也是表達面對神宗的慰留已無言以對，唯去意猶堅而已。這與熙寧初年新官上任，「每議事於人主前，如與朋友爭辯於私室，不少降辭氣，視斧鉞鼎鑊無如也」〔註52〕般仗理直言、義無反顧的論政態度，不可同日而語。

熙寧中期至末期的辭官箚子裡，可以看出王安石在辭官的過程中，一肩承擔政事的過失，不懷疑新法的缺失，仍然信任改革的可行性。改變的是他的行文語氣變得委婉，初爲相變法時的銳氣已不復出現。熙寧八年復相時，王安石推辭加官左僕射的部分理由是「格之公論，孰以爲宜」（同上〈辭僕射箚子一〉）、「早賜追還成命，以允中外論議之公」（同上〈辭僕射箚子二〉），納入眾人評論爲衡量要素。由王安石在熙寧三年回應司馬光「至於怨誹之多，則固前知其如此也」（卷七十三〈答司馬諫議書〉）的不在意、神宗在熙寧五年形容王安石「從來豈畏人怨惡者，人情有何壅塞卿心」，〔註53〕到他會漸漸在意外界的聲音，再至主動提醒神宗在推恩之餘的必要考量。其實都可以看出王安石的個性並非一成不變，中、晚年的性格也不是由執拗突然轉變爲曠達，或可以絕對地截然二分，由熙寧時期到元豐年間有過渡的軌跡、細微的轉折，他緩緩地放下了自己某部分的執著，慢慢地步入晚年退居金陵的生活。

二、「援經入文」的書寫：學理文

（一）援經入文的常例：引經典議禮制

檢閱王安石的文章，可以發現熙寧元年至九年，他除了論政之外，也有解決禮制疑惑的文字，如：「求之前載雖或有，然考合於經，乃無成憲。」（卷四十二〈廟議箚子〉）王安石請求神宗將僖祖神主留於太廟之中，理由是神主遷至夾室，於經典中無定例記載。王安石認爲服喪之制「自秦漢以來，言禮者或失經旨，而歷代承用，傳守至今」（同上〈議服箚子〉），不敢妄以一人之見來決定千年以來的疑惑，所以交付學士大夫共同討論。〈議郊祀壇制箚子〉（同上）引《易》論郊祀之禮中的祭壇要由圓壇改爲方丘，才符合地屬陰，並以方爲體的古制。這些文章的目的在於解決與祭祀、禮儀相關的問題，本屬經典記載的制

〔註52〕見〔宋〕司馬光：《溫國文正司馬公文集》（四部叢刊初編集部，上海商務縮印常熟瞿氏藏宋紹興本），卷六十，〈與王介甫書〉，頁451。

〔註53〕見〔宋〕李燾撰：《續資治通鑑長編》，卷二百三十四，「六月辛未」條，頁12。

度規範，依據經文討論是理所當然的，就內容來看，這是「援經術入文」的作品，但不是陳善所謂王安石以「經術」為特色，而與蘇軾、程頤區別的作品，因為此類論述本多援引經典佐證。如蘇軾〈上圓丘合祭六議劄子〉、程頤（1033～1107）〈禘說〉均提到祭祀的方式，〔註54〕蘇軾先後引《書》、《詩》、《春秋》、《左傳》、《周禮》，認為天地應於圓丘同祭，不該分祭；程頤〈禘說〉一文則是引用《孝經》、《禮記》之言，並贊同王安石〈廟議劄子〉的說法，程頤說：「本朝以太祖配於圓丘，以禰配於明堂，自介甫此議方正。……朝廷復立僖祖廟為得禮，介甫所見，終是高於世俗之儒。」〔註55〕推崇王安石在制度方面的識見。蘇、程二人論禮儀制宜，也是引用各種經典說明，為此類文章的成例。

（二）援經入文的特色：融古創新

王安石中年文章的內容，雖然有政論文與學理文的大致區分，但他也會援引經典來論述政治情勢，且能融古創新，這是王安石援經入文與他人不同的特色所在。如〈進戒疏〉（卷三十九）欲提醒神宗平時應該戒慎注意的事項，先引孔子在《論語》中論為邦要遠離佞人的話，再引《尚書》仲虺稱湯不近聲色利祿，才能明理知人之例，以此作為遠離佞人的方法。之後以自己的理解建構出不近聲色至遠離佞人、知人善任的過程：「蓋以謂不淫耳目於聲色玩好之物，然後能精於用志；能精於用志，然後能明於見理，能明於見理，然後能知人；能知人，然後佞人可得而遠。」（同上〈進戒疏〉）此為王安石結合、融會古人之意後，自己體會出來的想法。蔡上翔（1718～1811）評此文「此北宋諸儒崇尚經術，故其言不涉迂闊，而荊公其尤也」。〔註56〕蔡上翔意為王安石的長處在於閱讀經典之言，而能從中得到與眾不同的見解。〈論館職劄子〉（卷四十一）想要解決官員多卻無從得知專才以分配官職的情形。王安石引述《孟子》、《尚書》的話：「國人皆曰賢，然後察之。見賢焉，然後用之。」「敷奏以言，明試以功。」〔註57〕經典的文字只是說明任才的原則，但王安

〔註54〕 見〔宋〕蘇軾：《蘇東坡全集》，奏議集卷十三，頁563～366、〔宋〕程頤撰：《二程文集》，收入《百部叢書集成》（臺北：藝文印書館，1965年），卷十二，頁6、7。

〔註55〕 見〔宋〕程頤撰：《二程文集》，收入《百部叢書集成》，卷十二，〈禘說〉，頁7。

〔註56〕 見〔清〕蔡上翔：《王荊公年譜考略》，卷十四，頁429。

〔註57〕 見《十三經注疏》，第八冊，《孟子注疏》，卷第二下，頁2，總頁數41，錄自書中所引《孟子》經文：第一冊，卷三，頁9，總頁數38。錄自書中所引《尚書》經文。王安石原文為「敷納以言，明試以功」。

石於其後加入自己的具體作法：人君應親試館職，需要長期任事或以言察問，來確認各個儲備官員的專才。也這是接受古人之言，而提出創新想法的實例。

〈上五事箚子〉（同上）融古創新的痕跡更明顯，此文援入《周禮》、《禮記》做爲部分新法的來源所在。文章先引《尚書》證明能實行長久的制度都是其來有自：免役法出於《周禮》、《禮記‧王制》；保甲法起於三代丘甲（丘甲名稱出自《左傳》）；市易法源自《周禮》司市一職及漢代的平準法。比對過《周禮》原文與王安石所著《周禮新義》之後，〔註58〕在免役法的部分，發現王安石因爲變法的需要，把《周禮‧地官‧司徒》「均土地」的思想加以闡發爲《周禮新義》中的「均勞逸」，使農人能以錢代役，更有時間致力於農事。保甲法的「丘甲」名稱出於《左傳‧成公元年》：「三月，作丘甲。」〔註59〕與《周禮》的關係只在於《周禮‧地官‧司徒》經文曾提到「九夫爲井，四井爲邑，四邑爲丘」〔註60〕的區域畫分標準，並無直接關聯。保甲法大意爲以鄉村民戶畫分區域，取固定比例的男子習作戰之法，並行連坐，同保犯罪，知情不報，己亦得罪，主要是維持地方秩序，〔註61〕與魯成公原來提高國家整體防禦或攻擊能力的用意已經不同。王安石在說明此法來源之外，又補充：「管仲用之齊，子產用之鄭，商君用之秦，仲長統言之漢，而非今日之立異也。」（卷四十一〈上五事箚子〉）說明沿襲的脈絡。保甲法的來源不論說是《周禮》或是《左傳》都有些牽強，這則制度已經比較接近後人轉化爲訓練民兵的作法，與其說王安石在解釋保甲法的來源，倒不如是在強調它的可行性，列舉歷來有很多人都採用類似的方法。而市易法主要的任務是平衡市場物價、貨物供需，防止哄抬物價、壟斷物源等商人不法行爲，與司市、泉府、〔註62〕平準法的立意接近，但不論是司市、泉

〔註58〕主要比對《周禮‧地官‧司徒》的記載與《周禮新義》對相同條文的詮釋，見《十三經注疏》，第三冊，卷十一，頁 4、5，總頁數 169、170。程元敏著：《三經新義輯考彙評（三）——周禮（上）》，頁 185。

〔註59〕見《十三經注疏》，第六冊，卷二十五，頁 1，總頁數 419。錄自書中所引《左傳》經文。

〔註60〕同前註，第三冊，卷十一，頁 6，總頁數 170。錄自書中所引《周禮》經文。

〔註61〕《宋史‧王安石傳》、《宋史‧兵志》，見〔元〕脫脫等撰：《宋史》，卷三百二十七，頁 10544、卷一百九十二，頁 4767、4768。

〔註62〕市易法的立意亦與《周禮》中泉府之職相近，故有時皇帝、官吏會把「泉府」等同市易法的淵源，如李燾所記：「（熙寧七年四月）上論及市易利害，且曰：『朝廷所以設此者，本欲爲平準之法以便民，《周官》泉府之事是也。』」、「（元豐五年七月）上曰：『朝廷設市易法，本要平準百貨，蓋《周官》泉府之政。』」見〔宋〕李燾撰：《續資治通鑑長編》，卷二百五十二，「四月庚午」條，頁 3、

府或平準法都沒有從人民身上獲取利益，〔註63〕而新法向人民收取利息，這是市易法主要受攻擊之處。〔註64〕

　　王安石說明三種新法的來源，其中與經濟相關的免役法、市易法皆源於《周禮》的基本精神，符合王安石「一部《周禮》，理財居其半」（卷七十三〈答曾公立書〉）的體悟，不過如保甲法與經典的關係就明顯疏遠，這應該就是後人所指「託言」的作法。〔註65〕其實可以這麼說，王安石「以經典或前人經驗，為部分變法理論來源背書」，納入「前人經驗」以及把全部的變法範圍縮減為「部分」。王安石只將部分新法的來源訴諸經典，而這些看似有明確根源的新法當中，又只有「部分」確實切合經典的原意。

　　王安石在熙寧八年完成的《周禮新義》，雖然是為《周禮》所作的新詮釋，但在〈《周禮義》序〉自述著書緣由，除了鑑於經義不全，而嘗試訓解的學術目的，王安石明白指出其他原因為「士弊於俗學久矣，聖上閔焉，以經術造之」、「知夫立政造事追而復之為難。然竊觀聖上制法就功，取成於心，⋯⋯臣誠不自揆，妄以為庶幾焉」（卷八十四），欲用於取才任官以及追復變法制度源頭，賦予解經書籍政治上的任務。在稍後所作的〈論改《詩義》箚子〉（卷四十三），雖是向神宗報告《三經新義》頒行之後所修改的新、舊版本狀況，

三百二十八，「七月甲申」條，頁2。

〔註63〕平準法的內容可參考《史記・平準書》，見〔漢〕司馬遷撰：《史記》（臺北：大申書局，1982年2月），卷三十，頁1417～1443。

〔註64〕如文彥博：〈言市易奏〉，收入曾棗莊、劉琳主編：《全宋文》，第30冊，頁200。〔宋〕楊時：《楊龜山先生全集》（臺北：學生書局，1974年6月），卷六，〈辨一〉，頁347、348。

〔註65〕有人認為王安石純粹為了說服反對人士支持變法，而將變法的理論根據依託於經典中。如晁公武說：「介甫以其書理財者居半愛之，如行青苗之類，皆稽焉。所以自釋其義者，蓋以其所創新法，盡傅著經義，務塞異議者之口。」見〔宋〕晁公武：《郡齋讀書志》（臺北：廣文書局，1967年12月），卷二，頁365。程元敏還列舉了宋代的張耒、陳瓘、林之奇也都有相同的看法，見程元敏著：《三經新義輯考彙評（三）——周禮（下）》，〈三經新義評論輯類〉，頁695、696。諸橋轍次說：「安石悟富強之說不容於儒流，故借名出自周官之說以箝論者之口。周官新義之制定即為是也。」見諸橋轍次撰、唐卓群譯：《儒學之目的與宋儒之活動》（南京：首都女子學術研究會，1937年），頁399。馬秀娟解讀為「《三經新義》中，王安石最重視《周禮》，王安石的重要變法措施，都是打著《周禮》的旗號進行的。以變法的實際需要來解釋《周禮》，又據《周禮》來為變法的具體措施辯護。這樣，就為新法找到了一件最堂皇的外衣，使變法的種種舉措更容易為人所接受。」，見馬秀娟：《王安石詩文選譯》（成都：巴蜀書社，1994年7月），〈前言〉，頁10。

卻也再度提到「陛下欲以經術造成人材」的政治用途。這些文字源於王安石有深厚的學術背景，配合政治需要，化經典中的語句為己用，生發新意。

　　另一種融合創新的方式是：未明引經典的文字，但仍以己意詮說經典的內容。如〈乞改科條制箚子〉：「伏以古之取士，皆本於學校。……今欲追復古制，則患於無漸。……講求三代所以教育選舉之法，施於天下。」（卷四十二）提到「古制」，而沒有明引古人說法，由後文確定古制指的是三代教育選舉之法，但也沒有引出法制的內容，不過整段話卻是圍繞儒學經典而言。《禮記‧學記》中說到：「古之教者，家有塾、黨有庠、術有序、國有學。」〔註66〕明定各行政區域的學校名稱，即為「古之取士，皆本於學校」的意思。而「古制」與「三代所以教育選舉之法」的內容，也可參見《禮記‧學記》的記載。王安石用自己的話轉化經典的文字，避免全文皆為引文，或是皆為引文作解釋的情形。更重要的是，王安石的語意實為當學校制度尚未完備之時，應以經義取士作為過渡時期的配套措施。同樣站在經典的基礎之上，不論明引或暗用經典，王安石多能加上自己的見解來新詮經典，不見得盡合經典原意，唯使之成為輔助己見的論證。又如：「法度未能一有所立，風俗未能一有所變，朝廷內外，詖行邪說乃更多於向時，此臣不能啟迪聖心以信所言之明效也。」（卷四十四〈答手詔封還乞罷政事表箚子〉）「詖行邪說」出自《孟子‧滕文公下》：「我亦欲正人心，息邪說，距詖行，放淫辭，以承三聖者。」〔註67〕王安石逕以詖行邪說來含括反對人士的言行，又以自己的話蘊含想藉由立法度、變風俗達到孟子所謂「欲正人心」的目的，並無直接引文說明。李之亮說：「這種饕取經義而為己用的情況，在宋人乃至後人的著作中極少見到。」〔註68〕成為王安石中年議論的特色。

第三節　中年的古文風格

一、論理直截，文簡氣勁

　　王安石中年為官輔國時，遇到他所不認同的意見，多針對重點，直接道出自己的看法。如〈答司馬諫議書〉：

〔註66〕見《十三經注疏》，第五冊，卷三十六，頁3，總頁數649。錄自書中所引《禮記》經文。

〔註67〕同前註，第八冊，卷六，頁5，總頁數118。錄自書中所引《孟子》經文。

〔註68〕見〔宋〕王安石撰，李之亮箋注：《王荊公文集箋注》，〈前言〉，頁8。

蓋儒者所爭，尤在於名實。名實已明，而天下之理得矣。今君實所以
見教者，以爲侵官、生事、征利、拒諫，以致天下怨謗也。某則以謂
受命於人主，議法度而修之於朝廷，以授之於有司，不爲侵官；舉先
王之政，以興利除弊，不爲生事；爲天下理財，不爲征利；闢邪說，
難壬人，不爲拒諫。至於怨誹之多，則固前知其如此也。（卷七十三）

王安石自認名實已明，故理直氣壯。他將司馬光三千多字的來信，歸納爲四
個要點，以簡潔的文字、堅定的語氣否認司馬光的指責，也說明出現反對的
聲浪早爲意料中事。以來信十分之一的篇幅作了回覆，文字短勁，王安石認
爲自己站得住腳，明顯不想與司馬光持續辯論。

　　在〈答曾公立書〉中：「治道之興，邪人不利，一興異論，群聲和之，意
不在於法也。」（卷七十三）王安石認爲有些人的利益受到阻撓，導致他們反
對新法，而大部分附和的人並不明所以，只隨之起舞，他們提出反對意見的
目的也不是想要改革新法的弊端。王安石短短數句話，一方面指出反對人士
失焦，別有所圖，更大幅縮減實際反對變法的人數，另一方面以自己的建議
爲治國之道，既攻擊了對手，又強化自己的立場。約略同時撰寫的〈謝手詔
慰撫箚子〉一文中，王安石也抒發了對於反對派的不滿：「內外交構，合爲沮
議，專欲誣民，以惑聖聽，流俗波蕩，一至如此！」（卷四十三）認爲反對人
士的說詞偏差，會誤導百姓與皇帝。王安石毫不保留地點出他們的缺失。

　　王安石文字的氣勢在於每個字都有還擊對手或強調語意的實際功能，字
少句短更凸顯出文風的堅定、勁峭。

二、典重有據，推論有序

　　王安石的議論文字，多引古人言行爲證，論理推進的次序相當明確，故
他的文章往往能達到綱舉目張的效果，如〈進戒疏〉：

竊聞孔子論爲邦，先放鄭聲，而後曰遠佞人。仲虺稱湯之德，先不
邇聲色，不制貨利，而後曰用人惟己。蓋以謂不淫耳目於聲色玩好
之物，然後能精於用志；能精於用志，然後能明於見理，能明於見
理，然後能知人；能知人，然後佞人可得而遠。……若夫人主雖有
過人之材，而不能早自戒於耳目之欲，至於過差，以亂其心之所思，
則用志不精，用志不精，則見理不明，見理不明，則邪說詖行必窺
間乘殆而作，則其至於危亂也豈難哉！　（卷三十九）

先引孔子與仲虺的話爲證，勸勉君主以遠離聲色誘惑爲要，再以自己的話銜
接孔子所言「放鄭聲」與「遠佞人」、仲虺所言「不邇聲色」與「用人惟己」
的過程，包括「精於用志」、「明於見理」、「知人」，才能不爲佞人所惑、好好
治理國家，也才算具備商湯爲人所稱的德行。再由反面立論，提出迷戀聲色
的後果可能導致小人得勢，甚至動搖國本，再次強調應避免過度沉溺感官享
受，全文進諫的目標與進程都很清楚，告誡君主需戒聲色的重要性與必要性
已然顯現。

　　另外，在論及儲備人才的篇章裡，也能得見王安石訴諸權威，然後置於
現實情勢而論的議論方式：

> 《孟子》曰：「國人皆曰賢，然後察之。見賢焉，然後用之。」今所
> 除館職，特一二大臣以爲賢而已，非國人皆曰賢。國人皆曰賢，尚
> 未可信用，必躬察見其可賢而後用。況於一二大臣以爲賢而已，何
> 可遽信而用也？（卷四十一〈論館職箚子一〉）

王安石援引孟子的話，然後對照宋代的選才情形。先說當時儲備的人才，只是
少數大臣的推薦，並非多人的共識，沒有民意爲基礎，更何況孟子說，百姓擁
戴的賢者，尚未完全值得信任，還需觀察，確定名實相符才可任用。相較之下，
宋代選才的公信力明顯不符合孟子的標準，反映宋代任官把關的粗疏。王安石
基於孟子的話，將取才派官的進程有條理地羅列出來，同樣再由反向思考：

> 蓋人主之患在不窮理，不窮理則不足以知言，不知言則不足以知人，
> 不知人則不能官人，不能官人則治道何從而興乎？（同上）

除了說明任官的重要，「窮理」、「知言」、「知人」、「官人」的依序推論，又是
王安石有條不紊、循序漸進的思考模式。他於稍後的〈論館職箚子二〉中推
薦了九人：

> 凡此九人，臣或熟聞而未識，或熟識而未敢任，或敢任其可以爲公
> 卿。臣雖未識，然眾人之所謂賢，臣不敢蔽也。臣雖敢任其可以爲
> 公卿，然陛下不親見其可賢，亦難遽信而用。（同上〈論館職箚子二〉）

延續〈論館職箚子一〉引用孟子的語意，王安石相當仔細地說明自己對於這九
人的認識程度，第一層爲熟聞而未識，但經過眾人的認可；第二層是熟識而未
敢任；第三層是敢任其爲公卿，但仍需經過神宗的檢核。可見王安石也將自己
作爲認可人才的把關者，第一層是民意認同，第二層是自己認可，第三層是皇
帝的首肯。思慮縝密，條理分明可謂王安石中年議論文字的普遍風格。

　　由上舉的例子可知，王安石中年文章的議論方式，多抓住一則重點，由正面、反面有順序地進行討論，或對於同一件事，替換不同的文字重覆強調他的意思，故文章的主旨明晰，論據有序。

三、集中焦點，主題明確

　　王安石為文擅長集中焦點、凸顯主題，如〈本朝百年無事箚子〉（卷四十一）回答神宗宋朝百年無事的原因。他淺述太祖、太宗、真宗、英宗政績之後，把重點聚焦在仁宗身上：

> 伏惟仁宗之為君也，仰畏天，俯畏人，寬仁恭儉，出於自然，而忠恕誠愨，終始如一。未嘗妄興一役，未嘗妄殺一人，斷獄務在生之　而特惡吏之殘擾，寧屈己棄財於夷狄，而終不忍加兵。刑平而公，賞重而信。納用諫官、御史，公聽並觀，而不蔽於偏至之譖。……中國之人安逸蕃息，以至今日者，未嘗妄興一役，未嘗妄殺一人，斷獄務在生之，而特惡吏之殘擾，寧屈己棄財於夷狄，而不忍加兵之效也；大臣貴戚、左右近習，莫敢強橫犯法，其自重慎，或甚於閭巷之人，此刑平而公之效也；……此賞重而信之效也；……此納用諫官、御史，公聽並觀，而不蔽於偏至之譖之效也；……此寬仁恭儉，出於自然，忠恕誠愨，終始如一之效也。

不吝以大篇幅舉出仁宗的德政，再一一舉例，之後重覆書寫標目。此文以仁宗作為宋朝「百年無事」的主要檢視對象，也就十分清楚。

　　另外，〈上五事箚子〉（同上）首段點出新政中爭議最多的五項變法：和戎法、青苗法、免役法、保甲法、市易法。其次簡單介紹和戎法和青苗法的內容、施行成效，最後把重點放在可溯源古制的免役法、保甲法、市易法上。逐次集中焦點，也可以看出王安石文章簡要不繁，掌握重點的功力。

　　臺靜農（1902～1990）說王安石為文時，「遵循論理的推展，不支蔓，不空泛，且不動情感，於是既簡練而有勁氣」。[註69] 王安石古文的「不支蔓」可以分為二個類型：第一類如〈答司馬諫議書〉（卷七十三）之類的文章，對於司馬光的問題直探核心，確實是一針見血的筆法；第二類如前舉〈本朝百年無事箚子〉（卷四十一）與〈上五事箚子〉（同上），則是層層削去旁枝末節，

〔註69〕見臺靜農：《中國文學史》（臺北：國立臺灣大學出版中心，2007 年 10 月），
　　　　第六篇第一章〈宋代的散文〉，頁 501。

讓主題浮現出來。張白山與王學太的話可以作爲補充，他們說王安石「對所要說明的問題緊緊抓住不放，不枝不蔓，在論述過程中，開闔有法，結構嚴謹，邏輯性強」。〔註70〕因爲王安石一直都確知他要論述的主題爲何，一心一意朝著主題步步深入，所以可以不空泛、不支蔓。而結構嚴謹即是寫作之前，對於論述重點順序的安排清晰，以及寫作時「遵循論理的推展」所致。

四、少用虛字，節奏分明

　　王安石爲文，不常使用虛字，有時出現在主詞或全文議論的綱領所在，以散行句子爲主。如：「惟免役也，保甲也，市易也，此三者有大利害焉。得其人而行之則爲大利；非其人而行之則爲大害。緩而圖之則爲大利；急而成之則爲大害。」（卷四十一〈上五事箚子〉）提出主要討論的三種制度時，會以「也」字加以停頓、區別，使讀者能掌握主題。但其後說明或論理之時，就比較常用字數相等的駢句或排比句，以相似的句型重複出現，加深讀者的熟悉度，對內容印象比較深刻。又如：「先王制服也，順性命之理而爲之節，恩之深淺、義之遠近、禮之所與奪、刑之所生殺，皆於此乎權之。」（卷四十二〈議服箚子〉）在主詞「先王制服」之後，以「也」字稍作停頓，提醒讀者正文即將開展，吸引讀者的注意力，後文則用二組駢句定義它的內涵。駢句一多，帶出餘韻的句末語氣詞自然不常見，少有婉轉紆餘之感，容易讓人感覺語氣肯定、立場堅決。如前引〈上五事箚子〉（卷四十一）中的「大利」、「大害」分別出現二次，「須趨利避害」的重點雖無明言，但已一再地被提示。還有更典型的例子：

> 《易》曰：「一陰一陽之謂道。」乾，陽物也；坤，陰物也。冬日至，
> 祀天於地上之圓丘，所謂爲高必因丘陵，而因天事天也。夏日至，
> 祭地於澤中之方丘，所謂爲下必因川澤，而因地事地也。蓋陽以圓
> 爲形，其性動；陰以方爲體，其性靜。天陽而動，故祀於地上之圓
> 丘，而禮神以蒼璧，璧亦圓也；地陰而靜，故祭於澤中之方丘，而
> 禮神以黃琮，琮亦方也。（卷四十二〈議郊祀壇制箚子〉）

王安石先將下文欲論述的綱領「陽」、「陰」與象徵天地的乾、坤先行連結，再以三組駢句說明陰陽的性質及其影響的祭祀地點、祭物形狀。駢句的形式十分有彈性，字數有三字至八字不等，當中又穿插「而」、「之」、「也」等古

〔註70〕見呂慧鵑、劉波、盧達編：《中國歷代著名文學家評傳》（濟南：山東教育出版社，1984 年 5 月），第三卷，頁 202。

文常用的轉折詞、代詞、語氣詞，讀起來自然沒有駢文四六制式化的感覺，
這是王安石在古文中使用長句爲對的特別技法。又如：

> 天道升降於四時。其降也，與人道交；其升也，與人道辨。冬日，
> 上天與人道辨之時也，先王於是乎以天道事之；秋則猶未辨乎人也，
> 先王於是乎以人道事之。以天道事之，則宜遠人，宜以自然，故於
> 郊、於圓丘；以人道事之，則宜近人，宜以人爲，故於國、於明堂。
> 始而生之者，天道也；成而終之者，人道也。冬之日至，始而生之
> 之時也；季秋之月，終而成之之時也。故以天道事之，則以冬之日
> 至；以人道事之，則以季秋之月。遠而尊者，天道也；邇而親者，
> 人道也。祖遠而尊，故以天道事之，則配以祖；禰邇而親，故以人
> 道事之，則配以禰。（卷六十二〈郊宗禰議〉）

以天道與人道之間的關係配合祭祀的季節、地點，同樣以句數不同、字數不
等的六組對句說明這些內容。長短不一的對句有複沓的美感，卻無典型駢文
全篇四六的凝滯，王安石把歐陽脩（1007～1072）使駢文散文化的手法〔註71〕
運用到了古文中。

　　由文章的用字可發現王安石中年時期古文的節奏感：一段文字或一篇文
章的首尾和緩，中間節奏較快不拖沓，但以固定而有規律的速度行進。所以
儘管如歐陽脩、蘇軾等人作箚子大多也以「交代寫作原因」、「推論過程」而
後導向「預計得到的結果」爲安排結構的順序，但除了虛字用法習慣不同之
外，〔註72〕王安石的文章讀來條理格外分明，他獨特的節奏感是影響文風形

〔註71〕蔣伯潛將歐陽脩、蘇軾的作品視爲散文化的駢文，並提出特點：「由五字、七
　　　　字以至九字、十字爲一句的句子，常常產生出來；他不受四字六字的約束，而
　　　　全視意思的短長爲轉移，那便是散文化的駢文的特色。」見蔣伯潛：《駢文與
　　　　散文》（臺北：世界書局，1956 年 10 月），第一編第八章，〈宋四六〉，頁 70。
　　　　施懿超說歐陽脩打破四字、六字工整的句式，參以其他句式，有至十二字對者。
　　　　見施懿超：《宋四六論稿》（上海：上海古籍出版社，2005 年 9 月），上編第二
　　　　章第三節，〈歐蘇派四六文特色分析〉，頁 30、31。另外，鄭芳祥提出歐陽脩「以
　　　　文爲四六」的具體作法也有「寫作長句」一項。見鄭芳祥：〈歐陽脩「以文爲
　　　　四六」探析〉，《人文集刊》（2006 年 4 月），第四期，頁 161～194。
〔註72〕蔡信發曾評論王安石：「在虛字應用方面，極爲慎妥，萬不得已，很少用之，
　　　　比之韓愈，要少得太多，無怪乎誦讀王氏之文，有一種明快簡勁的感覺，雖
　　　　然在調氣方面，或許要遜韓愈一籌，然而從另個角度來看，自有其一種趣味，
　　　　無形中也就成了他獨有的一種風格。」王安石少用虛字形成他文章的一種特
　　　　色。見蔡信發：〈析論王安石的散文〉，《文史論衡——論學自珍集》（臺北：

成不可忽略的因素。

第四節　中年的駢文風格

　　駢文發展至宋代，受到了古文的影響，出現駢文散文化的現象，王安石的駢文風格卻與時代主流不盡相同。

一、宋代駢文的基礎風格

　　駢文於六朝大行其道，特色爲字數相同，對偶工整，用典講究，至庾信、徐陵時，駢文以四、六字隔句成對的寫作風氣盛行起來，形式上更爲整齊。〔註73〕唐代的駢文則由初唐不脫六朝餘風，到盛唐燕許大手筆的博重閑雅。中唐因爲古文運動的影響，〔註74〕駢文內容趨向眞摯忠懇，以陸贄的作品爲代表。晚唐的駢文又回到齊梁工於雕琢的風氣，以李商隱、溫庭筠、段成式最富盛名。〔註75〕宋初駢文承西崑體而來，尚未脫離晚唐的華麗風格，「中葉以還，歐蘇高唱古文，以古文氣格，行之於四六之中，風起雲湧，蔚爲一代作風」，〔註76〕才揭示出宋代駢文散文化的特質，劉麟生（1894～1980）並舉出六點，進一步具體說明宋代駢文的特色：

> 一曰散行氣勢，於駢句中見之。……二曰用虛字以行氣。……三曰用典而仍重氣勢。……四曰用成語以行氣勢。……五曰喜用長聯。……六曰多用議論以使氣。〔註77〕

漢光文化，1993 年 6 月），頁 218。

〔註73〕劉麟生說：「徐庾在駢文中，尚有一大貢獻，即四六句之屬對是也。以四六句間隔作對，可謂徐庾導其風，古人作對，不過上句對下句，其隔句作對，亦往往多用四言，至四六句間隔作對，則首推徐庾爲多。」劉麟生：《中國駢文史》（臺北：臺灣商務印書館，1980 年 8 月），第五章，〈庾信與徐陵〉，頁 64、65。

〔註74〕羅聯添說：「『古文運動』名稱，清代以前不曾有。……到民國二十一年（1932年）鄭振鐸『中國文學史』第二十八章以『古文運動』爲題，討論唐代『古文運動』的發展與成就，此後『古文運動』成爲一個普遍使用的名稱。」見羅聯添：《唐代文學論集》（臺北：臺灣學生書局，1989 年 5 月），〈論唐代古文運動〉，頁 16。

〔註75〕見簡宗梧：《賦與駢文》（臺北：臺灣書店，1998 年 10 月），第五章，〈唐五代辭賦與駢文〉，頁 195～203。

〔註76〕見劉麟生：《中國駢文史》，第八章，〈宋四六及其影響〉，頁 95。

〔註77〕同前註，頁 95～98。

從劉麟生歸納出來的結果，可以發現至少第一點、第二點、第五點皆直接與散文化相關。對於宋代騈文有散文化的傾向，多有學者指出，如謝鴻軒（1917～）說：「良以宋賢慣用古文氣勢，運四六之詞。」〔註78〕張仁青（1939～2007）說：「宋代爲散文盛行之世，斯時之騈文，名爲與古文對立，而實不免於古文化。以宋代之騈文與唐代之騈文較，則唐代之騈文，可謂騈文中之騈文，而宋代之騈文，可謂騈文中之散文矣。」〔註79〕前人多承認此現象爲古文高度發展所致。以古文寫作方式來創作騈文的作家，當以歐陽脩與蘇軾爲代表，陳善說：「以文體爲四六，自歐公始。」〔註80〕孫梅（？～約1790）說：「盧陵、眉山以散行之氣運對偶之文，在騈體中另出機杼。」〔註81〕施懿超（1965～）也提到歐陽脩「以古文爲四六」，蘇軾則繼承其作法，加以發揚光大。〔註82〕古文的寫作手法滲透到宋代騈文中，虛詞帶出的文氣與不拘傳統四六字數、用典的形式，造就宋代騈文的普遍風格。

二、王安石中年騈文的內容與形式

　　王安石的騈文多集中在公事上的制啓表疏，可以從工作職責與私人需求作爲簡單的分類標準。工作職責在於擔任翰林學士，需奉命寫制誥；而私人需求則是作爲大臣，王安石也有自己想表達的意見，他以古文寫箚子，以騈文爲表、啓。爲工作寫的騈文多客觀敘述，就事理而論，至於私人的意見，尤其是辭官表，多以情感出之，雖然均爲討論公務，其中的情、理成分卻不相同。

（一）兼容情理的雙重含義

1. 出於職務所需

　　王安石自嘉祐六年（1061）爲知制誥，熙寧元年就任翰林學士，〔註83〕

〔註78〕見謝鴻軒：《騈文衡論》（臺北：廣文書局，1973年10月），第十五章，〈兩宋四六文〉，頁617。

〔註79〕見張仁青：《中國騈文發展史》（臺北：臺灣中華書局，1970年5月），第八章第一節，〈宋四六之特色〉，頁502、503。

〔註80〕見〔宋〕陳善：《捫蝨新話》，收入《叢書集成初編》，上集，卷一，頁7。

〔註81〕見〔清〕孫梅：《四六叢話》（臺北：臺灣商務印書館，1968年9月），頁2，程杲寫的序。

〔註82〕見施懿超：《宋四六論稿》，上編第二章第二節，〈歐陽脩對四六文的革新──以古文爲四六〉，頁18～25。

〔註83〕治平四年九月王安石接到翰林學士的任命，實際到任是熙寧元年的四月。

中年時期的公文制誥即多集中於熙寧初年任翰林學士之時。儘管知制誥也需為皇帝草擬詔書，但與翰林學士負責起草的區域有所不同。知制誥主外制，主要撰寫一般官吏的調任通知；翰林學士主內制，與朝廷大臣的派任命令關係較為密切，也較能掌握朝中政治情勢的變動。〔註84〕蘇頌（1020～1101）曾介紹知制誥的職務：「蓋君臣之吁俞，或號令之宣布，非言無以盡戒敕之意，非文無以揚鼓舞之功。……惟是代言之司，實專起草之事。」〔註85〕知制誥所起草的內容多為敕戒、賞賜官員或宣布詔命等公事。王安石提到翰林學士的職責：「學士職親地要，而以討論諷議為官，非夫遠足以知先王，近足以見當世，忠厚篤實廉恥之操足以咨諏而不疑，草創潤色文章之才足以付託而無負，則在此位為無以稱。」（卷五十六〈除翰林學士謝表〉）翰林學士需參與政事的討論，又必須是操行篤正、文才迅捷的人選。明代的黃佐曾具體地以文章的種類與書寫的對象來區分內制與外制：

> 宋兩制，曰冊文、表本、青詞、密詞、祝文、齋文、詔書、批答、
> 口宣，內制也。曰皇后、皇妃、追封先代皇女、皇族冊封、進封文
> 武、封百官遷擢致仕加恩等誥勑，外制也。〔註86〕

由此約略體會內制、外制與皇帝互動關係的親疏，內制的工作和皇帝的日常活動比較相關，批答、口宣甚至要和皇帝直接討論、交談，而外制負責百官皇族的封敕文書起草，只是皇帝旨意的傳播媒介，作為轉化語言為文字記錄的中間人。此外，大部分比較關注內制內容的人是囑咐者，也就是皇帝，而比較關心外制內容的人是接受者，這對撰寫內外制的作者意義大不相同。楊果對內制、外制草擬文書的過程及職責說得更清楚：

> 內制由君主親自召翰林學士入禁中起草，內容上主要是任免宰相、

〔註84〕關於宋代知制誥與翰林學士分掌內外制見《宋史·職官志》論「舍人」：「國初，為所遷官，實不任職，復置知制誥及直舍人院，主行詞命，與學士對掌內外制。」見〔元〕脫脫等撰：《宋史》，卷一百六十一，頁3785。洪邁：「國朝官稱，謂大學士至待制為侍從，謂翰林學士、中書舍人為兩制，言其掌行內外制也。」宋初不稱擬外制的官員為中書舍人，多以他官加知制誥稱之，但元豐改制後，仍稱中書舍人，洪邁是南宋人，故稱中書舍人，知制誥實掌中書舍人之職。見〔宋〕洪邁：《容齋隨筆》（上海：上海商務印書館，1935年），三筆，卷十二，頁111。又可參見陳振：〈關於宋代的知制誥和翰林學士〉，《宋代社會政治論稿》（上海：上海人民出版社，2007年11月），頁34～47。

〔註85〕見曾棗莊、劉琳主編：《全宋文》，第61冊，〈謝知制誥表〉，頁84。

〔註86〕見〔明〕黃佐：《翰林記》（上海：上海商務印書館，1936年），卷十一，頁137。

> 頒布朝廷大政、批復高級官員的章奏以及外事往來的文書。……外
> 制也有制書、詔書、敕書…等名，但在內容上只是一般官員的任免、
> 普通政令的頒發，不如內制重要；起草時也不必經過天子，而是由
> 宰相召中書舍人直接在外朝省中進行。〔註87〕

所以王安石擔任翰林學士時所草擬的文書與施政的關係較密切，也有較多機
會與皇帝直接接觸，應該與知制誥時期的作品區分開來。

王安石擔任翰林學士時所作的內制文章佔文集四卷的篇幅，約有二百
篇。內容不外是祭祀的祝文、太皇太后等人與皇帝之間的問候囑咐、高層官
員的調任事宜。篇幅短小，以四字句居多，其次為六字句。祝禱文中，如果
祝拜的對象是上天，多請求降福庇祐：「仰賴監視，俯垂歆祐。」（卷三十五
〈天貺節皇帝謝內中露香表〉）「仰冀靈明，溥垂庇貺。」（同上〈降聖節皇帝
謝內中露香表〉）；如果是先帝，就會彷彿想見其威靈，想念伴隨哀戚與時俱
增：「瞻威靈而如在，歷時序以增思。」（同上〈十月一日起居揚州諸帝神御
殿表〉）「撫時序之變更，仰威神而感惻。」（同上〈冬至節上南京鴻慶宮等諸
帝表〉）；如果面對過往的諸后，則是傳達對其儀範的思念：「追淑靈而莫逮，
歷時序以增思。」（同上〈寒食節起居諸陵昭憲等諸后表〉）「瞻幽靈之所宅，
結永慕之至懷。」（同上〈中元節三陵起居諸后表〉）另外，官吏求外放、致
仕，連上數表，而皇帝不答應時，翰林學士也要代替皇帝草擬數詔回覆，王
安石曾經代替神宗寫了三道拒絕韓琦乞相州舊任的詔書（卷四十七〈賜韓琦
乞相州不允詔〉三道），也三度拒絕歐陽脩致仕（同上〈賜歐陽脩上表乞致仕
不允詔〉三道）。這些文章在內容上的差異並不大，多依「事理」而作，存在
一個可供依循的大致結構。〔註 88〕祭祀、問候、調官……各種主題中為數眾

〔註87〕見楊果：〈宋代「兩制」概說〉，《秘書之友》（1989 年），頁 34。楊政烺解釋
　　　　「知制誥」：「玄宗開元以後，……其後翰林學士入院一年即加此銜，專掌內
　　　　制，以代王言；以他官兼者則掌外制，起草政府文書。宋初因之，後許帶此
　　　　職兼領省府職任或出為外官。」內制為皇帝的代言者，外制主要起草政府的
　　　　詔告。見楊政烺：《中國古代職官大辭典》（河南：河南人民出版社，1990 年
　　　　10 月），頁 653。
〔註88〕謝伋說：「四六之藝，咸曰大矣！下至往來牋記啟狀，皆有定式，故謂之應用，
　　　　四方一律，可不習知？予自少時聽長老持論多矣，憂患以後，悉皆遺忘。山
　　　　居歷年，飽食終日，因後生之問，可記者輒錄之。」可見自北宋以來已有人
　　　　在討論四六公文書的作法模式。見〔宋〕謝伋：《四六談麈序》，《四六談麈》，
　　　　收入《叢書集成初編》（上海：上海商務印書館，1936 年 12 月），頁 1。又王
　　　　應麟也說過撰作「制」文的原則：「頭四句說除授之職，其下散語一段略說除

多的篇章,在內容相近的前提之下,要怎麼寫才不會重覆,就得考驗翰林學士的文才,對作者而言,形式屬辭的構思比內容結構的安排更具挑戰性。

2. 因應私人請求

王安石中年因私人事務所上的表啓,與內制同樣多爲駢文,但書寫主題有別。表多以辭升官、謝賜官(包括爲其弟王安國(1028~1074)、其子王雱而作)、求罷官爲主,啓則以賀啓、謝啓爲主。內制中相似題裁的文章篇幅大致相當,而自發爲文的表啓則是長短不一,行文較不受公文格式的束縛,當中更可以看到王安石在作內制詔書時沒有展現的情感。雖然寫祝禱文也會向先帝、諸后表達追思之意,但因爲篇章屢見、結構相仿,幾至可以預知內文,且爲代人之作,所以情感的撼動自然不足。而王安石所作的表,蘊含的情感不僅多於內制,甚至比箚子更爲激烈。同爲熙寧七年(1074),神宗允許王安石罷相之後所作的文章,〈答手詔留居京師箚子〉說:「加以精力衰耗,而咎釁日積,是以冒昧乞解重任,幸蒙聖恩已賜矜允。」(卷四十四)〈觀文殿學士知江寧府謝上表〉則言:「加以精力耗於事爲之眾,罪戾積於歲月之多,雖恃含垢之寬,終懷覆餗之懼。」(卷五十七)二篇文章的前二句各自對應,但表中所用的「事爲之眾」、「歲月之多」使語意更爲沉重,之後再補上「雖恃含垢之寬,終懷覆餗之懼」,儘管在神宗的庇護之下,王安石誠惶誠恐的憂懼仍然滋長著,令人更容易感受到他心中畏縮不安的情緒,長久以來一直存在。熙寧八年辭左僕射的表和箚子也可一起參看:箚子只說:「格之公論,孰以爲宜」(卷四十四〈辭僕射箚子一〉)、「早賜追還成命,以允中外論議之公」(同上〈辭僕射箚子二〉),屬平常敘述語氣,〈辭左僕射表二〉卻具體地形容出內心的擔憂:

> 人之所畏,物有固然。臣議行見知,而涉世多爲眾毀;論材受任,
> 而居官無以自昭。顧惟屈首受書,幾至殘生傷性。逮承聖問,乃知
> 北海之難窮;比釋微言,更悟南箕之無實。疏榮特異,揣分非宜。
> 苟叨昧以自安,懼譴尤之隨至。(卷五十七)

自認行事多爲眾毀,也缺乏受任官職的才能,仕途讓他的身心俱受磨難,歷經數年的輔政更使他體會到自己無法改善現況,並不適宜接受額外的恩寵。這是任相時的王安石從未出現過的消極語氣,與他所作的辭官箚子往往表現

授之意。文臣自內出則說均勞佚之意,武臣宿衛則說忠孝拱扈之意,換鎭則說易地之意,其餘可以類推。」見〔宋〕王應麟:《玉海》(臺北:華文書局,1964年1月),卷二百二,〈辭學指南〉,頁2,總頁數3791。

出感恩大於感情的成分不同,「表」反而比較直接坦誠心中的情緒。

　　王安石中年的駢文作品所反映出來的內心情緒,與同時期的辭官箚子是相同的:由傳達對於其他大臣言論的不滿,到辭官心意堅決。不過要先說明,熙寧二年的〈辭免參知政事表〉:「付之方面之權,還之禁林之地,固已人言之可畏,豈云國論之敢知。」(同上)此時尚未開始變法,這裡說的人言可畏,是王安石認為不到三年的時間,自己由知江寧府的地方官驟至參知政事的高位,升官如此迅速是否妥當,與熙寧末年辭官箚子中擔心眾人會因抨擊新法連帶批評自己的輿論壓力不同。熙寧三年作〈除平章事監修國史謝表〉:「矧以拙直而見知,遂為奸回之所忌。」(同上)視批評他的人為「奸回」,而且在謝表中抒發對神宗的期待:「伏惟皇帝陛下樂古訓之獲而忘其勢,惡邪辭之害而斷以心。勿貳於任賢,務本以除惡,使萬邦有共惟帝臣之志,萬姓有一哉王心之言,則進無求名之私,退有補過之善,臣之願也。」在受命之時,同時也把任賢除惡的責任託付神宗,彷彿可見王安石輔政時殷勤叮囑的期許。〈手詔令視事謝表〉表面雖然要神宗「博延公議,改用賢人」,不過後文馬上接著:「謗議升聞,已賴舜聰之豁達,……人習玩於久安,吏循緣於積弊,竊言不忌,詖行無慚。」(卷六十)意見皆與大約同時而作的〈謝手詔慰撫箚子〉(卷四十四)、〈答手詔封還乞罷政事表箚子〉(同上)相似,將異議者的言論視為詖行邪說,所謂的「公議」也不是真的想由眾人決定自己是否該留職原官。直到後來請求罷官,在〈乞出表二〉說:「信書自守,與俗多違。」(卷六十)和〈答手詔令就職箚子〉(卷四十四)同樣出現開始反省自己的言詞,在作〈辭左僕射表二〉(卷五十七)和〈辭僕射箚子一〉(卷四十四)、〈辭僕射箚子二〉(同上)時,同樣擔心毀謗又會隨之而來。由所見文章判斷,王安石大約於熙寧七年之後才轉而比較在乎外界眼光。

　　由以上的觀察,可以發現王安石的駢文不只是公式化的作品,也有抒情的創作,會將想法與情緒同時投射於不同文體中。

(二)平正嚴謹的厚重典式

1. 字詞求變

　　為了避免內制中主題相近的文章在用字上一成不變,王安石會使用同義詞或調換句子的前後次序。如前引「瞻威靈而如在,歷時序以增思」(卷四十五〈十月一日起居揚州諸帝神御殿表〉)、「撫時序之變更,仰威神而感惻」(同上〈冬

至節上南京鴻慶宮等諸帝表〉），威靈即是威神，也將句子的前後順序對調。「撫時序之變更，仰威神而感惻」與「感時序之變流，想威靈而慘結」（同上〈冬至節上諸陵表〉）替換用字的作法更加明顯。而「荐豆邊之新物，弗獲躬親」（同上〈寒食節起居永定陵宣祖諸陵等處表〉）與「瞻鳥耘之新隴，但有至懷」（同上〈八月一日永昭陵旦表〉）皆以「物雖常新，人已不存」襯托出思念的惆悵。

2. 對偶工整

在句式上，王安石中年時期的駢文作品多爲四四或四六成對，和古文中的對句多以長句爲主明顯不同，尤以工作所需的文書更是如此，符合四六文方便宣讀的原則。〔註89〕內制當中四字對句尤多，如〈景靈宮里域眞官祝文〉（卷四十六）、〈賜守司徒檢校太師兼侍中韓琦詔〉（卷四十七）、〈賜判汝州富弼乞赴安州避災養疾詔〉（同上），全篇均爲四言。應公事而作的駢文除了字數符合四六原則，對句也十分工整，如：「垂至仁而丕冒，慶實無窮；感素節以深迨，悲何有極！」（卷四十五〈先天節奏告仁宗皇帝表〉）「任隆三事，寄重一方。比聞經制之勞，或爽節宣之序。」（卷四十七〈賜判永興軍韓琦湯藥詔〉）「保茲天子，進無浮實之名；正是國人，退有顧言之行。」（同上〈韓琦加恩制〉）數字的相對、慶與悲、有與無、進與退的對比皆十分平穩。

3. 用典雅正

前人多稱王安石的駢文有典雅之風，如吳子良（1197～1256）：「二蘇四六尙議論，有氣燄；而荊公則以辭趣典雅爲主。」〔註90〕陳振孫：「四六偶儷之文起於齊梁，……而王荊公尤深厚爾雅，儷語之工，昔所未有。」〔註91〕高步瀛：「典雅是荊公四六之長。」〔註92〕吳子良著眼於用辭，陳振孫則明言王安石駢儷屬對之工整前所未見，如〈觀文殿學士知江寧府謝上表〉：「秋水方至，因知海若之難窮；大明既升，豈宜爝火之弗息？」（卷五十七）同樣用

〔註89〕謝伋：「四六施於制誥表奏文檄，本以便於宣讀，多以四字六字爲句。」見〔宋〕謝伋：《四六談麈》，頁1。謝采伯：「四六本只是便宣讀。」見〔宋〕謝采伯：《密齋筆記》（臺北：廣文書局，1970年12月），卷三，頁15。王應麟：「制用四六，以便宣讀。」見〔宋〕王應麟：《玉海》，卷二百二，〈辭學指南〉，頁1，總頁數3791。

〔註90〕見〔宋〕吳子良：《荊溪林下偶談》，收入王水照編：《歷代文話》，第一冊，頁554。

〔註91〕見〔宋〕陳振孫：《直齋書錄解題》（臺北：臺北商務印書館，1968年3月），卷十八，頁497。

〔註92〕見高步瀛：《唐宋文舉要》，乙編卷四，頁1630。

《莊子》的典故（前二句出自〈秋水〉篇；後二句出自〈逍遙遊〉），說明見到天下之大，才知自己能力不足，適爲感謝神宗同意去相之意，而且以水對火，十分妥切。又如楊萬里曾譽〈賀貴妃進位表〉（卷五十八）：

> 本朝制誥表啓用四六，自熙豐至今，此文愈甚。有一聯用兩處古人全語，而雅馴妥帖如己出者，介甫〈賀冊后妃表〉：「〈關雎〉之求淑女，無險陂私謁之心；〈雞鳴〉之思賢妃，有警戒相成之道。」〔註93〕

不僅用典的依據均爲《詩經》，互對用字精當，一如己出，既形容貴妃之貌與德，更期許貴妃以才德與君王共處，彼此互勉相成。

王安石〈景靈宮修蓋英宗皇帝神御殿上梁文〉的末段文字：

> 伏願上梁之後，聖躬樂豫，寶命靈長，松茂獻兩宮之壽；椒繁占六寢之祥。宗室蕃維之彥；朝廷表幹之良。家傳慶譽，代襲龍光，肩一心而顯相；保饋祀之無疆，皇帝萬歲。（卷三十八）

除了首尾各一散句套語之外，中間十句各二二相對，而且有押韻。高步瀛在評語中指出用典之處：「松茂」用《詩·天保》「如松柏之茂」、「椒繁」用《詩·椒聊》「椒聊之實，蕃衍盈升」、「表幹之良」用《吳志·張昭傳》的注「如此其人，信一時之良幹」、「慶譽」用《易·豐·六五》「來章，有慶譽，吉」、「龍光」用《詩·蓼蕭》「爲龍爲光」、「一心顯相」各引《書·盤庚下》「永肩一心」、《詩·清廟》「肅雝顯相」、「無疆」用《詩·七月》「萬壽無疆」，〔註94〕如果加上李之亮所言蕃維用《詩·崧高》「維申及甫，維周之翰。四國于蕃，四方于宣」，〔註95〕此五則對句，句句用典。高步瀛所謂典雅應該也是推許王安石用典之廣博及雅正。

曾季貍（約 1174 前後在世）說：「荊公詩及四六，法度甚嚴。湯進之丞相嘗云：『經對經，史對史，釋氏事對釋氏事，道家事對道家事。』此說甚然。」〔註96〕稱王安石四六守法度是在用典精嚴準確的部分，檢視王安石的駢文，可以找到對應評論的文句。「經對經」的例子如：「伯夷之直惟清，仲山之明且哲。」（卷七十九〈賀致政趙少保啓〉）「直惟清」出自《尚書·舜典》：「直

〔註93〕見〔宋〕楊萬里：《誠齋詩話》，收入吳文治主編：《宋詩話全編》（南京：江蘇古籍出版社，1998 年 12 月），第六冊，頁 5946。

〔註94〕見高步瀛：《唐宋文舉要》，乙編卷四，頁 1630。

〔註95〕見〔宋〕王安石撰，李之亮箋注：《王荊公文集箋注》，頁 10。

〔註96〕見〔宋〕曾季貍：《艇齋詩話》，收入《叢書集成初編》（上海：上海商務印書館，1936 年 12 月），頁 25。

哉惟清。」「明且哲」出自《詩經・烝民》:「既明且哲。」〔註97〕皆是讚美趙
抃的德行。「史對史」則可見:「已葬鼎湖之弓劍,將游高廟之衣冠。」(卷三
十八〈景靈宮修蓋英宗皇帝神御殿上梁文〉)「鼎湖」見《史記・封禪書》所
載黃帝升天之處;「高廟」則見《史記・叔孫通傳》所載,爲祭祀漢高祖靈位
之處,〔註98〕以黃帝和漢高祖的功績來讚譽英宗。「釋氏事對釋氏事」例子爲:
「旁召淨眾,歸誠甘露之門;仰祝靈遊,取證法雲之地。」(卷四十六〈福寧
殿開啓資薦英宗皇帝道場齋文〉)「甘露門」指如來的教法,又稱甘露法門;「法
雲地」爲菩薩乘十地中的第十地,〔註99〕指出佛教教義的特點。「道家事對道
家事」可見「集黃冠之勝眾,仰紫極之眞游。」(卷四十五〈靈鰲內殿開啓皇
太后生辰道場青詞〉)。「黃冠」爲道士所戴的帽子,代稱道士;「紫極」又名
紫微,爲道教稱上帝居住之處,〔註100〕二者均爲道教用語,說明參與祭祀的
人員及祭祀的誠敬。雖然不是每篇駢文的對偶皆能以經史語互對,但可證實
確有這種工整的情形。

4. 聲律和諧

王安石的駢文除了對偶工整之外,也兼顧到聲律和諧,如「方秋厥初,
既月之望,昊天始肅,繁露未晞」(卷四十五〈中元節起居諸陵表〉)是「平
平仄平,仄仄平仄,仄平仄仄,平仄仄平」;「儼神鄉而弗返,厥聖像以如存」
(卷四十五〈寒食節上南京鴻慶宮等處太祖諸帝表〉)是「仄平平平仄仄,
平仄仄仄平平」;「旁招淨眾,歸誠甘露之門;仰祝靈游,取證法雲之地」是
「平平仄仄,平平平仄平平;仄仄平平,仄仄仄平平仄」(卷四十六〈福寧
殿開啓資薦英宗皇帝道場齋文〉)對偶句的平仄相對,讀起來音律抑揚頓挫。

三、王安石中年駢文的獨特風格

王安石雖然支持歐陽脩提倡的古文革新運動,但是在駢文寫作卻和歐陽

〔註97〕 見《十三經注疏》,第一冊,卷二,頁 25,總頁數 46,錄自書中所引《尚書》
經文。第二冊,卷十八,頁 14,總頁數 675,錄自書中所引《詩經》經文。
〔註98〕 見〔漢〕司馬遷:《史記》,卷二十八,〈封禪書〉,頁 1394。卷三十九,〈叔孫
通傳〉,頁 2725。
〔註99〕 見慈怡主編:《佛光大辭典》(高雄:佛光出版社,1988 年 12 月),頁 2055、
1743、1744。
〔註100〕 見張檉總策劃:《中國道教大辭典》(臺中:東久企業,1999 年 1 月),頁 1104、
1134、1135。

脩的風格有所出入。江菊松曾歸納：

> 宋四六之組織極不規則，但求意思之達盡，而不限制字數之多寡，
> 因此，由五字、七字，以至九字、十字為一句，在所多見；完全不
> 受四字六字之約束，而全視意思之長短為轉移，而氣之生動，詞之
> 清新，雖極翦裁雕琢之功，仍有漸近自然之妙，此即為散文化之駢
> 文特色。〔註101〕

據此說法，宋朝社會流行散文化之駢文的字數並不一致，對偶句數也可能使
用二句以上的多數句成對。由此而言，王安石的駢文就用字來看，反而接近
六朝以來，採用四、六字及偶句為行文的主要原則，與當時盛行「以古文為
四六」的作法不同，此為王安石駢文獨特的風格。楊困道說：「皇朝四六，荊
公謹守法度。」〔註102〕南宋的胡衛也說：「熙寧以來，凡典章號令，若王安石
之造意平雅，……體律之至，弗可及矣。」〔註103〕清代的王之績推崇王安石
為皇帝代言的作品「得體」，〔註104〕皆是指王安石的駢文合乎六朝以來公務應
用駢文的書寫原則。

　　身處駢文散文化的時代氛圍之下，王安石也受到影響，如王安石上的謝
表有部分以長句為對的作品，如：「觀天下之至動而御其時，輔萬物之自然而
節其性，匪而不可不為者事，麤而不可不陳者法。」（卷五十六〈進《熙寧編

〔註101〕見江菊松：《宋四六文研究》（臺北：華正書局，1977 年 9 月），第二章第一
　　　　　節，〈宋四六之風格〉，頁 21。
〔註102〕見〔宋〕楊困道：《雲莊四六餘話》，收入《叢書集成初編》（上海：上海商務
　　　　　印書館，1939 年 12 月），頁 30。詹杭倫、曹麗萍曾討論宋代四六文與六朝駢
　　　　　文的承繼關係，認為二者不是絕無關連，例如駢文的體例就源自六朝，宋代
　　　　　作家也有一些對六朝名家文章的擬作。見詹杭倫、曹麗萍：〈論楊萬里四六文
　　　　　的創作特色——兼論南宋四六文對六朝駢文的繼承〉，《宋代文學研究叢刊》
　　　　　（2007 年 6 月），第十四期，頁 288～291。
〔註103〕見〔清〕徐松纂輯：《宋會要輯稿》，〈選舉〉，六之四〇，頁 4335。金中樞評
　　　　　論此則史料：「王蘇二氏，俱屬以『釋老』，各雜以『申韓』與『縱橫』，以文
　　　　　其說？則此謂介甫『造意平雅』，……亦不盡然。」見金中樞：〈宋代古文運
　　　　　動之發展研究〉，收入《新亞學報》（九龍：新亞書院，1963 年 8 月），第五
　　　　　卷第二期，頁 110。不過金中樞沒有注意到史料原文評語是就「典章號令」
　　　　　而發，也就是為朝廷所作的兩制，多屬駢文，多有固定格式及套語可供依循
　　　　　寫作，自然沒有雜入釋老、申韓思想的疑慮。
〔註104〕王之績說：「我觀《周書》，周公曰『王若曰』，知人臣代言，蓋自昔而已然矣。……
　　　　　厥後王介甫最為得體。」見〔清〕王之績：《鐵立文起》，收入王水照編：《歷
　　　　　代文話》，第四冊，頁 3755、3756。

敕》表〉）「躬國論聽斷之煩，而察知孤遠之行；略門資貢舉之法，而拔取滯淹之才，山林之所誦說而難遭；閭巷之所驚嗟而罕見。」（同上〈賜弟安國及第謝表〉）「蓋上無躬教立道之明辟，下有私學亂治之氓。然孔氏以羈臣而興未喪之文，孟子以游士而承既沒之聖。……此淫辭詖行之所由昌，而妙道至言之所爲隱。」（卷五十七〈除左僕射謝表〉）「以長句爲對」是駢文散文化的一項表現手法，王安石在句中增添「之」、「而」等虛詞，閱讀起來更有古文的感覺，透露出他紮實的古文創作根柢。不過此類散化句法在王安石的駢文作品中仍屬少數，他雖受到駢文散文化的影響，但於句法駢散的使用上依然多遵循駢文的傳統。可以說王安石寫作駢文，是站在古文的基礎上回歸典雅。

王安石中年時期的文章，無論古文或駢文，都受到紮實的學術根柢習染，古文援引經典禮制、駢文的用典都依恃著深厚的儒學基礎。此外，政治作爲王安石中年文章的創作動機及主要題材，他在政壇上的起伏均反映在古文及駢文中，辭官的箚子和表在相似的時間點，所呈現的情緒認知是相近的。對於反對的聲音由拒絕聆聽至反省自我，轉而承認批評的存在。大體而言，古文的內容比較接近自己意見的抒發，駢文除了純爲公事的內制之外，多爲個人官職調動的請求，但駢文的情感卻因詞藻舖排，描寫詳細，情與理之間開闔的幅度顯得比古文大。就文風來看，王安石雖然受到駢文散文化的影響，卻把以長句爲對的情形應用於古文中，駢文的字句、用典、對偶多謹守六朝以來的法度，形成了中年時期古文特有的節奏感，駢文則以典雅見長的個人風格。

第四章　王安石晚年的文風特色

　　晚年王安石回到金陵，議論國事的文章減少，主題轉以辭去榮銜、研究
學術、聯繫親友爲多，當中佛教思想對文風的影響明顯浮現。錢穆說王安石
「博學，旁及佛老」，[註1] 佛教對於王安石的影響一直都存在，不過在早年、
中年，佛教思想對王安石而言只是一種有別於儒學的學術派別，不具特殊意
義，當時的文字多是與僧人的書信，或談佛經義理、或記交遊。王安石眞正
潛究佛學，當爲二度罷相之後的閒暇時間，而且對他在政治上的挫敗不無撫
慰的作用。所以欲探究王安石晚年的文風，需要先了解他創作動機的轉向與
主要影響寫作的學術根柢。古今已有很多學者注意到王安石晚年詩中受到佛
教思想影響，但關於文章的討論，卻遠不如詩作。王安石晚年的文章是否同
樣存在佛教思想的浸染，爲本章主要關注重點。

　　王安石退隱後，對於朝廷局勢仍無法完全忘懷。他曾作：「杖藜隨水轉東
岡，興罷還來赴一牀。堯桀是非時入夢，固知餘習未全忘。」（卷二十七〈杖
藜〉）蔡居厚提到寫這首詩的背景：「荊公居中山，一日晝寢，夢有服古衣冠
相過者，貌偉甚，曰：『我桀也。』與公論治道，反覆百餘語不相下。公既覺，
猶汗流被體，若作氣劇，因笑語客曰：『吾習氣尙若是乎？』乃作小詩識之。
有『堯桀是非猶入夢，因知餘習未能忘』之句。」[註2] 另外，又作：「六年
湖海老侵尋，千里歸來一寸心。西望國門搔短髮，九天宮闕五雲深。」（卷三

〔註1〕　見錢穆：《中國學術思想史論叢》（臺北：東大圖書有限公司，1978 年 7 月），
　　　　第五冊，〈初期宋學〉，頁 5。
〔註2〕　見〔宋〕蔡居厚：《蔡寬夫詩話》，收入吳文治主編：《宋詩話全編》，第一冊，
　　　　頁 627。

十一〈六年〉）李壁（1159～1222）注：「此見公深追神宗之遇，雖已在田里，不忘朝廷也。」〔註3〕罷政六年後的王安石，還是會不自覺地常常遙望朝廷宮闕所在的方向，在「餘習未能忘」的狀態之下，同時研讀佛學，王安石晚年文章中出世與入世的游移過程頗耐人尋味。

王安石與佛教的關係，可由他本身對佛教所持的態度、佛教在他一生中的沉潛過程得知。晚年的古文風格，包括返鄉隱退對文章數量增減、內容、語氣的影響，還有佛教思想抬頭在文章中留下的痕跡……等，皆值得注意；駢文則是可以探討在卸下相職之後，主要承載公務的駢文內容、形式有何改變？在朝與在野的書寫視角是否有所不同？藉著貼近作品的分析、觀察王安石對佛教思想的看法、運用，於關注國事與個人生活之間的比重衡量，來勾勒出王安石一向爲人忽略的晚年文風。

第一節　佛教思想與王安石的淵源

一、兼容並蓄的開放態度

王安石讀書治學，並不以儒家典籍爲唯一致力閱讀的範圍，在曾鞏質疑他讀佛經時，王安石說：「但言讀經，則何以別於中國聖人之經？……子固視吾所知爲尚可以異學亂之者乎？非知我也。方今亂俗不在於佛，乃在於學士大夫沉沒利欲，以言相尙，不知自治而已。」（卷七十三〈答曾子固書〉）王安石一般在文章中提到的「經」，多指儒家經典，〔註4〕在這裡，他特地把經的範圍放大，納入佛經於其中。他不認爲佛經與儒學經典的閱讀價值有何分別，儘管和曾鞏同樣由儒家的觀點出發，仍然視佛教爲異學，但曾鞏由此反對閱讀佛經，王安石卻有不同的看法，他覺得不僅佛教經典可讀，其他派別的經典也都值得一觀。也不認爲佛教是亂俗的根源，反而要求儒家學子應自

〔註3〕見〔宋〕王安石撰、李雁湖箋註、〔元〕劉須溪評點：《箋註王荊文公詩》（臺北：廣文書局，1960年3月），卷四十四，頁50、51。

〔註4〕如：「爾讀羣經而能通知其義，故選於眾以教國子。」（卷五十一〈國子監直講商傅光祿寺丞制〉）「父子以傳經見用，鮮或同時。」（卷五十六〈除雱正言待制謝表〉）「歷年以千數，而聖人之經卒於不明。」（卷七十一〈書洪範傳後〉）皆指儒家經典，只有在〈除平章事昭文館大學士謝表〉（卷五十七）、〈除左僕射謝表〉（同上）中，王安石提到擔任「譯經潤文使」，這是潤飾佛經譯文的官員，故此處的「經」指佛經。

我檢討。王安石說過：「善學者讀其書，惟理之求。有合吾心者，則樵、牧之言猶不廢；言而無理，周、孔所不敢從。」〔註5〕以「合於己心之理」作爲判斷取捨意見的標準，對於閱讀的材料、範圍並不設限，對各家學說也沒有必然接受或拒絕的預設立場。神宗問過王安石有關佛教的問題：

> （熙寧五年五月）甲午，上謂王安石等曰：「蔡確論太學試，極草草。」
> 馮京曰：「聞舉人多盜王安石父子文字，試官惡其如此，故抑之。」
> 上曰：「要一道德。若當如此說，則安可臆說？詩書法言相同者乃不
> 可改？」安石曰：「『柔遠能邇』，《詩》、《書》皆有是言，別作言語不
> 得。臣觀佛書，乃與經合，蓋理如此，則雖相去遠，其合猶符節也。」
> 上曰：「佛，西域人，言語即異，道理何緣異？」安石曰：「臣愚以爲，
> 苟合於理，雖鬼神異趣，要無以易。」上曰：「誠如此。」〔註6〕

王安石在這裡解釋得更清楚，他認爲儘管佛書與儒家經典距離遙遠、文化不盡相同，卻存在一些共通的情形，這些情形因爲合於道理，所以不受言語或表達方式不同所限制，同時出現在佛經與儒學經典之中。其實許多宋儒與佛教的關係並非不相往來，只是沒有公開表露對佛教的認識，〔註7〕徐洪興說：「王安石其人，雖然頗喜佛老學說，但其腳跟卻始終站在儒家的陣營裡，他與二程、張載、朱、陸的區別，只是一個公開其他隱蔽而已。」〔註8〕王安石與眾人所持態度的不同，在於他從不掩飾對儒家之外其他派別的好感。由諸儒攻擊王安石的言論中，可以發現儘管諸儒總是批評王安石的學說、著作夾雜佛、老之言，但王安石一直都不隱瞞對佛教的好奇與欣悅，晚出的《字說》所蘊含的佛教色彩比《三經新義》更濃厚，〔註9〕受到衛道者的抨擊愈猛烈。

〔註5〕 見〔宋〕釋惠洪輯：《冷齋夜話》，收入羅振玉輯：《殷禮在斯堂叢書》（臺北：藝文印書館，1970年）（日本五山本），卷六，頁1。

〔註6〕 見李燾撰：《續資治通鑑長編》，卷二百三十三，頁14。

〔註7〕 見林科棠：《宋儒與佛教》（臺北：臺灣商務印書館，1968年1月），第三章，〈宋儒之學佛〉，頁30～41。指出周敦頤、張載、程顥、程頤均曾接觸佛教僧人、教義，而或多或少影響到自己的學說。蔣義斌：《宋儒與佛教》（臺北：東大圖書有限公司，1997年9月），第一章，〈緒論〉，頁24。如張九成、黃庭堅等人都與佛教關係匪淺。蔣義斌：《宋代儒釋調和論及排佛論之演進》，第一章，〈緒論〉，頁5、6。程頤、胡寅、朱熹都有出入釋、老的經驗。

〔註8〕 見徐洪興：〈論唐宋間的「孟子升格運動」（下）〉，《孔孟月刊》（1993年12月），第三十二卷第四期，頁38。

〔註9〕 葉夢得：「王荊公再罷相，居鍾山，無復他學，作《字說》外，即取藏經讀之。雖則涸間，亦不廢。自言《字說》深處，亦多出于佛書。」見〔宋〕葉

〔註10〕其實時人對《字說》有另一種看法，例如黃庭堅曾論及：

> 荊公晚年刪定《字說》，出入百家，語簡而意深，常自以為平生精力
> 盡於此書。〔註11〕

晁公武則是如此介紹《字說》：「蔡卞謂介甫晚年閒居金陵，以天地萬物之理
著為此書。」「著《字說》，包括萬象。」〔註12〕在黃庭堅、晁公武看來，《字
說》的內容旁徵博引、包羅萬象，沒有特別突出其中含括佛教的見解。但改
由楊時（1053～1135）來解讀即全然不同，他就《字說》當中援引佛學之處大
作文章，如王安石對「空」的解釋：「無土以為穴則空無相，無工以空之則空
無作，無相無作，則空名不立。」楊時的意見為：

> 作相之說，出於佛氏，吾儒無有也。佛之言曰：空即無相，無相即
> 無作，則空之名不為作相而立也。工穴之為空，是滅色明空，佛氏
> 以為斷空，非真空也。……吾儒本無此說，其義於儒佛兩失之矣。
>
> 〔註13〕

楊時重覆強調儒家沒有以「相」來解釋「空」字的說法，認為出自佛氏之說，

夢得：《巖下放言》（臺北：臺灣商務印書館，1981 年）（四庫全書珍本十一集），卷上，頁 13。《字說》確有援引佛經之處。何寄澎說：「王安石浸染佛理，對他的學術頗有影響，最明顯的例子是《字說》。」見何寄澎著：《北宋的古文運動》（臺北：幼獅文化事業，1992 年 8 月），附論，〈北宋古文家與釋子之交涉〉，頁 426。

〔註10〕程元敏說：「三經義及字說，多用道佛之說，宋儒已有定評。」見程元敏：〈三經新義與字說科場顯微錄〉，收入《屈萬里先生七秩榮慶論文集》（臺北：聯經出版事業公司，1978 年 10 月），頁 252。宋儒對《三經新義》及《字說》援引佛教內容的評論則可見程元敏著：《三經新義輯考彙評（三）——周禮（下）》，〈三經新義評論輯類〉，六、三經新義援異端入注，頁 673～682、710。儒者對《字說》攻擊的焦點比《三經新義》來得具體且明確。黃復山說：「《字說》竟得與熙寧所修之《三經新義》擅行於科場三十餘年，凡欲仕進者，莫不專誦。其影響深遠可知矣，而介甫所以遭謗者，亦以是書為最。」見黃復山：《王安石字說之研究》（永和：花木蘭文化出版社，2008 年 9 月），第二章第一節，〈作者小傳〉，頁 11。

〔註11〕見〔宋〕黃庭堅：《豫章黃先生文集》（四部叢刊初編集部，上海商務印書館縮印嘉興沈氏藏宋本），卷二十七，〈書王荊公騎驢圖〉，頁 305。

〔註12〕上二段引文見〔宋〕晁公武：《郡齋讀書志》，卷四，頁 15，總頁數 437、438。卷十九，頁 25，總頁數 1158。

〔註13〕上二段引文見〔宋〕楊時：《楊龜山先生全集》，卷七，〈字說辨〉，頁 363、364。王安石《字說》一書已亡佚，「空」字解釋即由楊時〈字說辨〉所輯出，據張宗祥輯錄、曹錦炎點校：《王安石《字說》輯》（福州：福建人民出版社，2005 年 1 月），頁 5。

刻意挑起儒、佛的對立面，重申儒者爲學應不假外求。楊時進一步分析了佛教的說法，判別王安石解釋的「空」只是「有」的消失，屬佛教中的斷滅空，非與緣起一體並觀的眞空。並評論王安石二邊都沒有顧及，不僅不採用儒家的角度來解字，就連詮釋佛教的用語，也不甚符合佛教義理。這也透露了楊時至少知曉部分佛教經義的內涵。儘管王安石晚年與佛教的關係趨向密切，但經由部分儒者的有心渲染，變得更廣爲人知。

　　王安石不僅不刻意區分儒學經典與佛經，也一致以「仁義」作爲評比士人與僧人賢能與否的標準：

> 當士之夸漫盜奪，有己而無物者多於世，則超然高蹈，其爲有似乎吾
> 之仁義者，豈非所謂賢於彼而可與言者邪？若通之瑞新、閩之懷璉，
> 皆今之爲佛而超然，吾所謂賢而與之遊者也。此二人者，既以其所學
> 自脫於世之淫濁，而又皆有聰明辯智之才，故吾樂以其所得者間語
> 焉，與之遊，忘日月之多也。（卷八十三〈漣水軍淳化院經藏記〉）

王安石形容部分僧人的作爲「不忮似仁，無求似義」、「有似乎吾之仁義者」（同上），顯然以儒者自居，也以儒家思想爲本位。可見王安石其實有儒者、僧人身分不同的認知，不過他並不以身分不同判斷品格高下，而是以儒家的仁義作爲評判的準則，也大方地舉出瑞新和懷璉是能論學交遊的好友。

二、佛教思想的沉潛歷程

（一）就交遊而言

　　王安石的朋友當中，一直都不乏僧侶。徐文明（1965～）說：「王安石一生結識了許多高僧，早年以瑞新和大覺懷璉爲代表，在京時又有智緣等，晚年則有蔣山贊元、寶覺、淨因、眞淨克文等。」〔註14〕他一生來往的僧人不下三十人，〔註15〕也有詩作往來，如〈寄育王大覺禪師〉（卷三十四）、〈寄道光大師〉（同上）、〈贈寶覺并序〉（卷三十六）……等，形式上無異於文人

〔註14〕見徐文明：《出入自在──王安石與佛禪》（鄭州：河南人民出版社，2001年9月），第九章〈十年歸隱山水間，經注禪詩存幾篇〉，頁248。

〔註15〕可參見蔣義斌：《宋代儒釋調和論及排佛論之演進》（臺北：臺灣商務印書館，1988年8月），第一章第三節，〈王安石生平概述及其與釋氏大德之交往〉，頁23～27。劉正忠：《王荊公金陵詩研究》，第二章第四節，〈佛學信仰與晚年思想〉，頁59～64。洪雅文：《王安石禪詩初探》，第三章第三節，〈交遊人物〉，頁36～49。王安石由年輕到年老，持續與不同的僧人來往交遊。

之間的酬唱，但更多了佛理的交流。文章中也常提到自己與僧人的交情，如前文提到的瑞新，王安石曾記：「甲申，遊天童山，宿景德寺，質明，與其長老瑞新上石望玲瓏巖。」（卷八十三〈鄞縣經遊記〉）他在巡視任內民情時入住禪寺，也與瑞新同遊。瑞新卒後，王安石憶及：「始瑞新道人治其眾於天童之景德，予知鄞縣，愛其材能，數與之遊。後新主此山之四年，予自淮南來，視蘇州之積水，卒事，訪焉，則新既死於某月某日矣，人知與不知，莫不愴焉，而予與之又久以深，宜其悲也。」（卷七十一〈書瑞新道人壁〉）追懷瑞新與自己的交往，由王安石在公事之餘，仍前往尋訪，可知他與瑞新非泛泛之交。

　　覺海大師也與王安石相交多年，王安石很佩服他的佛學修養，以詩形容他「不與物違真道廣，每隨緣起自禪深」（卷十七〈覺海方丈〉），詠其順應自然，無時無刻與禪、道相伴。也曾為他作讚：「賢哉人也，行屬而容寂，知言而能默，譽榮弗喜，辱毀弗戚，弗矜弗克。」（卷三十八〈蔣山覺海元公真讚〉）「知言而能默」對王安石來說，也是退隱之後一直在學習的功課，可知不論佛學涵養及處世態度，覺海大師皆是王安石學習的對象，他不吝讚美覺海大師，更不以為與佛教中人來往需要避嫌。到了晚年，由王安石為覺海大師寫的祭文，能看出二人的交情已不僅止於學術的交流：「自我壯強，與公周旋，今皆老矣，公棄而先逝。」（卷八十六〈祭北山元長老文〉）流露出對一路相伴的「益師」「益友」先己而去的不捨。

　　王安石晚年回到金陵，到佛寺走動、與僧人來往的頻率提高：「荊公既退居金陵，朝夕出入佛寺，與僧人過從更加頻仍。」〔註16〕更手注佛經，〔註17〕佛教精神儼然成為他晚年生活與學術的重心。

〔註16〕見劉正忠：《王荊公金陵詩研究》，第二章第四節，〈佛學信仰與晚年思想〉，頁61。

〔註17〕王安石有〈進二經箚子〉（《王文公文集》卷二十）一文，把自己注解的《金剛般若》、《維摩詰所說經》獻給神宗。又，蘇軾曾作〈跋王氏《華嚴經解》〉，見〔宋〕蘇軾著、孔凡禮點校：《蘇軾文集》（北京：中華書局，1990年4月），卷六十六，頁2060。葉夢得：「王荊公再罷相，居鍾山，……作《金剛經解》，裕陵嘗宣取今行于世，其餘如《楞嚴》、《華嚴》、《維摩》、《圓覺》皆間有悅意。」見葉夢得：《巖下放言》（四庫全書珍本十一集），卷上，頁13。故王安石至少曾手注三部佛經，而涉獵多部佛經的內容。于大成又曾整理王安石的著作，認為他曾疏解《楞嚴經》，見于大成：〈王安石著述考〉，《國立中央圖書館館刊》（1968年1月），新一卷第三期，頁44。

（二）就治學而言

王安石接觸佛教思想的時間不短，由陸佃懷念王安石生前身影的一段記載，更可以看出他從中年到晚年與佛教的因緣：

> 荊公退居金陵，多騎驢遊鍾山。每令一人提經，一僕抱《字說》前導，一人負木虎子隨之。元祐四年六月六日，伯時見訪，坐小室，乘興爲予圖之。其立松下者進士楊驥、僧法秀也。後此一夕，夢侍荊公如平生，予書「法雲在天，寶月便水」二句，「便」初作「流」字，荊公笑曰：「不若便字之爲愈也。」既覺，悵然自失。念昔橫經座隅，語至言極，迨今閱二紀，無以異于昨夕之夢，人之生世何如也？伯時能爲我圖之乎？〔註18〕

陸佃記憶的場景最初也是王安石閒居金陵之後，當時他交往的人有進士、僧人。陸佃懷師，請李公麟（字伯時，1049～1106）把記憶的場景畫下來，陸佃隔天晚上就夢到與王安石論學如其在世時，歷歷情景，醒後更添惆悵。王安石約於治平二年（1065）開始在金陵講學，〔註19〕而陸佃最晚於治平三年投入王安石門下。〔註20〕他於元祐四年（1089）「夢侍荊公如平生」，但距離「橫經座隅，語至言極」已有二十四年，表示陸佃與王安石在治平年間，論學的內容可能就有接近佛教用語的「法雲」、「寶月」。宋儒面對佛教心性之學的勢力擴張，紛紛回到儒家的經典中，試圖建構儒家自身的心性思想與佛教抗衡，〔註21〕如李覯（1009～1059）在閱讀佛教典籍之後說：「及味其言，有可愛者，蓋不出吾《易·繫辭》、〈樂記〉、〈中庸〉數句間。」〔註22〕認爲儒家經典中

〔註18〕 見〔宋〕陸佃：《陶山集》（據商務民國二十四年十二月初版依聚珍版叢書排印），卷十一，〈書王荊公遊鍾山圖後〉，頁121。

〔註19〕 見劉成國：〈王安石江寧講學考述〉，收入《中華文史論叢》（上海：上海古籍出版社，2003年10月），第七十三輯，頁226。

〔註20〕 陸佃說：「治平三年，今大丞相王公，守金陵。以緒餘成學者，而某也實竝群英之遊。」見〔宋〕陸佃：《陶山集》，卷十六，〈沈君墓表〉，頁183。

〔註21〕 例如徐洪興認爲宋儒選擇《孟子》作爲儒學更新的對象，是因爲《孟子》的思想涵蓋道統、闢異端、讀心性、辨王霸。見徐洪興：〈論唐宋間的「孟子升格運動」（下）〉，頁37。夏長樸歸納出《易傳》言性、《大學》言心罕言性、《中庸》言性不言心、《孟子》兼論心性，這些儒家經典，均提供宋儒言心性的理論基礎，見夏長樸：〈尊孟與非孟——試論宋代孟子學之發展及其意義〉，《中國哲學》（瀋陽：遼寧教育出版社，2002年4月），24輯，頁576、577。

〔註22〕 見〔宋〕李覯：《直講李先生文集》（臺北：臺灣商務印書館，1965年8月）（四部叢刊初編集部，上海商務印書館縮印江南圖書館藏明刊本），卷二十

也存在佛教義理。王安石也不例外，他經由閱讀《孟子》，生發出自己對性、情的創見：「性情一也。……性者情之本，情者性之用，故吾曰性情一也。」（卷三十七〈性情〉）「性生乎情，有情然後善惡形焉，而性不可以善惡言也。」（卷三十八〈原性〉）錢穆說：「荊公以性分體用言，又分已發未發前後兩截言，此等見解，實受佛家影響。……孟子論性，即指人情之發露，並未說別有一未發本體。已發未發之說，起於中庸。而後人說此未發本體，則實自佛家眞如涅槃的意境下脫胎化出。」〔註23〕首先王安石指出性爲本，情爲用，性、情是一體的，與孟子主張性善不同，王安石把人爲善作惡的原因歸諸於背後未發的性。第二點，王安石認爲性影響情，性、情有可能爲善、惡，但不能把善、惡等同性，這二點意見均源自佛教的說法。錢穆已指出，王安石設定性爲未發的部分自佛教而來。而儘管性影響情，但情造成的諸法，是由種種因緣和合而成，不能往上回溯、等同最原本的性，由此可見，王安石以佛教的方法來詮解儒家經典的性、情。〔註24〕在熙寧八年（1075），王安石曾經受任「譯經潤文使」（卷五十七〈除平章事昭文館大學士謝表〉、〈除左僕射謝表〉），《續資治通鑑長編》記載這個官位的職責：「唐譯經使以宰臣明佛學者兼領之，國朝翻譯經論初令朝官潤文，及丁謂相，始置使。」〔註25〕故王安石於熙寧八年時，不僅對佛經已有一定程度的理解，更因爲職責要求，需要閱讀大量的佛經翻譯，對於他了解佛教義理不無助益。元豐年間，王安石再度就性情問題發表意見：

> 所謂無性者，若如來藏是也。雖無性而非斷滅，……惟無性，故能變；若有性，則火不可以爲水，水不可以爲地，地不可以爲風矣。（卷七十八〈答蔣穎叔書〉）

王安石晚年的說法仍然將性情二分，但更接近佛家思想，「如來藏」指眾生所具備的，本來絕對清淨、永遠不變的本性，無性不是斷滅，外在一切現象均緣於如來藏而起，即如王安石所言，無性故能變，不凝滯，無所住心。王安石已能以佛教義理的展衍方式來解讀儒學經典、討論佛學見解。故由王安石

三，〈邵武軍定置莊田記〉，頁173。

〔註23〕見錢穆：《中國學術思想史論叢》，第五冊，〈初期宋學〉，頁12、13。

〔註24〕徐洪興說王安石的心性論「以孟子的思想爲起點，吸收佛學的心性說」。見徐洪興：〈論唐宋間的「孟子升格運動」（下）〉，頁38。即是受到佛教理路的影響，來檢視儒家經典，闡發儒家原本鮮少觸及的心性思辨。

〔註25〕見〔宋〕李燾撰：《續資治通鑑長編》，卷一百三，頁15。

的交遊、治學，皆可證明佛教沉潛歷程有跡可尋。

三、遠離政壇的平復過程

　　王安石離開京師之後，接觸佛經的時間增加了。蘇軾在寫給滕達道的信中提到：「某到此，時見荊公，甚喜，時誦詩說佛也。……某近到筠見子由……」〔註26〕陸游（1125～1210）也曾說：「元豐中，王荊公居半山，好觀佛書。」〔註27〕查慎行（1650～1727）注蘇軾詩記載：「元豐七年甲子四月離黃州，五月至筠，七月過金陵作。」〔註28〕所以蘇軾寫給滕達道的信，應是蘇軾元豐七年離開筠州、到達金陵時所作。此年稍早之時，王安石生病，二天無法說話。之後稍癒，告訴妻子夫妻情份只是偶合，不需太過眷戀，要多作善事，又握住葉濤的手，叮嚀他要多讀佛書，不要作世間言語，他一生多作世間言語，現在後悔了。〔註29〕後來病癒，同一年六月，王安石就把他在金陵所居住的半山園捐爲禪寺。〔註30〕也因爲蘇軾在元豐七年有一段與王安石相處的日子，得見他退隱金陵的生活，融入在日後爲他所作的制詞中：「浮雲何有？脫屣如遺。」〔註31〕王銍之父曾向學於王安石，〔註32〕他對蘇軾這二句用語十分贊同：

> 先子嘗言王荊公作相，天下士以文字頌其道德勳業者，不可以數計
> 也。如祥道啓曰：「六經之書，得孔子而備；六經之理，得先生而明。」
> 王禹玉作〈除相麻詞〉曰：「至學窮於聖原，貴名薄於天下。」熊伯
> 通賀啓曰：「燭照數計，洞九變之本原；玉振金聲，破千齡之堙鬱。」

〔註26〕見〔宋〕蘇軾：《蘇東坡全集》，續集第四卷，〈與滕達道〉，頁106。
〔註27〕見〔宋〕陸游：《老學庵筆記》（臺北：木鐸出版社，1982年5月），卷三，頁37。
〔註28〕見〔宋〕蘇軾著、〔清〕馮應榴輯注：《蘇軾詩集合注》（上海：上海古籍出版社，2001年6月），卷二十三，頁1145。
〔註29〕見〔宋〕朱熹、李幼武同編：《宋名臣言行錄》，後集卷六，頁9，總頁數575、576。
〔註30〕李燾：「（元豐七年六月）戊子，集禧觀使王安石請以所居江甯府上元縣園屋爲僧寺，乞賜名額，從之，以報甯禪院爲額。」見〔宋〕李燾撰：《續資治通鑑長編》，卷三百四十六，頁11。
〔註31〕見〔宋〕蘇軾：《蘇東坡全集》，外制集卷上，〈王安石贈太傅制〉，頁598。
〔註32〕王銍敘其父：「先君子少居汝陰鄉里，而游學四方，學文於歐陽文忠公，而授經於王荊公、王深父、常夷父。」見〔宋〕王銍：《四六話》，收入《叢書集成初編》，〈四六話序〉，頁1。

又曰：「永惟卓偉之烈，絕出古今之時。」鄧溫伯作白麻曰：「道德合符乎古人，學問爲法於海內。越升冢宰，大熙眾功。力行所學，而朝以不疑；謀合至神，而人莫爲問。」若此者劇多，然不若子瞻〈贈太傅誥〉曰：「浮雲何有，脫屣如遺。」此兩句乃能眞道荆公出處妙處也。〔註33〕

一般人只見王安石在學術、德行、政事上的有形貢獻，卻忽略了享受成功很容易，回歸平淡才困難。而蘇軾正點出了王安石的不執著與不眷戀，站在前人所言的基礎上，再推深至精神層面，讚揚王安石的灑脫。

佛教思想也使王安石更能以不執的觀點來看待事物，如他已出嫁的女兒寫詩向王安石傾訴思鄉之情：「西風不入小窗紗，秋氣應憐我憶家。極目江南千里恨，依然和淚看黃花。」〔註34〕王安石回覆：「孫陵西曲岸烏紗，知汝淒涼正憶家。人世豈能無聚散，亦逢佳節且看花。」（卷三十一〈次吳氏女子韻〉）「秋燈一點映籠紗，好讀《楞嚴》莫念家。能了諸緣如夢事，世間唯有妙蓮花。」（同上〈再次前韻〉）回答女兒已收到憶家之情，但以佛教的無常與緣聚緣散安撫女兒，應以平常心看待離合，並鼓勵她讀《楞嚴經》，使心情平靜。

第二節　晚年古文的分類與特色

王安石晚年由宰輔之位退下，文章少論政事，內容回到研治學術上，主要研習方向已經由儒家轉向佛教。另外，卸任返鄉導致王安石需重新適應個人身分，宰相與無實職榮銜的退休公務員所負的責任畢竟不同，所以尋找自我的定位，變成王安石晚年作品的另一主要創作課題

一、重返學術的作品

（一）公務文字減少

王安石剛回金陵的時候，主要以古文書寫辭去榮銜的箚子，元豐三年（1080）之後，除了請求修改《三經新義》錯字、捐牛山園爲僧寺、進獻《字說》之外，箚子的作品就此銳減，中年時期議政箚子則不復見，其他古文篇

〔註33〕同前註，頁15。
〔註34〕見〔宋〕王安石：《臨川先生文集》，卷六十一，〈次吳氏女子韻〉題下注，頁205。

章也鮮少提及國事。反而是寫給親友的書信增加，平均地分布在各年，如剛回到金陵所寫的〈與吳特起書〉（卷七十四）、元豐五年（1082）作〈答范峋提刑書〉（卷八十七）二封、元豐七年作〈答俞秀老書〉（同上）⋯⋯等，多為互通近況或問學請益。祭文與墓誌篇數不多，但多為認識的人而作，如為昔日同僚曾公亮作的〈祭曾魯公文〉（卷八十五）、為兒女親家吳充（1021～1080）作的〈祭吳侍中沖卿文〉（卷八十六）、為弟弟王安國作的〈王平甫墓誌〉（卷九十一）。由古文作品數量的增減，可以看出王安石回到故鄉之後，多作私人性質的文章，少過問國事。另外，不論單就晚年來看，或是和中年相比，古文的數量均減少，可見王安石比較習慣以古文書寫正式的內容，晚年閒居，隨著公務需求消退，賀元旦、賀冬至也多以駢文上表，使用古文的機會隨之下降。

（二）佛教影響浮現

進入晚年，王安石鑽研的學術主流由儒學逐漸趨向佛教，佛教義理對王安石文學作品的影響也比早、中年來得明顯。

王安石中年時期沒有記的作品，在晚年出現二篇，但此時記的數量已經減少、題材縮小，與早年多樣化不同。王安石的記共有二十餘篇，大部分成於早年，種類有學記、勘災記、亭臺記、遊記⋯⋯等，當中為宗教性質的建物所作的記有七篇：〈城陂院興造記〉、〈揚州龍興講院記〉、〈撫州招仙觀記〉、〈真州長蘆寺經藏記〉、〈漣水軍淳化院經藏記〉、〈大中祥符觀新修九曜閣記〉、〈撫州祥符觀三清殿記〉（以上七文均在卷八十三），算是大宗，其餘有為傳授儒學經典的州學成立而作的學記，如〈虔州學記〉（卷八十二）、〈太平州新學記〉（同上）、〈繁昌縣學記〉（同上）⋯⋯等，但晚年僅作的二篇記，全與宗教相關：〈萬宗泉記〉（卷八十三）、〈廬山文殊像現瑞記〉（同上）。由此可知王安石由早年到晚年，均不避為佛寺或道觀立記，且記的題材由儒、佛並備到只餘佛教，佛教相關人事在王安石晚年文章數量日漸減少之際，存在的比例不降反增。

早年的記如〈揚州龍興講院記〉（同上）、〈真州長蘆寺經藏記〉（同上）多述寺院建築落成的經過，〈漣水軍淳化院經藏記〉（同上）則敘述得屋藏經而作記的緣由，從中可以看到王安石與僧人的來往，卻無涉及佛教義理的描述。晚年所作的記，和早年作品相似之處，在於為文的前因後果都交代得非常清楚扼要。如：〈萬宗泉記〉（同上）敘道光得泉之後三年，善端又得二泉，萬宗命築為井，完成之後，善端請王安石命名，王安石於是作此記。〈廬山文

殊像現瑞記〉（同上）則是劉定於熙寧元年（1068）及熙寧十年分別看見廬山有文殊金像所現雲瑞，因而畫下來，請王安石作記。不同之處則是晚年的記體文中融鑄了佛語，禪意更深，如〈萬宗泉記〉（同上）描述得泉築井的過程，全文重點在於王安石以「萬宗」為泉名。萬宗是覺海禪師的字，王安石與他相交多年。命泉之名為萬宗，不只因為它是泉水所在寺廟住持的名字，也代表佛法所在之意。而〈廬山文殊像現瑞記〉中，王安石對劉定看見祥雲的意見為「有有以觀空，空亦幻；空空以觀有，幻亦實。幻、實果有辨乎？然則如子所睹，可以記，可以無記。記、無記，果亦有辨乎？」（同上）藉由佛教慣用的敘述方式，來傳達事件本身的奇妙、幻實之間的無從辨識。晚年記體文運用的佛語顯然較早年作品來得多且自然。

　　書信也有類似的傾向。晚年的書信約二十餘封，開始於書信中提及佛教觀念。例如聽到妹妹瘦弱憔悴的消息，王安石推測或為多蔬食的緣故，便叮嚀：「一切如夢，不須深以概懷，但精心祈向，亦不必常斷肉也。」（《王文公文集》卷四〈與沈道原書一〉）此外，〈書《金剛經義》贈吳珪〉（卷七十一）、〈與蔣潁叔書〉（卷七十八），也在書信中談到《金剛經》的價值與《妙法蓮華經》以譬喻說法的特點。

　　黃震說：「荊公之文多佛語。」〔註35〕王安石文章涉及佛教相關題材自早就有，多出現於記之中，晚年的作品裡，除了記，予親友的書信也會提及佛理，援引佛語入文的情形至晚年也變得比較明顯，此應與時常接觸佛經，能融會於心、出之於口有關。

（三）論佛重見自信

　　王安石剛回金陵，辭榮衛箚子的語氣與辭相時同樣哀悽無奈，這份體衰多病、不復壯年的悲情更擴散到書信中。雖然書信在晚年創作數量增加，但篇幅簡短，信中常言多病不適，如元豐三年說：「痞喘稍瘳，即苦瞀眩。投老殘年，況不復久。」（卷七十八〈與章參政書〉）元豐四年：「疾憊棄日，茫然未有獲也。」（《王文公文集》卷四〈答呂吉甫書〉）元豐五年或六年：「雖在哀疚。」（卷七十四〈與郭祥正太博書二〉）元豐七年：「比嬰危疾，療治百端，僅乃小愈。」（卷七十八〈答俞秀老書〉）可見王安石二度罷相前後，精神與身體的耗弱到晚年仍未好轉，疲病的語氣與中年論政箚子自信、肯定、敏銳

〔註35〕見〔宋〕黃震：《黃氏日抄》，卷六十三，頁718。

的筆觸完全不同。由傾訴病症的書寫對象範圍擴大，以及比對書信寫作的時間點看來，王安石晚年長期健康不佳。

　　由於體力不堪負荷，王安石早年答覆學子、朋友來信，並且不吝鼓勵、期許的回函於晚年相當少見，惟有與友人論及佛學的時候，鮮少提到病症纏身，並能由文中體會到他對佛學理解的自信，彷彿得見年輕時論學的熱情：

> 惟佛世尊，具正等覺，於十方刹，見無邊身，於一尋身，說無量義。
> 然旁行之所載，累譯之所通，理窮於不可得，性盡於無所住。《金剛
> 般若波羅蜜》為最上乘者，如斯而已矣。（卷七十一〈書《金剛經義》
> 贈吳珪〉）

王安石說佛已真正覺悟，不受外在空間、個人軀體限制，無論何處，都能夠以義理感渡眾生，理與性均是無所凝住，無遠弗屆的，而《金剛經》正是一本講述成佛之道的經典，使人能夠發掘佛性、智慧，到達彼岸。〔註36〕而〈答蔣穎叔書〉中談到另一部佛經：

> 《妙法蓮華經》說實相法，然其所說，亦行而已。……其所以名芬
> 陀利華，取義甚多，非但如今法師所釋也。……離一切計度言說，
> 謂之不二法，亦是方便說耳。（卷七十八）

《妙法蓮華經》以諸多譬喻比擬佛陀傳法的經過，「白蓮華」（芬陀利華）不僅代表單一譬喻，可以多所引申、借用。不二法也只是一個原則，能因應眾生的根機而權衡不同的說法方式。王安石在書信中解讀的「然其所說，亦行而已」、「非但如今法師所釋也」、「亦是方便說耳」，都能看到他經過統整、判斷而做出決定的肯定語氣，王安石治學時具備的判別能力和自信，與同時期辭官箚子、其他書信中敘述病況的消極口吻顯然有別。

二、「重尋自我定位」的書寫

（一）淡化仕宦認知

　　自神宗允許王安石罷相開始，王安石希望一併辭去其他榮銜，由最初欲藉由乞宮觀而免去其他職務的五道〈乞宮觀箚子〉（卷四十四）、四道〈乞宮

〔註36〕慧能說如來號此經為《金剛般若波羅蜜經》的原因是，「金剛」喻佛性，「般若」指智慧，「波羅蜜」言到彼岸，離生滅。「經」是「徑」的意思，指成佛之道路。見〔唐〕慧能：《金剛經解義》，收入《卍續藏經》（臺北：中國佛教會影印卍續藏經會，1967 年 5 月），第三十八冊，〈金剛般若波羅蜜經序〉，頁 330。

觀表〉（卷六十），接著連上二道〈辭免使相判江寧府表〉（卷五十七），要求
神宗追還判江寧府的官職，他一方面以身體健康不佳爲理由，怕無法負荷州
藩的職務，辜負神宗期待；一方面覺得非分所宜，既然已經罷相歸鄉，又身
兼州府之長，與原本的心志不合，且擔心謗議又起：「若任州藩之寄，仍兼將
相之崇，是爲擇地以自營，非復籲天之素志。」（卷五十七〈辭免使相判江寧
府表一〉）「聖慈雖或優容，官謗何由解免？」（同上〈辭免使相判江寧府表二〉）。
之後仍持續進呈〈除集禧觀使乞免使相表〉（同上）、四道〈已除觀使乞免使
相箚子〉（卷四十四）。除了不想位居高官之外，王安石也日漸捨棄身外之物，
捐予佛寺，如〈乞將田割入蔣山常住箚子〉（卷四十三）、〈乞以所居園屋爲僧
寺并乞賜額箚子〉（同上），捐贈田地與住宅，毫不眷戀官職與財物，晚年的
生活態度越趨無欲無求。

呂惠卿（1032～1111）於元豐三年十月丙寅至元豐五年丁母憂期間，曾寫
信給王安石，欲盡釋前嫌。〔註37〕王安石回信如下：

> 某啓：與公同心，以至異意，皆緣國事，豈有它哉？同朝紛紛，公
> 獨助我，則我何憾於公？人或言公吾無與焉，則公何尤於我？趣時
> 便事，吾不知其說焉，考實論情，公宜昭其如此。開喻重悉，覽之
> 恨然，昔之枉我者，誠無細故之可疑，則今之枉公者，尚何舊惡之
> 足念？然公以壯烈，方進爲於聖世；而某芥然衰疢，特盡於山林。
> 趣舍異路，則相呴以濕，不如相忘之愈也。想趣召在朝夕，惟良食
> 爲時自愛。（卷七十三〈答呂吉甫書〉）

王安石一開始就把二人的共事與交惡的契機界定在國事上：「與公同心，以至
異意，皆緣國事，豈有它哉？」暗示二人之間並無私人恩怨。王安石尚念在
攻訐四起的時候，只有呂惠卿與自己站在同一陣營，不曾憾恨呂惠卿，他反
問呂惠卿，爲何不念共事情誼，一再刁難？現在呂惠卿仍有爲官機會，自己
已經退隱，與其互相照應，不如相忘。這篇文章不長，卻有很多轉折處。首
先開頭對於情感的區隔，宣示二人雖然曾經共事，但僅止於公務上的關係。
之後一面反省自己無愧於呂惠卿，一面反問呂惠卿有何舊惡可念，這其實是
由正、反二面勸說：王安石自省的時候是告知呂惠卿，他的怨恨實在無來由；
反問的時候則是提醒他行爲的不正當。再回到現實情勢，呂惠卿正值丁母憂，

〔註37〕〔宋〕呂惠卿：〈與王荊公啓〉，見曾棗莊、劉琳主編：《全宋文》，第七十九
　　　冊，頁 129、130。

被起用只是時間早晚的問題，而王安石已歸鄉，他特地說明自己已經不具威脅性，也不會在意呂惠卿之前的謾罵。最後將時間拉至未來，期許就此相忘。在王安石遠離國事紛爭之時，深切體認到自己已經不具備也不願意再擔任宰相職位，不僅決定遠離呂惠卿，更能看出他不想再過問昔日的恩怨，希望回歸平淡的生活。

（二）仍盡儒者責任

　　熙寧八年頒布《三經新義》之後，王安石不斷在作增刪勘誤的工作，自熙寧八年所上的〈改撰〈詩義序〉箚子〉（卷四十三）、〈論改《詩義》箚子〉（同上）、〈答手詔言改經義事箚子〉（同上），到元豐三年上奏的〈乞改三經義誤字箚子一〉（同上）、〈乞改三經義誤字箚子二〉（同上），都可以證明他對學術負責的態度：儘管《三經新義》已經刊行，有錯誤仍須追加訂正。他參考學者的建議，修正原本對經義的詮解，不論政務繁忙與否，王安石仍持續更新、修訂《三經新義》。他的著作的確被頒為官方的一家之言，但是在學術的領域上，王安石有時並非如外人所想的那麼固執己見。

　　由王安石的文章看來，晚年不執著政治官階，卻堅持對學術負責，將自己定位於比較接近學術研究者的角色上，儒學的素養沒有因為學術重心轉向佛學就完全棄置。

第三節　晚年的古文風格

一、佛語增加，運用自然

　　王安石晚年的古文在遣詞用字上的特點，即為佛教用語增加。最具代表性的一篇文章是〈答蔣穎叔書〉：

> 所謂性者，若四大是也。所謂無性者，若如來藏是也。雖無性而非斷絕，故曰一性所謂無性。曰一性所謂無性，則其實非有非無，此可以意通，難以言了也。惟無性，故能變；若有性，則火不可以為水，水不可以為地，地不可以為風矣。長來短對，動來靜對，此但令人勿著爾。若了其語意，則雖不著二邊而著中邊，此亦是著。……若知應生無所住心，則但有所著，皆在所訶，雖不涉二邊，亦未出三句。若無此過，即在所可，三十六對無所施也。《妙法蓮華經》說

實相法，然其所説，亦行而已。故導師曰「安立行淨行，無邊行上
行」也。其所以名芬陁利華，取義甚多，非但如今法師所釋也。佛
説有性，無非第一義諦，若第一義諦，有即是無，無即是有，以無
有像計度言語起而佛不二法。離一切計度言説，謂之不二法，亦是
方便説耳。此可冥會，難以言了也。（卷七十八）

王安石舉例説明佛教「不執著」、「無所住心」的義理，包括火、水、地、風、
長短、動靜的不絕對固定，也提及「四大」、「如來藏」、「第一義諦」等佛教
用語，再以《妙法蓮華經》的譬喻可以多方應用，變化無窮作爲證據。全文
試圖以佛語解佛理，但王安石也不否認佛理多只能意會，難以言傳，從中可
以察覺到與早年、中年認爲文字須承載具體政令的差別。不僅對文字功用的
認知轉變，更承認佛理的高深，有時實非文字所能道盡。

　　又如同樣是哀悼僧人逝世，皇祐五年（1053）哀悼天童新禪師時説：「夫
新之材信奇矣，然自放於世外，而人悼惜之如此。彼公卿大夫操治民之勢，
而能利澤加焉，則其生也榮，其死也哀。」（卷七十一〈書瑞新道人壁〉）元
豐三年爲北山元長老所作的祭文則言：「逝孰云遠，十方現前。」（卷八十六
〈祭北山元長老文〉）早年讚嘆新禪師爲方外之人，卻令人感懷如此，進而聯
想到公卿大夫的功績如果相仿，亦能得到民心擁戴。雖然這是推崇禪師的平
生作爲，但王安石本身心繫百姓的儒家習染卻也一覽無遺。而晚年祭元長老
的文字能得見王安石的佛學涵養自然運用其中，認爲禪師如佛，十方均能感
受到他的佛理，義理不以形軀在世才能留存、傳播，以佛語送佛教中人，與
所祭禱對象的身分契合許多。

　　晚年爲弟弟、妹妹所作的墓誌，也不約而同地都提到他們和佛教的關係：
「君孝友，養母盡力。喪三年，常在墓側，出血和墨，書佛經甚眾。」（卷九
十一〈王平甫墓誌〉）「晚好佛書，亦信踐之。衣不求華，食不厭蔬。」（卷九
十九〈長安縣太君王氏墓誌〉）王安石罷相後，委託佛寺營辦父母及長子王雱
的功德，〔註38〕對佛教已有一定程度的信仰，故晚年在墓誌中提到弟、妹對
佛教經典的尊重、篤信，除了再度展現他的信仰依歸，也希望藉由他們生前
積累的「善行」，來祝福他們身後一切順利。

〔註38〕李燾：「（熙寧九年十二月丙戌）判江寧府王安石奏乞施田與蔣山太平興國寺
　　　　充常住，爲其父母及子雱營辦功德。」見〔宋〕李燾撰：《續資治通鑑長編》，
　　　　卷二百七十九，頁 11。

二、上書主旨簡明，書信形式隨意

　　王安石晚年記敘公事，會交代事情的來龍去脈，一看就能明瞭事情的大致狀況，因果關係也十分明朗。如：〈進《字說》箚子〉（卷四十三）先說在仁宗朝得到《說文》一書，引發想要解釋文字結構、意義的動機，一直利用閒暇時間著手，但成效不彰，直至回到金陵，神宗派使者來詢問進度，催促繕寫，才趕緊完成，送呈皇帝。全文只有一百五十字左右，卻完整點出成書動機至編寫完畢的重要關節。又如〈乞將田割入蔣山常住箚子〉（同上）開頭提及自己領受俸祿時來不及奉養父母，長子王雱又沒有後代祭祀他，所以希望捐田與佛寺，請寺廟幫他們累積功德。敘事簡潔，毫不枝蔓，因果關係清晰。

　　不過書信的行文脈絡就比較隨意，可能是因為信件為隨手回覆來函的關係，而且王安石晚年寫信多希望見面再議，所以敘述事情的本末以受信者了解為原則，不甚詳細，如：

> 某啓：承誨示勤勤，并致美梨，極荷不忘。純甫事失於不忍小忿，又未嘗與人謀，故至此。事已無可奈何，徒能為之憂煎耳。旁每荷念恤，此須渠肯，乃可以謀，一切委之命，不能復計校也。藥封上。未審營從何時能如約見過，日以企竚。稍涼自愛，貴眷各吉慶。不宣。某啓上。（《王文公文集》卷四〈與耿天騭書二〉）

一封信中說了五件事：感謝致梨、憂心弟弟王安上（字純甫）、論及次子王旁、〔註39〕藥、議營從之事。但除了簡單的感謝致梨容易了解之外，其餘的事並沒有說明細節，這是因為耿天騭知道王安石所指為何，王安石自然不用多費文字，可是他晚年上書給遠在朝闕的神宗，就需要說明來由，闡述結果。這也能解釋王安石中年與晚年寫給神宗的箚子，語氣與詳略重點皆不同的原因。以箚子的起首為例，中年呈與神宗的箚子通常如此開頭：

> 伏以古之取士，皆本於學校，故道德一於上，而習俗成於下，其人材皆足以有為於世。（卷四十二〈乞改科條制箚子〉）

〔註39〕王安石憂心王安上的事可見李燾所記：「（元豐三年九月丙寅）詔江南東路轉運使太常少卿孫琲、權發遣提點刑獄贊善大夫王安上，各追兩官勒停，安上、琲交訟不實故也。」見李燾撰：《續資治通鑑長編》，卷三百八，頁5。王安上因為與孫琲有官司糾紛，導致二人均被停職。而黃復山考證，王安石次子旁不善，與妻龐氏不和，王安石為龐氏擇婿另嫁，但要為王旁另覓對象，卻不易尋找，此事也需獲王旁同意，才能進行。見黃復山：《王安石字說之研究》，第二章第一節，〈作者小傳〉，頁13。

晚年的箚子則是：

> 臣幸遭興運，超拔等夷，知奬眷憐，逮兼父子，戴天負地，感涕難
> 勝。顧迫衰殘，糜捐何補？（卷四十三〈乞以所居園屋爲僧寺并乞
> 賜額箚子〉）

再以修改《三經新義》爲例，中年的箚子開頭：

> 臣子雱奉聖旨撰進《經義》，臣以當備聖覽，故一二經臣手，乃敢奏
> 御。及設官置局，有所改定。（同上〈論改《詩義》箚子〉）

晚年爲：

> 臣煩奉敕提興修撰經義，而臣聞識不該，思索不精，校視不審，無
> 以稱坐下發揮道術，啓訓天下後世之意，上辜眷屬，沒有餘責。（同
> 上〈乞改三經義誤字箚子一〉）

中年箚子少用客套語，直接切入主題：選才的重要、修訂《三經新義》。在正文中會不厭其煩地仔細建議實施政策的方式。晚年箚子的開頭，客套語變多，先自傷、謝恩一番，正文中詳盡之處在於說明事情的原因和需求，不再過問神宗處理的過程，表示王安石只提供事件的情形，不再有意引導神宗的決策。

三、關懷親友，流露情感

　　王安石在熙寧年間很少寫信給親友，箚子、奏表又多論政事，抒情的文章不多。退居金陵之後，與親友聯繫的頻率提高，也比較能夠發現王安石細心、有情的一面。〈與吳特起書〉（卷七十四）是王安石寫給小舅子吳特起的信，要爲他的甥女，也是王令（1032～1059）的遺腹子覓婿。王令是王安石於至和元年（1054）到嘉祐四年（1059）來往的好友，王安石十分賞識他的才華，便請求舅舅吳蕡同意表妹吳氏與王令的婚事。怎知王令早死，留下身懷六甲的妻子。後來王安石便在王令女兒年屆適婚時，爲她尋找好的歸宿。相隔十餘年，王安石依然記得照顧好友的家人，雖然也是自己的親族，但爲好友所繫、所盡的一份心仍使人動容。

　　王安石晚年和蘇軾的交遊變得密切，二人大有相知恨晚的感覺。蘇軾向王安石推薦秦觀（1049～1110）的詩，王安石回信表示深有同感：「公奇秦君，數口之不置，吾又獲詩，手之不捨。然聞秦君嘗學至言妙道，無乃笑我與公嗜好過乎。」（卷七十三〈回蘇子瞻簡〉），二人不僅同好佛書，在文學的閱讀興致上也英雄所見略同，更能由王安石的回覆當中感受到，揮別政治紛爭之

後的他所散發出來的平實和樂。

　　早年的王安石，回信給朋友總不忘表達期盼相見之情：「某拘於此，**鬱鬱不樂**，日夜望深甫之來，以豁吾心……深甫家事，會當有暇時，豈宜愛數日之勞而不一顧我乎？朋友道喪久矣，此吾於深甫不能無望也。」（卷七十二〈答王深甫書一〉）「以此思足下，欲飛去，可以言吾心所欲言者，唯正之、子固耳。」（卷七十七〈與孫侔書一〉）「其能遠來千里之外乎？欲足下一至廣德，某當走見矣，爲十日之會，亦足以晤言矣。或潤州亦可也。」（同上〈與孫侔書二〉）「何時當邂逅，以少釋愁苦之心乎？」（同上〈與孫侔書三〉）但中年時，因國事繁忙，與朋友來往的信件很少，更無暇見面、論學。到了晚年，等待相見的文字再度出現：「咫尺思一相見，情何有已。」（卷七十三〈答許朝議書〉）「比日安否如何？何時南來？日以企佇。」（同上〈答蔡天啓〉）「冀得瞻晤，又重以喜，余非面敘不悉。」（卷七十八〈答范峋提刑書一〉）可知王安石不是不需要朋友，而是當他專注於極需耗費心力的政事時，所有的考量都以國事爲先，生活中的其他部分便退居其次，無力兼顧。

　　與親人的聯繫則屬妹妹、女兒最爲密切，在〈與沈道原舍人書二〉（卷七十五）中，王安石告訴妹婿沈季長（1027～1087）有空要帶妹妹及外甥探望自己。由〈與沈道原書一〉（《王文公文集》卷四）、〈與沈道原書二〉（同上）也能看到王安石關心妹妹的身體健康，囑咐妹婿需悉心照料。此外，如前文所言，王安石雖然會寫詩給女兒，請她莫憶家，但這大概是因爲嫁給吳安持的這個女兒「家書無虛月，豈異常歸寧」（卷一〈寄吳氏女子〉），王安石每每需要敘述近況使她安心：「而吾與汝母，湯熨幸小停。丘園祿一品，吏卒給使令。膏粱以晚食，安步而車軨。山泉皋壤間，適志多所經。汝何思而憂？書每說涕零。」（同上）「夢想平生在一丘，暮年方此得優游。江湖相忘眞魚樂，怪汝長謠特地愁。」（卷二十八〈寄吳氏女子〉）故建議她多讀佛經，沉澱心情與減少無謂的擔憂。不過王安石倒是歡迎孫子回來：「諸孫肯來游，誰謂川無舲？」（卷一〈寄吳氏女子〉）而王安石寫信給另一個嫁給蔡卞（1058～1117）的女兒，就自然地流露出希望他們常回來的心情：「感時物兮念汝，遲汝歸兮攜幼。」（卷二〈寄蔡氏女子二首之一〉）「我營兮北渚，有懷兮歸女。……嗟汝歸兮路豈難？望超然之白雲，臨清流而長嘆。」（同上〈寄蔡氏女子二首之二〉）晚年盼望親友探視的心情，在詩、文當中都有呈現。

第四節 晚年的駢文風格

王安石離開朝廷之後，身分位階及所處空間改變，對於駢文內容、形式及風格產生的影響，以及他如何以文章呈現在朝與在野的心態調適，爲本節探討重點。

一、注視的內容：焦點由中心向邊緣遷徙

（一）對朝廷人事的關心

王安石晚年的駢文主要書寫對象還是與朝廷相關的諸事，但多爲自發而作，已較無應公務而寫的作品。就題材而言，由參與討論國策轉爲關心朝廷周圍的人事、環境。呈與皇帝的除了辭官表之外，多爲與政治無直接關連的賀生皇子表、賀冬表、賀正表……等，近似履行一般臣子關懷朝廷的基本義務。雖然無法忘卻國事，但只默默關心，已不上奏發表意見。此外，也會寫賀啓祝賀昔日舊識升官，如賀王拱辰（1012～1085）、呂公著（1018～1089）升官的〈賀留守王太尉啓〉（卷七十九）、〈賀呂參政啓〉（同上），如果是請求致仕成功的同僚，王安石同樣會致意慶賀。儘管王安石有時會在賀啓上說「蕭何，漢之宗臣；方叔，周之元老。寵靈莫二，宜受祉之難窮；懇惻有加，遂留賢而弗獲」（同上〈賀致政文太師啓〉），以無法挽留爲憾，但是他也會說「抗言辭寵，得謝歸榮」、「甫遂高年之樂」（同上〈賀致政趙少保〉），可以想像臣子請求致仕期間，漫長又煎熬的抗爭過程，能得知王安石也爲友人能自政壇全身而退、返鄉養老感到欣慰。

王安石心中理想的致仕與任官情形，可以經由他祝賀韓琦致仕的啓中得知：

> 歸榮故鄉，兼兩鎮之節麾，備三公之典策，貴極富溢而無亢滿之累，名遂身退而有褒加之崇，在於觀瞻，孰不慶羨？……典司密命，總攬中權，毀譽幾至於萬端，夷險常持於一意，故四海以公之用捨一時爲國之安危。……內揆百官之眾，外當萬事之微，國無危疑，人以靜一。……若夫進退之當於義，出處之適其時，以彼相方，又爲特美。（同上〈賀韓魏公啓〉）

王安石欽羨韓琦功成名就，榮歸故鄉。又說韓琦擔任宰相時，在毀譽交參中，輔佐國家決定施政方向，終至「國無危疑，人以靜一」，獲得臣民信服。他個

人的進退出處又適時，且合於義，實為王安石理想的典範。王安石為官期間，毀譽確有萬端，但眾臣不贊成自己的意見也是事實，所以他選擇返鄉，儘管無法如韓琦榮歸故鄉，希望能固守進退得宜的最後底線。晚年的王安石雖然在呈予神宗的表中說：「但念里居，長負丘山之責；敢期宸眷，尚留簪履之矜。」（卷五十九〈甘師顏傳宣撫問并賜藥謝表〉）「心若子牟，雖每存於魏闕；身如楊僕，乃自外於漢關。」（同上〈辭免明堂陪位表〉）卻是基於感念神宗舉用的恩德，表示不忘神宗與國事，並非留戀官職。由他讚譽韓琦「進退之當於義，出處之適其時」可以推知，熙寧末年，無法使國家安定的王安石，實際的心意還是比較傾向於致仕。

綜觀王安石晚年的駢文，他尊重朝廷的決定，昔日同僚不論是升官或致仕，他大多站在正面讚揚的立場為文祝賀。賀啟中唯有元豐三年祝章惇（1035～1105）升任參知政事的〈賀章參政啟〉（卷七十九），出現了自傷的負面詞語。王安石同時寫了〈與章參政書〉（卷七十八），二篇文章的語意相近，前一篇賀啟先恭喜章惇，後半部以自己「湖海殘生」與章惇升官對比，祝賀與自哀之意出現在同一封賀啟。後一篇書信同樣表示為章惇感到高興，再說到自己病痛纏身，可能不久於人世，但對他寄予厚望，希望他能建立功業。這種賀人悲己的對比情形，也存在於元豐三年〈賀明堂禮畢肆赦表〉（卷五十八）、〈賀冬表二〉（卷五十九）、〈賀正表二〉（同上）當中，而且王安石在同年上呈神宗的〈辭免明堂陪位表〉、〈詔免明堂陪位謝表〉、〈詔免南郊陪位謝表〉（均在卷五十七），都表示自己身體微恙，可見王安石於元豐三年身體欠安，導致以祝賀與自傷的情緒共構作品的特殊寫法。

（二）於感恩之餘的自傷

罷相之後，王安石在金陵主要是讀書治學、遊歷山水，不過表現在駢文中，除了一貫對皇帝感恩之外，談論到自己的感受部分，多喚起屬於個人生活邊緣的悲傷，而非占去晚年大部分時間的治學、遊山體驗。例如：「久居亢滿，所以深懼災危；積致衰疲，所以懇辭機要。」（卷五十七〈辭免使相判江寧府表二〉）「地崇祿厚，尚非空食之所宜；歲晚力愆，雖欲捐軀而曷報？」（卷五十八〈除依前左僕射觀文大學士集禧觀使謝表〉）「追千載之遭逢，殆無前比，顧一身之糜殞，安可仰酬。」（同上〈差弟安上傳旨令授敕命不須辭免謝表〉）枉受皇帝眷顧，自責無能回報。治學、遊山、讀佛經能夠讓王安石轉移對政治的注意力，但上奏給皇帝時，又不免聯想起已經處於生活邊緣的仕宦

經歷。想到神宗的眷顧及自己年老多病，對朝政無能爲力，因此常深切反映自身無法顧及恩德、責任的無奈。劉勰說：「原夫章表文爲用也，所以對揚王庭，昭明心曲。」〔註40〕張表臣也說：「表者，布臣子之心，致君父之前也。」〔註41〕不論是辭官表或是謝表，王安石都的確發揮了「表」的功能，向神宗坦誠心中的掙扎。

王雱過世之後，神宗命李友誼護送他的棺木回金陵，王安石上謝表向神宗致意：「孤臣特荷慈憐，未獲捐軀報德；賤息比叨寵獎，復以遺骨累恩。」「使亡子之魂即安於窀穸，天性之愛得盡於莫年。」「申之訓辭，撫以藥物，眷被終始，施兼存亡。銘骨不足以敘欲報之心，瀝肝不足以繼感泣之血。獨恨既愆之力，莫知自効之方。」（卷五十九〈李友誼傳宣撫問及賜湯藥謝表〉）可以想見神宗對於死者與生者無微不至的照顧，讓王安石由衷地感念，表示無以爲報。茅坤說：「荊公結知神宗，於表箋所上，多鑱畫感動處。」〔註42〕可以此類文字爲證。此外，王安石要捐田給寺廟時說：「臣榮祿既不及於養親，雱又不幸嗣息未立，奄先朝露。」（卷四十三〈乞將田割入蔣山常住箚子〉）神宗應允之後，王安石在謝表中延續箚子的語意：「榮祿雖多，不逮養親之日；餘年向盡，更爲哭子之人。」（卷六十〈依所乞私田充蔣山太平興國寺常住謝表〉）早年的義氣激昂已不復出現，對偶的句子讀來更增心痛的哀悽。

二、工整的形式：對偶自騈文向古文蔓延

（一）字詞抽換

王安石晚年已經不需要作制式化的內制文字，但替換意思相近詞語的方法仍舊出現於賀表中：「臣特荷寵光，久嬰衰疾。」（卷五十九〈賀正表二〉）「臣久負異恩，尙嬰衰疾。」（同上〈賀正表三〉）「臣竊望清光，獨嬰衰疾。」（同上〈賀冬表七〉）「寵光」、「異恩」、「清光」皆指神宗的賞識，上述句子是王安石對於受到神宗的恩寵表示感念。「臣浸嬰衰疾，久隔清光。跡雖屏于丘園，志不忘于宸宇。」（同上〈賀冬表二〉）與「臣比緣衰疾，獨遠清光。雖存闕之不忘，尙造庭之未獲。」（同上〈賀冬表三〉）前二句意思相同，後

〔註40〕見〔南朝梁〕劉勰：《文心雕龍》，卷五，〈章表〉第二十二，頁26。
〔註41〕見〔宋〕張表臣編：《珊瑚鉤詩話》，收入《叢書集成初編》（上海：上海商務印書館，1939年12月），卷三，頁26。
〔註42〕見〔明〕茅坤評選：《王荊公文鈔》，卷三，〈表啓〉，頁1，總頁數47。

二句對調前後語意，〈賀冬表二〉（同上）說雖身在民間，但不忘朝廷；〈賀冬表三〉（同上）說不忘朝廷，而身在民間。王安石致力於詞語的變化，不雕琢詞藻，而是換一個說法或調整事件先後的敘述順序，此無異於中年的作法。

（二）行文有法

王安石的駢文作品除了文字上會盡量因應外在的規範，在行文上也都會依循某一種模式，如賀正表的文字：

> 獻歲初吉，端月始和。萬寶取新之元，九儀告慶之會。（中賀）恭惟
> 皇帝陛下體神蹈智，⋯⋯德日新而有俶，福時萬以無疆。臣特荷寵
> 光，久嬰衰疾。（同上〈賀正表二〉）

> 寶曆無疆，嘉生有俶。門憲始和之象，庭充元會之儀。（中賀）伏惟
> 皇帝陛下膺保永圖，綏將純嘏，撫五辰而致順，毓萬物以皆昌。臣
> 久負異恩，尚嬰衰疾。（同上〈賀正表四〉）

> 馭正夏時，更端周曆。體一元而敷惠，適與春浮；斂諸福以代新，
> 方伻川至。（中賀）恭惟皇帝陛下誕昭明德，祗燕孫謀。齊七政以當
> 天，順五辰而凝績。⋯⋯臣桑榆晚景，麋鹿并游。（同上〈賀正表五〉）

開頭多提到一元復始的新氣象，再祝皇帝身體健康，福壽雙至⋯⋯等恭賀之詞，然後稟告自己的近況及感念之意，同一屬性的文章結構大致相仿，但也因為如此，文章的新意稍嫌不足，有一般駢文重字句舖陳過於實際內容之弊。

（三）對偶嚴整

晚年駢文的對偶形式工整，如：

> 萬寶潛萌，應黃宮之協氣；百工胥慶，業正歲之上儀。（同上〈賀冬
> 表三〉）

> 用求協氣，以阜嘉生。閱千古之上儀，肆三朝之盛會。（同上〈賀正
> 表五〉）

> 戴難忘之盛德，豈特銘肌；撫易盡之餘生，唯當結草。（同上〈甘師
> 顏傳宣撫問并賜藥謝表〉）

多為四六對句，少見散句。比較特別的是〈進《字說》表〉中出現似散句的排比：「先王立學以教之，設官以達之，置使以喻之。」「故上下內外，初終前後，中偏左右，自然之位也。衡邪曲直，耦重交析，反缺倒仄，自然之形也。發歛呼吸，抑揚合散，虛實清濁，自然之聲也。可視而知，可聽而思，

自然之義也。」（卷五十六）只以四字保留駢文的基本原則，茅坤說此文「非表之四六常體」。〔註43〕而王安石晚年的箚子雖然一如往常以古文書寫，不過書寫方式漸趨工整，四言及對偶句明顯增加，如：

行以亢滿易墮，事以衰疾多廢。（卷四十四〈乞宮觀箚子一〉）

若黽勉從事，必不能上副憂勤；而應接之勞，適足以自妨休養。（同上〈乞宮觀箚子二〉）

繼蒙撫存，曲賜訓諭。（同上〈乞宮觀箚子三〉）

以尸厚祿，則有食浮之憂；以任州事，則有官曠之責。（同上〈乞宮觀箚子四〉）

神耗于中，力憊于外。（同上〈乞宮觀箚子五〉）

有特別恭敬、客氣的感覺，少了中年多以散句直接與神宗討論政事的熟稔。

　　歸納王安石晚年作品數量、內容，可以發現，創作主流回到生活周遭的人事物，關注國事卻不常發言。精神與身體爲年老、多病所困擾，上予神宗的奏章、與友人的書信，多嘆不復昔日精壯，唯有論及學術，得見專注、自信的語氣。深入分析、感受作品內涵，得知王安石長期沉澱的佛教素養，在心情與身分調適上有平復的助益，佛教用語、義理討論也出現在王安石的古文作品中。重尋自我定位的過程是王安石晚年最明白的形象表露，就政治而言，王安石由中心退至邊緣；就個人而言，則是回到了自身生活的中心。由官吏回歸士人的身分，議論文字漸少，抒情性格逐現，不變的是對學術的堅持。駢文和古文作品相同之處，在於主題皆離開國事施政，駢文作品只餘禮貌性的賀表、賀啓，當中可以看到王安石對國事的關心及對神宗的感謝。駢文的形式工整，甚至蔓延至以古文書寫的箚子中，對偶句多了起來，但覺十分客氣。晚年的王安石仍然文似其人，變得珍惜福分，知足感恩。

〔註43〕同前註，卷三，〈表啓〉，頁 23，總頁數 69。

第五章　中晚年文學觀與文章的常與變

　　王安石在文章中所提到的文學觀，大多出自他早期的作品，至少可以代表他早年的文學觀，但是否即爲一生創作的主要原則，其實需要再商榷。王安石詩風的轉變，學界已經做過諸多探討、研究，大部分都認爲罷相歸金陵是轉變的關鍵時間點，〔註1〕詩風由詠史論政、致用直截轉爲寄寓山水、平淡曠遠，王水照提到：「由撰寫《三經新義》、《字說》到疏解《楞嚴經》，儒法思想越來越讓位給禪宗精義，重教化之文學觀也隨之轉化爲審美文學觀，他把對政治的執著精神應用到藝術方面，詩歌趨向精工。禪宗的直覺體悟和寧靜觀照方式改變了王安石早、中期詩歌的思辨色彩和議論化特點，使他有了回歸重興象、意境的唐風傾向。」〔註2〕黃啓方（1941～）則說王安石的詩早年學歐陽脩，晚年受到杜甫影響，故早、晚年作詩的觀點不同，晚年較爲工鍊。〔註3〕王水照、黃啓方都注意到了王安石文學觀的轉變，不過皆由他的詩作爲切入的角度，那麼文風是否也有同樣的轉折？如果有，早年主張實用的

〔註1〕古人如趙與時說：「公詩至知制誥乃盡善，歸蔣山乃造精絕。」見〔宋〕趙與時：《賓退錄》（臺北：廣文書局，1969 年 9 月），卷六，頁 209。今人如劉正忠：《王荊公金陵詩研究》，第一章〈緒論〉，頁 2、3。劉乃昌、高洪奎：《王安石詩文編年選釋》（濟南：山東教育出版社，1992 年 12 月），〈前言〉，頁 22。王兆鵬、黃崇浩編選：《王安石集》（南京：鳳凰出版社，2006 年 11 月），〈前言〉，頁 2。陳錚：《王安石詩研究》，頁 173。江珮慧：《王荊公詠史詩研究》，第三章，〈王荊公之生活經歷及詠史詩創作情況〉，頁 71～118。石佩玉：《王荊公中晚年的心靈世界──以其詩爲討論中心》，第二章，〈荊公生平概略與時代背景〉，頁 9～15。皆以王安石二度罷相，退隱金陵爲詩風轉變的一個分界。

〔註2〕見王水照：《宋代文學通論》，第一章，〈宋詩的「體」和「派」〉，頁 111。

〔註3〕見黃啓方：《兩宋文史論叢》（臺北：學海出版社，1985 年 10 月），〈論江西詩派〉，頁 337、338。

文學觀顯然不適合涵蓋一生的創作理念，王安石中、晚年的文學觀點勢必需要在檢核他的文章之後，再加以定義。如此一來，經檢核、歸納之後整理出來的文學觀才能比較符合創作歷程的轉變。可以藉此比較王安石一生中不同時期文學觀的異同，並可在閱讀作品的過程中，觀察文風轉變與不變的部分，比對文風與詩風轉折的時間點與趨向是否一致，又爲何學者多注意詩風轉折，少有人論及文風的轉變。

第一節　中年文學觀

　　我們可以梳理王安石作品中透露的文學思想，考察中、晚年的文學觀，是否受到中年參政、晚年退隱的境遇影響而與早年有所區別。

一、中年文學觀的特色

（一）文尚實政

　　王安石中年得以進入政治權力核心，所寫的文章是早年想望的落實。這些文章主要以上書宋神宗爲主，影響的範圍普及全天下。例如：熙寧二年的〈進戒疏〉（卷三十九）曉諭神宗要自持，避免耽溺聲色。另外，爲推行新法所作的文章，如〈上五事箚子〉（卷四十一）、〈乞改科條制箚子〉（卷四十二）……等，更是推行新法，著實影響百姓生活的例證。

　　王安石中年的文章幾乎全爲論政，傳達益世思想爲主要目的，如〈論館職箚子一〉（卷四十一）建議考驗館職人才，以決定去留，不只是聽任大臣薦舉，也建議在科舉制度中「宜先除去聲病對偶之文」（卷四十二〈乞改科制箚子〉）。這個時期「落實政事」的文學觀多能得到推行，字裡行間瀰漫政治實用的氣氛。王安石早年也不乏政論文字，但當時如〈上仁宗皇帝言事書〉（卷三十九）並沒有得到回應，相隔三年之後，再度提出意見相似的〈擬上殿箚子〉（卷四十一），依然石沉大海。儘管二篇文章已經具備新法雛形，可是因爲得不到仁宗的回應而沒有後續進言。中年以後的政論文字，如〈乞改科條制箚子〉（卷四十二）因爲有回音，能得見成效，王安石寫得勤，數量增加，議論的事項也變得具體，不再是空泛地談整體的改革模式。王安石曾說：「常人之性，有能有不能，有忠有不忠，顧人君待之之意何如耳。」（卷五十九〈委任〉）這或許能解釋他在仁宗時上書日漸減少，而在神宗時願意入京爲官，進

而接受相位的原因。

（二）文重共識

熙寧五年（1072），討論如何遵守周代喪服制度時，王安石說：「末學寡陋，獨用己見決千歲以來之所惑，恐不能盡。伏乞以付學士大夫博議，令臣得與反復。」（卷四十二〈議服箚子〉）願意參考他人的看法。熙寧八年，頒行《三經新義》之後，有官員建議修訂其內容，王安石上奏：「臣以文辭義理當與人共，故不敢專守己見爲是。」（卷四十三〈論改《詩義》箚子〉）便著手修改《三經新義》。王安石自言接納歧見的範圍包括文辭與義理，他同意文章在字面上的詮解可以有彈性的空間。王安石面對學術、禮制，不如政治上那麼固執己見、常常抱持憂讒畏譏的心態，〔註4〕在文字詮解上，對他人意見的包容態度，更與熙寧三年論青苗法時「某之所論無一字不合於法，而世之譊譊者，不足言也」（卷七十三〈答曾公立書〉）的強勢迥然相異。

（三）通經致用

王安石在謝恩受任知制誥時，僅提到文才對於這個職位的重要性：「矧號令文章之爲難，而討論潤色之所寄，苟失職不稱，則爲時起羞。」（卷五十六〈除知制誥謝表〉）不過在接受同爲兩制的翰林學士一職時，不僅指出翰林學士需具備潤筆之才：「草創潤色文章之才，足以付託而無負。」（同上〈除翰林學士謝表〉）更提出學術爲人臣輔政不可或缺的條件：「臣聞人臣之事主，患在不知學術。」（同上）此文可以爲早年與中年文學觀的過渡，點出了學術可以落實、輔國的觀念，由學習古道至引用古道於生活、政治中，開啓中年「通經致用」的文學觀。王安石在熙寧二年辭免參知政事時說：「如臣者，承學未優，知方尤晚。」（卷五十七〈辭免參知政事表〉）以學術涵養不足作爲辭官的理由，後來受任參知政事時，又自言：「如臣者，徒以承學，粗知義方，本無它長，可備官使。」（同上〈除參知政事謝表〉）二文均承接了〈除翰林

〔註4〕王安石在政治上常常覺得別人會毀謗自己：「自江東日得毀於流俗之士，顧吾心未嘗爲之變。則吾之所存，固無以媚斯世，而不能合乎流俗也。」（卷七十二〈答王深甫書二〉）「其治民，非敢謂能也，庶幾地閒事少，夙夜悉心力，易以塞責，而免於官謗也。」（卷七十三〈上富相公書〉）「此更增不知者之毀，然吾自計當如此。」（卷七十五〈與王逢原書三〉）在爲吳育作的挽辭中也提到：「應世文章手，宜民政事才。朝多側目忌，士有拊心哀。」（卷三十五〈正肅吳公挽辭三首之二〉）文章需應用而作，政事當爲民而發，這都是王安石自許的目標，既然吳育受忌，王安石不免也懷疑自己會有同樣的遭遇。

學士謝表〉的意思，高度認同學術對於爲官輔政的必要性。而且之後也頻頻提起經學的重要性，如感謝神宗任命王雱爲崇政殿說書時：「重念自古君臣之相與，未有如臣父子之所遭。蓋當用儒之時，尤難講藝之職。典謨方御，實參備於討論。」（同上〈除雱中允崇政殿說書謝表〉）說明經筵官參與討論經典的重要。還有在謝神宗任用王雱爲正言待制的表中，順帶提到自己的際遇：「皇帝陛下收之末路，付以繁機，距滔天之眾讒，責經世之來效。」「君臣以事道相求，是惟希世；父子以傳經見用，鮮或同時。」（同上〈除雱正言待制謝表〉）王安石認爲神宗也是著眼於經學致用的成效，所以付予他重責大任。神宗曾在熙寧五年說：「卿所以爲朕用者，非爲爵祿，但以懷道術可以澤民，不當自埋沒，使人不被其澤而已。」〔註5〕君臣彼此的認知相同。相對於王安石中年時期對經學的看重，他只把文辭放在幫助入仕的位置上：「臣受材單寡，逢運休明，初涉獵於藝文，稍扳緣於祿仕。」（卷五十七〈除平章事監修國史謝表〉）所以這個時期，文字所扮演的角色主要負責傳達經學與政治上的意見，王安石沒有將主力放在文學的經營上，這該是沈作喆所謂「王介甫刻意於文，而不肯以文名」的原因。〔註6〕他寫這些文章時，不是以文學的審美角度作爲考慮的首要因素，在意的是經學或政事的內容是否詮釋得當，並無表示欲藉文學留名千古的動機。

二、中年文學觀的承襲

（一）早年文學觀的重點

1. 文在言志

王安石早年認爲作文章的首要之務是言志，即是說出自己的想法：「夫文者，言乎志者也，既將獻，故又書所志以爲之先焉。」（卷七十七〈上張太博書一〉）這是王安石應張太博之邀，獻十篇文章給張太博閱讀時所附的書信。文字能夠傳達一個人的志向，王安石不僅如此告訴自己，他也相信別人的文字會透露他們的內心，「觀足下所爲文，探足下志」（卷七十六〈答孫長倩書〉），也曾舉出實例：「公所爲文，莊屬謹潔，類其爲人。而尤好爲詩，其詞平易不迫，而能自道其意。讀其書，詠其詩，視其平生之大節如此。」（卷八十四《新秦集》

〔註5〕見李燾撰：《續資治通鑑長編》，卷二百三十三，頁15。
〔註6〕見〔宋〕沈作喆纂：《寓簡》（臺北：新文豐出版社，1984年6月），卷八，頁61。

序〉)指楊畋（1007～1062）的詩文如其人。閱讀文字更成爲王安石選擇朋友的一個方式：「讀其文章，庶幾得其志之所存。其文是也，則又欲求其質，是則固將取以爲友焉。」(卷七十七〈答王景山書〉)王安石以文章來了解一個人的志向，如果文辭及內容都能符合王安石的標準，便是他有興趣結交的對象。王安石自認作文要言志，他也這麼告訴身旁的人：「自作詩書能見志。」(卷二十四〈送李祕校南歸〉)　如王安石談論自己的文學觀，也大多在與朋友來往的書信之中。文章是表情達意的一項工具，重點在於文字言說的想法，而不是文字本身，所以文章的情理旨意需要十分明確，才能發揮文字的功能，傳遞有效的訊息。如果只是無病呻吟，在王安石看來，這樣的文字並沒有存在的必要性，足見言志，也就是「確立文章的內容主旨」是王安石堅信的爲文前提。

2. 文貴實用

　　王安石早期的文學觀大抵以「實用」爲中心，記事的用字要求貼近現實、能說明事理。〈上邵學士書〉說：「某嘗患近世之文，辭弗顧於理，理弗顧於事，以襞積故實爲有學，以雕繪語句爲精新，譬之擷奇花之英，積而玩之，雖光華馨采，鮮縟可愛，求其根柢濟用，則蔑如也。」(卷七十五)近世之文不以實事爲文章中心，議論時的論據也不就事而言，和事實產生差距。文人只在意文辭的雕琢、典故的堆砌，對文字所下的工夫遠超過對內容建構的關心，也遮掩了內容的要點。所以王安石批評楊億（974～1020）、劉筠（971～1031）：「楊、劉以其文詞染當世，學者迷其端原，靡靡然窮日力以摹之，粉墨青朱，顛錯叢龐，無文章黼黻之序，其屬情藉事，不可考據也。方此時，自守不污者少矣。」(卷八十四〈張刑部詩序〉)張毅（1957～）也說：「批評的著眼點在於西崑文風無『屬情藉事』之實，並未否定文辭的作用。」〔註7〕指出王安石主要指責西崑體忽視內容，但沒有因爲他們著力文辭，而一併否定文辭的作用。王安石更縮小指涉的對象範圍，指出士人爲文徒求精巧的缺點：「神莽吾難知，士病吾能砭。文章巧傅會，智術工飛箝，薦寶互珪璧，論材自梗柟。苟以飾婦妾，謬云活蒼黔。」(卷十二〈和平甫舟中望九華山之一〉)「梗柟」指棟樑之材，這些士人文章多工巧，以珪璧、梗柟等精美語詞爲文、互稱，並無相應的實質內容。在講求文飾之餘，還標榜有益百姓，這該是王安石最無法忍受之處。

〔註7〕　見張毅：《宋代文學思想史》(北京：中華書局，1995 年 4 月)，第二章第一節，〈經世致用思潮〉，頁 62。

王安石對「文貴適用」提出了比較具體的定義：

> 嘗謂文者，禮教治政云爾。其書諸策而傳之人，大體歸然而已。而曰「言之不文，行之不遠」云者，徒謂「辭之不可以已也」，非聖人作文之本意也。（卷七十七〈上人書〉）

「言之不文，行之不遠」出自《左傳・襄公二十五年》孔子說的話：「志有之：『言以足志，文以足言。』不言，誰知其志？言之無文，行而不遠。」《左傳・襄公三十一年》又說：「辭之不可以已也。」〔註8〕王安石於此把文和辭分開了，他把「文」界定在實用的內容，「辭」則是承載語意的文字，但是他引用的「言之不文」的「文」則是形容詞，有文采之意。至於他並稱「文辭」時，則接近「辭」的意思。王安石一開頭就把文定義爲實用的禮教治政，認爲聖人本意應在於爲文的內容，而非潤飾用辭。臺靜農解釋：「他以爲文當以意爲主，意是什麼？意就是禮教治政，這比抽象的『道』還要具體些，雖然這還是文以載道的觀念。如果你有深切的禮教治政的思想，當你以文表達時，自易收左右逢源之效，而這種文也就能『有補於世』。至於『辭』呢，那只是『文』的外形色澤而已，可也是少不了的。」〔註9〕爲文的用意在於傳達政教治令，這些禮教治政的基本精神仍然來自於道，但是有具體的規範原則，比抽象的道更容易讓百姓了解、遵從，道能落實、裨益於世的機率就大大提昇。

進一步關於文章中內容、形式的比重，王安石於〈上人書〉中深入說明：

> 所謂文者，務爲有補於世而已矣。所謂辭者，猶器之有刻鏤繪畫也。誠使巧且華，不必適用；誠使適用，亦不必巧且華。要之以適用爲本，以刻鏤繪畫爲之容而已。不適用，非所以爲器也。不爲之容，其亦若是乎？否也。然容亦未可已也，勿先之，其可也。（卷七十七）

王安石很明確地區分文爲實用器物，辭爲輔助器材的用途。輔助器材需顧慮的是輔助的功能是否得宜，不需太過講究外觀，它更無法取代原本器物的效能，但不是否定它的存在，只是必須先考慮事情的輕重緩急，避免捨本逐末。王安石也單獨說過「文章合用世」（卷十五〈送董傳〉），以實用作爲寫文章主要的依循原則。所以不僅前引臺靜農解讀王安石的意見，文當以意爲主，辭的存在卻也不可少，袁行霈（1937～）也贊同：「王安石雖然不排斥文學的藝

〔註8〕 以上二段引文見《十三經注疏》，第六冊，卷三十六，頁623、卷四十，頁687。錄自書中所引《左傳》經文。

〔註9〕 見臺靜農：《中國文學史》，第六篇第一章〈宋代的散文〉，頁501。

術性，但他更重視文學的實際功用。」〔註10〕李栖（1941～）則說：「王安石認爲詩文在實用的目的之外，尚須注意外在的美，講求文學的技巧藝術，只不過內容與形式兩者之間是有主從的關係。」〔註11〕皆同意王安石對文、辭的意見不是有與無的取捨，而是重視程度的不同。

3. 文蹈古道

由王安石建議擇取人才的方法，也能約略得知他對寫作文章的看法：

> 策進士，則但以章句聲病，苟尚文辭，類皆小能者爲之，……父兄勗其子弟，師長勗其門人，相爲浮豔之作，以追時好而取世資也。何哉？其取舍好尚如此，所習不得不然也。……文中子曰：「文乎文乎，苟作云乎哉？必也貫乎道。」……故學者不習無用之言，則業專而修矣；一心治道，則習貫而入矣。（同上〈取材〉）

王安石早年，士人在其父兄、師長衡量場屋文風之後，被鼓勵追隨考試的潮流，多競尚辭采，這股風氣也滲透到科舉應試的文章。王安石不喜歡時下浮豔的文章，他認爲徒事辭藻是小能者就可以完成的工作，期許寫作應該有更高的崇道觀念，王安石所引文中子王通（584～618）的話，原文是：「學者博誦云乎哉？必也貫乎道；文者苟作云乎哉？必也濟乎義。」〔註12〕學者爲文治學，需以道義爲本，王安石以此期許士子能專心治道，不以利祿爲修習的目標。王安石也舉出時人受影響的事例：「嘗記一人焉，甚貴，且有名。自言少時迷，喜學古文，後乃大寤，棄不學，學治今時文章。夫古文何傷？直與世少合耳，尚不肯學，而謂學者迷。若行古之道於今世，則往往困矣，其又肯行邪？甚貴且有名者云爾，況其下碌碌者邪？」（卷七十六〈答孫長倩書〉）可見當時浮豔之風盛行，而古文、古道曲高和寡，也能看出王安石既憂心又無奈的態度。他曾同時稱讚蔣堂（980～1054）的詩與邵必的〈復鑒湖記〉：「非夫誠發乎文，文貫乎道，仁思義色，表裡相濟者，其孰能至於此哉？」（卷七十五〈上邵學士書〉）即引用文中子所說「文貫乎道」以爲讚美，推崇內容與形式表裡如一，可知王安石的確欣賞載道之文。

〔註10〕見袁行霈主編：《中國文學史》（北京：高等教育出版社，1999年8月），頁58。

〔註11〕見李栖：〈王安石的詩學理論與其實際運用的情形〉，高雄師範學院國文研究所教師論文專輯（1989年6月），第2輯，頁119。

〔註12〕見〔隋〕王通：《中說》（上海：上海商務印書館，1940年6月），卷上，〈天地篇〉，頁5。

（二）中年文學觀承襲的部分

就文學觀來看，中年可以說是早年文學觀的實踐時期，將內心蘊釀已久的志向變成政策，再推行於天下，由文貴言志、實用進入經世致用的階段，主要精神是一脈相通的。早年談道言志，中年論儒學經典，也變得比較具體。

另外，中年的文學觀也延續早年「文蹈古道」的觀念，熙寧三年（1070），王安石回答吳孝宗的問學時說：

> 若子經欲以文辭高世，則世之名能文辭者，已無過矣。若欲以明道，則離聖人之經，皆不足以有明也。自秦、漢已來儒者，唯揚雄爲知言，然尚恨有所未盡。今學士大夫，往往不足以知雄，則其於聖人之經，宜其有所未盡。子經誠欲以文辭高世，則無爲見問矣；誠欲以明道，則所欲爲子經道者，非可以一言而盡也。（卷七十四〈答吳孝宗書〉）

推薦閱讀聖人之經與揚雄的作品爲明道的途徑，而拒答以文辭名世的方法，王安石想要引導吳孝宗走向學習古道的路途，此與韓愈（768～824）給尉遲生、李翊的答覆有異曲同工之妙。〔註13〕

王安石中年看待經典中的內容與辭采，仍以內容爲重：「章句之文勝質，傳注之博溺心，此淫辭詖行之所由昌，而妙道至言之所爲隱。」（卷五十七〈除左僕射謝表〉）把章句中形式凌駕於內容的影響，放大至社會的淫辭詖行都由此而起，可見王安石中年仍認同實用文學觀，文章承載著裨世的使命。王安石早年以文字，中年以論政與推行政策來記錄他的文學觀。

〔註13〕韓愈對尉遲生說：「今吾子所爲皆善矣，謙謙然若不足而以微於愈，愈又敢有愛於言乎？抑所能言者，皆古之道，古之道不足以取於今，吾子其何愛之異也？賢公卿大夫在上比肩，始進之賢士在下比肩，彼其得之必有以取之也？子欲仕乎？其往問焉，皆可學也。若獨有愛於是而非仕之謂，則愈也嘗學之矣。請繼今以言。」對李翊說：「有志乎古者希矣，志乎古必遺乎今，吾誠樂而悲之，亟稱其人，所以勸之，非敢褒其可褒而貶其可貶也。問於愈者多矣，念生之言不志乎利，聊相爲言之。」見〔唐〕韓愈著、〔宋〕朱熹考異：《朱文公校昌黎文集》（臺北：臺灣商務印書館，1965 年 8 月）（四部叢刊初編集部，上海商務印書館縮印元刊本），卷十五，〈答尉遲生書〉，頁126、127；卷十六，〈答李翊書〉，頁 133。韓愈同樣只願回答學子有關古道的問題，他和王安石厭惡時下的文風，想引導後學研習古道的心意是一致的。故古道對於王安石來說，不論在早年或是中年，都是相當重要的爲學、爲文依循準則。

第二節 晚年文學觀

王安石一生的文學觀，隨著他的年齡與人生閱歷的增長而有所調整，由構思改革到落實變法，變法失敗後的省思……等，不僅讓王安石的心情起伏，他本有的文學根柢與敏感度也因此受到觸發，連帶影響他的文學觀點。進入晚年，恰好是政治生涯的總結時期，王安石跳脫政壇之外，回顧昔日的參政歷程，不再認為被任用為官是榮耀的事，早、中年的文學觀在晚年沉澱之後，也產生了改變。

一、晚年文學觀的特色

（一）以文字記錄內心失落

王安石變法失敗後，不啻失落了人生最大的目標，連帶開始懷疑自己的能力，也因為受到打擊，文章出現只求明哲保身的消極想法，例：「改茲非服，免貽官謗之憂；宥以罔功，使獲里居之佚。」（卷六十〈辭免司空表二〉）「昔也壯時，尚無可紀，今而耄矣，豈有能為？……庶以衰殘，豫佚太平之樂，亦令遲暮，免離大耋之嗟。」（同上〈乞致仕表〉）不以執政時的作為可喜，只求晚年過得平順。文章中更開始出現前所未有的自傷之感：「槁骸殘息，待盡朝夕，頓伏床枕，無足言者。」（《王文公文集》卷四〈與沈道原書二〉）「歲月如流，日就衰荼。今夏復感眩瞀如去秋，偶復不死，然幾如是而能得復久存乎！」（同上〈與耿天騭書一〉）坦然承認自己的脆弱。

（二）詩、文創作態度有別

王安石晚年藉著吐露自傷心聲，以此調整心境或淡化恩怨的過程在文章中隨處可見，如前舉上書神宗的文章，感嘆老衰多病。他也曾經想藉由佛教文字弭平他與呂惠卿之間的恩怨：「示及法界觀文字，輒留玩讀，研究義味也。觀身與世，如泡夢幻，若不以此洗心而沉於諸妄，不亦悲乎！相見無期，惟刮摩世習，共進此道，則雖隔闊，常若交臂，雖衰荼昏眊，敢不勉此？」（《王文公文集》卷六〈再答呂吉甫書〉）既然一生如幻夢，不該讓妄念長伫心中，王安石表示他已經慢慢走出變法失敗的落寞，以沉澱心靈，靜求佛理為依歸，他也如此期望呂惠卿。元豐年間，王安石曾形容蔣山覺海禪師：「行屬而容寂，知言而能默。譽榮弗喜，辱毀弗戚。」（卷三十八〈蔣山覺海元公真讚〉）他觀察到這一點，表示心中已有所領悟，也有自我勉勵的意思，與熙寧末年會受到外界評語影響的心理狀態，彷彿又有所轉變，佛教義理使他的情緒日漸平

緩和暢,面對政治議題鮮少再起波濤。

　　王安石在文章中多只能作到平復情緒的階段,但調適之後,適意自得的成果及返鄉的輕鬆感受多呈現在詩作中。王安石晚年的適意自得主要有二個來源,一個是終於可以辭官返鄉的放鬆:「夢想平生在一丘,暮年方此得優游。」(卷二十八〈寄吳氏女子〉)另一個是在面對脆弱之後,從中療癒並超越,如:「禪林鳥未泊,經屋塵初掃。蠻藤五花簟,復足休吾老。」(卷三〈秋早〉)自言甘願老於寧靜林屋、花草之間;「攝衣負朝暄,一笑皆捧腹。逍遙烟中策,放浪塵外躅。」(卷四〈和耿天騭同遊定林〉)與好友同遊山水,開懷大笑,心靈與生活皆不爲外在制式規範所拘束,從心所欲;「翛然三月閉柴荊,綠葉陰陰忽滿城。自是老年遊興少,春風何處不堪行?」(卷二十七〈翛然〉)講春日既到,處處皆可觀的悠閒心境。

　　由詩、文主題的落差,可知王安石隱然對詩、文的書寫態度有別,他將詩視爲傾洩個人私密的語言,而把文當作比較屬於正式、公開的言論,不多談私事。所以儘管晚年已經出現抒情的書信,但篇幅總是不長,而抒情的詩作數量卻明顯增加,〔註14〕晚年自適自得的體會更是多以詩呈現。

(三)不求內容切用

　　除了上賀正表、賀生皇子表……等應用性質的文章之外,晚年作品多記述心情感受,少談學術、政事,實用性大幅下降。由前引晚年書信不再以討論實務爲主,可以發現早年文以言志、文貴實用的觀念,在晚年的文章中逐漸淡薄。他在元豐末年曾作〈山雞〉一詩:

　　•山雞照淥水,自愛一何愚。文采爲世用,適足累形軀。(卷二十六)
「文采爲世用」應泛指文人的才學得以出仕任官。王安石中年憂國憂民,不以爲苦,後來變法失敗,黯然離開,晚年結合佛、道的觀點,回想一生的處世過程,任官、參政都是勞累身體的外在牽絆,先前爲了推行變法而勇往直前的心態已明顯轉變。王安石在〈山雞〉一詩中並不是否定文采的價值,他認爲文采會損累形軀,在於它爲世所用,對照王安石早年、中年一直提倡的「文貴實用」觀念,晚年的他已經不覺得提昇文字的實用價值是一件可喜的事,反而可能適得其反,徒增個人負擔。

〔註14〕據李德身《王安石詩文繫年》(西安:陝西人民教育出版社,1987年)整理成果,王安石中年約作了220首詩,晚年約作了530首詩。晚年詩作中,抒情詩作的數量也比中年來得多。

二、晚年文學觀的轉變

（一）回顧參政的早中年

進入晚年之後，王安石的心志仍未全然轉向歸隱：「迹雖屏於丘園，志不忘於宸宇。」（卷五十九〈賀冬表二〉）「心若子车，雖每存於魏闕；身如楊僕，乃自外於漢關。」（同上〈辭免明堂陪位表〉）但是又時時想起變法失敗的挫折：「君才有用方求祿，我志無成稍問田。一笑欲論心迹事，白頭相就且欹眠。」（卷二十一〈次韻酬鄧子儀二首之二〉）所謂「我志無成」，應是指仕宦時的政事不如己意，晚年仍提及中年爲政時期的志向，表示王安石回顧並省思自己作爲。雖然晚年認爲身兼使相是「擇地以自營，非復籲天之素志」（卷五十七〈辭免使相判江寧府表〉），與純粹退休的心志不合，以及有「山泉皋壤間，適志多所經」（卷一〈寄吳氏女子〉）的閒適遊歷，但心懷國事的掛念卻無法斷然放下。

由王安石頻頻回顧過去和四處遊歷的晚年生活，不難感覺到他心中入世與退隱的拉鋸：有時出現閒適的詩作，有時又在文章中自傷年紀老大；既告訴神宗不忘宸宇，卻又感嘆自己一事無成。這些看似衝突卻又相繼出現的詩文，表示王安石並非一回到故鄉便拋開過去，隨即灑脫，他的失落與難過、遊歷後偶得的閒適感受，如實反映在作品中，交疊重出，情緒十分複雜，顯現了他省思昔日作爲與逐漸放下政治的漸進歷程。

（二）走出開創的新道路

王安石文章的轉變與政治生涯起伏的時間點幾近一致，在晚年沉澱、滌淨心靈期間，創作的理念有了不同的想法。

對於文學觀的闡發，王安石晚年不落文字，直接以書寫來呈現文學觀的轉變。由作品得見，晚年的文學作品受到佛學的影響很深，也能從中觀察文學觀的變動。首先王安石不再那麼重視文章內容的實用性，每篇文章還是有明確的主題，但除了應用性的賀表之外，致用的性質已經大爲減少。或許因爲佛教思想的影響，他認爲提出的政見得以被採用或因文才而被任用爲官，並不見得是好事，只是徒增外在的負累。晚年作品語氣多平和或抒情，收束中年問政的激昂情緒，晚年爲文多平靜地傳達自己的想法。

第三節　中晚年文章的常與變

隨著王安石宦途的轉換，個人境遇由輔佐國政，再回到治學爲主的生活，

寫作的文體、內容、風格，有變的部分，也有不變之處。

一、文章體類以常爲主

王安石早年書寫的文體比較多元，因爲包含了布衣與爲地方官的時期，所以私人與公務性質的作品都有，如朋友間論學的書信或向長官議政的書啓⋯⋯等，體類則包括狀、疏、箚子、序（贈序、書序、詩序）、記、說、論、書啓、墓誌銘、神道碑、祭文、行狀⋯⋯等，幾乎一生寫過的文類，在早年都已經出現，中、晚年的古文體類大抵不出此範圍。

（一）古文書寫體類減少

王安石中晚年的古文作品，體類不複雜，又容易從中歸納出以某個主題爲中心的一系列作品。例如：中年的作品以箚子、墓誌銘占多數，書信、序爲其次。箚子可大致畫分爲論禮制、建議施政、求去官職等系列作品；墓誌銘則多爲皇親國戚所作；書信多論公事；序則述《三經新義》寫作緣由。晚年以箚子、書啓、論（治學心得）爲主，輔以少數的序、記、祭文、墓誌。箚子以辭免使相等榮銜，及修訂《三經新義》錯誤爲主要訴求。此外，與親友往來的書啓增加；在佛學或是儒學上的讀書心得則出以議論式的文字；序針對《字說》而發；記爲佛教相關事物而作；少數幾篇祭文與墓誌則是爲親友所書寫。並觀中、晚年的文章體類，晚年的體類多出了「論」、「記」，這是闊別中年之後再度得見的體類。此外，書啓的比例也提昇了，表示王安石回到金陵之後，較有時間治學，和人聯絡的次數也較爲頻繁。增加數量的作品多是比較貼近個人生活的體類，也能看出王安石重新回到以個人爲中心的生活，對政治的注目慢慢轉移到學術與親友上。

中年與晚年古文體類單純的原因並不同，中年專心於國事，無暇於私事；晚年則讀書治學，創作主力轉向書寫大量的佛理詩、〔註15〕著作《字說》、注解佛經，而不是致力於單篇古文的書寫。此外，王安石中年的心力在政事上，晚年主要從事學術研究，而早年既對政治有抱負，又多與朋友論學，使用的體類範圍自然容易涵蓋中、晚年所選擇的體類。

（二）駢文體類多循常例

〔註15〕可見李燕新：《王荊公詩探究》（臺北：文津出版社，1997 年 12 月），第二章第六節，〈涵蘊佛家思想之作品〉，頁 249～272。

　　王安石於慶曆二年（1042）任淮南判官之後，對長官寫了許多駢文書信。駢文大量出現則是在嘉祐六年（1061）擔任知制誥以後，負責撰寫官員調任的文書或追封官員女眷的制誥，佔王安石文集七卷之多，約將近五百篇文章。這些制文目的是頒布皇帝的決策，結構制式化，形式相近，內容可供發揮的空間有限。早期的駢文即以呈與長官的啟與為公務而作的外制為主。

　　中年任翰林學士，駢文作品主要是書寫內制，後轉為以辭官表為主，到了晚年，剛回江寧時，辭榮銜的表與賀正表、賀冬表……等賀表並存，漸漸地只餘賀表存在，駢文對於王安石而言，多半停留在公務用途上。

　　綜觀王安石一生書寫駢文的歷程，大致為：嘉祐六年至八年，約五百篇的外制文；熙寧初年，約二百篇的內制文（冊文、青詞、詔書……等）；熙寧末年至二度罷相前，約四十餘篇辭官表、謝表；二度罷相後至元豐年間，數篇辭官表、謝表及二十餘篇賀表。王安石駢文的書寫多為職務所需，體類的選擇也十分單純，除了兩制規定的制誥、冊文……等，其餘作品以表為主，且內制與外制文字的書寫，多符合規定體制，中規中矩。

（三）上書體類符合要求

　　王安石早年以狀辭官，中晚年以表、箚子辭官，這個部分在體類的選擇上，可以深入討論，歐陽脩曾說：

> 唐人奏事，非表非狀者謂之牓子，亦謂之錄子，今謂之箚子。凡群臣百司上殿奏事，兩制以上非時有所奏陳，皆用箚子，中書、樞密院事有不降宣勅者，亦用箚子，與兩府自相往來亦然。若百司申中書，皆用狀。〔註16〕

官員視官階高低及上奏方式（上殿或只有進呈書面）決定使用的體類。王安石為地方官時，因為不是上殿辭官，所以多用狀來表示意見，例如任鄞縣時上〈乞免就試狀〉（卷四十）、任舒州時上〈辭集賢校理狀〉四道（同上）。嘉祐六年之後受封知制誥（屬於兩制），但當時所作的狀如：〈舉陳樞充錢穀職司狀〉（同上）、〈舉謝卿材充升擢任使狀〉（同上）……等，是朝廷命令部分官員每年需舉賢的規定，〔註17〕並不是歐陽脩所謂「非時有所奏陳」的特殊

〔註16〕見)，卷二，頁29。

〔註17〕《宋史・選舉志六》：「（大中祥符）三年，始定制：自翰林學士以下常參官，歲各舉外任京朝官、三班使臣、幕職、州縣官一人，著其治行所宜任，令閤門、御史臺歲終會其數。如無舉狀，即具奏致罰。」見〔元〕脫脫等撰：《宋

情形，所以也用狀寫作。而治平年間所作的〈辭赴闕狀〉三道（同上）、〈辭知江寧府狀〉（同上），因爲在丁憂期間，無官職在身，自然不算是以知制誥的身分發言，故以狀上書，仍符合規定。

其實箚子與狀的性質相似，早在宋代的張表臣就說：「狀者，言之於公上也。……尺牘無封，指事而陳之者，箚子也。」〔註18〕二者都是向皇帝陳述事件的文書。吳訥（1372～1457）解釋「奏疏」的別名：「或曰奏箚，或曰奏狀。」〔註19〕也並列箚子和狀，應用的功能顯然相去不遠，只是如歐陽脩所言，作者的官階及進奏方式有別。王安石所作的箚子，除了〈相度牧馬所舉薛向箚子〉（卷四十二）、〈議南郊三聖并侑箚子〉（同上）是他任知制誥「非時有所奏陳」所作，其餘論政、禮制的箚子，如〈言尊號箚子〉（卷四十一）、〈議服箚子〉（卷四十二），多爲熙寧、元豐年間的上奏，當時王安石的官位已然高出兩制許多，故多以箚子上奏。

表是奏議中比較特別的一項，按照吳訥和徐師曾的說法，表、箚子和狀原本都是屬於奏議的一種，後來因爲表的用途越來越多，所以吳訥和徐師曾就把它獨立出來解釋。〔註20〕如徐師曾對前引歐陽脩《歸田錄》中的文字有所補充：「唐用表狀，亦稱書疏。宋人則監前制而損益之，故有箚子，有狀，有書表，有封事，而箚子之多本唐人牓子、錄子之制而更其名，乃一代之新式也。」〔註21〕箚子是宋代新出的名稱，但與表、狀相同，也是含括於奏議之中的體類。而「表」原本就用於上書，張表臣很早就注意到它的抒情性：「表者，布臣子之心，致君父之前也。」〔註22〕徐師曾也說：「古者獻言於君，皆稱上書。漢定禮儀，乃有四品，其三曰表，然但用以陳請而已。後世因之，其用寖廣。於是有論諫……有辭（辭官）解（解官）……至論其體，則漢晉多用散文，唐宋多用四六。」〔註23〕說明表的類別及體製。可見表已用於辭

史》，卷一百六十，頁3741。亦可參見苗書梅：《宋代官員選任和管理制度》（開封：河南大學出版社，1996年6月），第三章第三節，〈薦舉保任制度〉，頁268～288。故王安石任知制誥時需薦舉人才。

〔註18〕見〔宋〕張表臣編：《珊瑚鉤詩話》，收入《叢書集成初編》，卷三，頁26。
〔註19〕見〔明〕吳訥、徐師曾著：《文章辨體序說・文體明辨序說》（臺北：長安出版社，1978年12月），頁39。
〔註20〕同前註，頁37、122。
〔註21〕同前註，頁124。
〔註22〕見張表臣編：《珊瑚鉤詩話》，收入《叢書集成初編》，卷三，頁26。
〔註23〕見吳訥、徐師曾著：《文章辨體序說・文體明辨序說》，頁122。

官，多四六，而且感情成分比狀、箚子來得高。熙寧末年至元豐年間，王安石辭官主要是因年老多病，以表書寫更能配合他的心情，抒發感慨。

二、文章內容的轉移

選擇早年至晚年均存在的辭官文字、書信進行討論，比較能夠看出王安石整體為文重點的不同。

（一）辭官內容由談理趨向抒情

王安石中晚年辭官文字包括以古文書寫的箚子與以駢文書寫的表。熙寧五年有意辭相時，舉出多種原因：「方陛下有所變更之初，內外小大紛然，臣實任其罪戾，非賴至明辨察，臣宜誅斥久矣。」（卷四十四〈乞解機務箚子一〉）「實以疾疢所嬰，曠廢職事，若不早避賢路，必且仰誤任使。」「大臣出入，以均勞逸，乃是祖宗成憲。」（同上〈乞解機務箚子五〉）包括承攬引發國家動蕩的罪責、身體欠安、自己久居相位，應該外任休息。到了熙寧八年之後，同樣是箚子體類，但辭官內容多以情動之，述說個人疢疾之苦，才學淺薄，無能治事：「智衰耄及，筋力弗支。」（同上〈辭僕射箚子二〉）罷相之後：「臣自離闕庭，所苦日侵，目眩頭昏，背寒膈壅，日之喘逆，稍勞輒劇。」（同上〈乞宮觀箚子一〉）「自涉春以來，眾病並作，氣滿力憊，殆不可支。」（同上〈乞宮觀箚子四〉）病症彷彿有加重的情形，王安石請求神宗「深以保全臣子為念」（同上〈辭僕射箚子二〉），如果不是有足夠的信任與情誼，王安石不會對皇帝說出這樣的話。中晚年的辭官方式，既出自對神宗的了解，也基於神宗對自己的關愛而發。

早年和晚年辭官都同樣提到「分不當得」的理由，早年說：「臣以小官，非敢以禮為讓也，直以分不當得，理當自言。」（卷四十〈辭集賢校理狀四〉）晚年則言：「伏念臣抱疾以來，衰疲浸劇。若黽勉從事，必不能上副憂勤。而應接之勞，適足以自妨休養。又地閑祿厚，非分所宜。」（卷四十四〈乞宮觀箚子二〉）、「辭榮家食，乃為理分之宜。」（卷六十〈乞宮觀表四〉）早年指自己為了利益拒絕在京為官，故不該升任新的官職；晚年則自陳年老力衰，又無貢獻，不值得享受榮銜。同一個理由之下的具體事由，早年是依理為訴求，晚年便以與神宗的君臣之情為出發點，請求體諒，也能看出內容轉變的痕跡。

（二）書信內容由論學趨向關懷

在書信方面，王安石熙寧之前寫的書信約有一百封（包括書啓），當中有上與長官的建議，如慶曆七年作〈上杜學士言開河書〉（卷七十五），建議整治河川溝渠，防範旱災，慶曆八年〈上運使孫司諫書〉（卷七十六），建議停止雇人捕捉私曬海鹽者。也有與士人論學之書，如〈與王逢原書一〉（卷七十五），與王逢原談《易》，以證聖人不忘天下；〈答韓求仁書〉（卷七十二），與韓求仁討論《詩》的內容、大意；〈答王深甫書一〉（同上），和王深甫討論《孟子》中「天民」的意義，早年書信的主題多樣化。

中年專心國政，書信約有十餘封，多為公務所作，包括為新法辯解的〈答司馬諫議書〉（卷七十三）、〈答曾公立書〉（同上），四封論邊防的〈與王子醇書〉（同上），創作動機多為國事而發。

晚年的書信約二十餘封，晚年書信中論學的文字減少，主題也由早年的論儒學變成論佛學。如：〈答蔣穎叔書〉（卷七十八）、〈答蔡天啓〉（卷七十三）。此外，單純問候的書信增加，數量逐漸超越早年以論學、議政為多的主題，如〈答許朝議書〉（卷七十三）、〈與彭器資書〉（卷七十八）、〈與李修撰書〉（同上）、〈回文太尉書〉（同上）、〈回元少保書二〉（同上）……等，都以問候、祝福、囑咐保重為書信主體，〈與程公闢書〉（同上）也只是附上自己的詩並請程師孟珍重，且篇幅比早年、中年的書信都來得短。相較之下，早年、中年的書信不是論學，就是有所為而言，幾乎沒有單純噓寒問暖，叮嚀加餐飯的書信。

王安石於慶曆六年（1046）曾說：「間或悱然動於事，而出於詞，以警戒其躬。若施於友朋，褊迫陋庳，非敢謂之文也。」（卷七十七〈與祖擇之書〉）沒有足以警戒砥礪的事件作為主旨的書信，並不符合王安石早年文學觀的標準；對照他晚年的書信內容，關心友人健康多於實際事件的商討，可以推知他的想法到了晚年已經有所轉變。進入晚年，書信關注的焦點，由事情轉移至人身上。

早年呈與長官的信，首尾或有或無恭敬詞，如〈上杜學士言開河書〉開頭：「十月十日，謹再拜奉運使學士閣下。」（卷七十五）再述施政建議；〈上運使孫司諫書〉則直接切入主題：「伏見閣下令吏民出錢購人捕鹽，竊以為過矣。」（卷七十六）不見恭敬問候詞。王安石向長官陳述建議時，則是就事論事，態度嚴謹。論學時，不論對象是平輩還是後學，王安石在信中常會附上：「略以所聞致左右，不自知其中否也。」（同上〈答韓求仁書〉）「深甫嘗試以某之言與常君論之，二君猶以為未也，願以教我。」（同上〈答王深甫書一〉）表示虛心受

教的言語，但早年不論是議政或論學，都能得見王安石對自己意見的自信。

中年論政書信多寫給同僚或下屬，用詞客氣，但立場堅定，如〈答司馬諫議書〉（卷七十三）：「雖欲強聒，終必不蒙見察，故略上報，不復一一自辨。……冀君實或見恕也。」在正文中卻一一否認司馬光指責之事。在四封〈與王子醇書〉（同上）中，與王韶討論守邊之計，沒有上對下的命令語氣，恰如與平輩研商事宜，首尾問候詞也或有或無。

晚年的書信，則無論受書對象輩分，王安石多會傳達關懷之意，如寫給長輩文彥博〈回文太尉書〉（卷七十八）、寫給晚輩蔣之奇（1031～1104）的〈答蔣穎叔書〉（同上），一致不忘問候近況，且語氣和婉。由王安石寫信的對象與語氣看來，他並不會因為對方官位高低、年紀大小，來決定用詞，而是以書信內容，以及當時自己的心境而定。故論及公務多嚴肅，論學多謙遜；早年多見自信，晚年和婉待人。多敘述自己對事情的看法，問候詞雖無絕對存在，但不會因為位階高低，用語出現恭倨不同的區別。

就體類的多寡來看，早年和中晚年差異比較大。就文章的內容來看，則是早、中年較為接近，而與晚年的差異大。可推測王安石中年和晚年都只專心於某些領域，只寫幾種固定的體類，但中年與晚年最主要關注的領域又不相同，一為民生國事，一為佛教學術，所以文章的內容並不相仿。

三、文章風格的異同

（一）中年至晚年文風不變之處

1. 真摯懇切

王安石一直都以心志為書寫的主體，他所要闡述的主題清晰可辨，只是不同時期的心志有所變動。早年自言：「某不為通乎道者，日有志乎道可也。」（卷七十八〈與楊蟠推官書〉）說明自己有志於道。之後多言仕宦是為了維持家計：「仕初有志於養親。」（卷五十六〈除知制誥謝表〉）「少隨官牒，徒有志於養親。」（卷五十八〈除依前左僕射觀文殿大學士集禧觀使謝表〉）「志食長年不得休。」（卷二十二〈次韻昌叔懷灊樓讀書之樂〉）為官並非自願：「某常以今之仕進為皆詘道而信身者，顧有不得已焉者，捨為仕進，則無以自生，捨為仕進而求其所以自生，其詘道有甚焉，此固某之亦不得已焉者。」（卷七十七〈答張幾書〉）更明白地說：「宦為吏，非志也。」（同上〈答王該秘校書一〉）但王安石當了地

方官之後，不僅政績受到肯定，[註24] 他也會提醒別人爲官的責任：「今聯諫官，朝夕耳目天子行事，即一切是非無不可言者，欲行其志，宜莫若此時，國之疵、民之病亦多矣。」（卷七十六〈上田正言書〉）提醒田況（1005～1063）既爲諫官，就該稱職，應多多上奏皇帝國家的弊病，如此足以解民倒懸，又能實現出仕的志向，可以看出他對於出仕所持態度的轉變：由非志所向到接受爲官也能實現心志。他曾經自我剖析想法轉變的原因：

> 聖人之於道也，蓋心得之，作而爲治教政令也，則有本末先後，權勢制義，而一之於極。其書之策也，則道其然而已矣。（卷七十七〈與祖擇之書〉）

又說：

> 夫聖人之術，修其身，治天下國家。（卷七十五〈答姚辟書〉）

王安石發現志於道與出仕作有益民生的事並不衝突，甚至有本末的連結關係，所以調整志向，由修養己身擴大至服務百姓。

王安石中年之後，更以裨益國家民生爲主要志向，不過在努力過後，發現自己能力不足，無法達成變法的預期目標：「昧於量己，志欲補於休明。」（卷六十〈乞罷政事表二〉）「適遭欲治之盛時，實預扶衰之大義。……雖百度搶攘，未就平成之敘。」（同上〈乞退表四〉）於是開始向神宗求去。熙寧三年，王安石就提及自己的志向爲歸隱：「欲自屏於寬閑，庶幾求志。」（同上〈手詔令視事謝表〉）不過真正到了晚年，關心朝政與論學歸隱的抉擇時時存在作品之中，王安石內心的掙扎也如實反映。文章中剖白想法與情緒的波動，讓人感受到文風的誠摯真切。

2. 簡潔明快

王安石的文風坦白，文如其人。如至和二年（1055）爲錢公輔（1021～1072）的母親蔣氏作墓誌銘（卷九十九〈永安縣太君蔣氏墓誌銘〉），錢公輔對文章並不滿意，希望王安石能增加對子孫的讚譽之詞。王安石便寫了〈答錢公輔學士書〉（卷七十四），說明子孫尚幼，並無功業足以彰顯墓主的德惠，何必記載？要錢公輔另請高明，不假以辭色。而王安石中年對曾公立說：「某啓示及青苗事，治道之興，邪人不利，一興異論，群聲和之，意不在於法也。」（卷七十三〈答曾公立書〉）當時的情勢，即爲司馬光對王安石所說：「介甫之意，必欲力戰天

〔註24〕二封〈答王該秘校書〉（卷七十七）即爲王該稱譽王安石治鄞縣有成，而王安石謙稱傳聞過實的書信。

下之人，與之一決勝負。」〔註25〕王安石不畏反對言論的勇氣可見一斑。

　　王安石晚年言詞也是簡潔，更因多病之故，往往點到為止，少有贅言，如元豐三年（1080）所作〈乞改三經義誤字劄子二〉：「臣近具劄子，奏乞改正經義，尚有〈七月〉詩『剝棗者，剝其皮而進之，養老故也』十三字，謂亦合刪去。如合聖心，亦乞付外施行。取進止。」（卷四十三）雖說前已上了一道〈乞改三經義誤字劄子一〉（同上），詳情無需重述，不過此文直陳一事，不拖泥帶水、旁生枝蔓，俐落簡明，恰如其人，如此文風在王安石的文章中，幾可謂一以貫之。

（二）中年至晚年文風轉變之處

1. 勁峭典重至和婉平淡

　　王安石中年的文字多為公事而作，在他獨排眾議、上書建言時，文字簡潔卻帶有堅定勁厲的氣勢。討論禮制時，則是能夠得見他厚實的學術根柢，援經引史，典重有據。王安石修訂《三經新義》，因為變法的需求，羼雜了政治的考量，刻意拉近新法依據與經典原文的距離，使新法與經典之間產生看似必然的連結。由此看來，可以發現王安石中年的創作，多具備一個明確的先行目的，再加上他縝密的思考方式與直接的表達習慣，思路細膩卻又言簡意賅，所呈現出來的整體風格偏向勁峭典重。

　　到了晚年，去官返鄉，過問政事的篇章銳減，也不需再討論禮制的遵循原則，轉而書寫問候親友近況的書信與研讀佛理的心得。對於往日的恩怨，王安石淡然處之，以佛語寄予呂惠卿，期許就此相忘；更與變法立場不同的蘇軾成為好友。心境閑淡，敘事語氣也趨於和緩。

　　劉大櫆（1698～1779）曾說：「文貴高：窮理則識高，立志則骨高，好古則調高。文到高處，只是樸淡意多。」〔註26〕其實近似王安石的文風轉折。他早年、中年論理，立志求古道，使他的文章高出一般文人，晚年累積的人生歷練，加上佛教講求的超越，反而使文章的內容、語意不再強勢，回歸純樸，外在的政治恩怨也隨之雲淡風輕。

2. 論理居多至遣懷抒情

　　就客觀環境而言，書寫主題由朝廷公務至私人事務的轉移，導致王安石晚

〔註25〕見〔宋〕司馬光：《溫國文正司馬公集》卷六十，〈與王介甫書〉，頁452。
〔註26〕見〔清〕劉大櫆：《論文偶記》，收入王水照編：《歷代文話》，第四冊，頁4111。

年議論文驟減，但作者書寫時，所使用的手法、語氣也有更動。中年多以儒家先賢言行、經典文字爲立論依據，後來變法遭受挫折，正逢體力與精神衰退之際，辭官文字滿溢層層疊疊的羸弱之氣。進入晚年，在調適療癒的過程中，得見抒情的關懷筆觸，不是直接抒發情懷、內心感觸，就是轉以佛理勸誡親友勿執著世事。說話的口吻也由義正詞嚴趨向溫婉抒情，逐漸流露出自己對周遭人事的關懷與掛念，就前舉王安石一生書信內容的演變得見一斑。共觀其一生的文風轉折，對王安石的心境變換、處世態度才能有較爲全面的了解。

（三）並觀文風、詩風轉折情形

王安石退居金陵之後，詩走向純文學境界，技巧更加精湛，講究鍊字、用典。〔註27〕莫礪鋒（1949～）認爲王安石自早年即用心經營詩作形式，到了晚年，只是技巧更加成熟，詩風的轉變應是量變，而非質變，是詩作數量增加，不是突然轉而追求工鍊的形式美感。〔註28〕王安石晚年會欣賞並稱讚小兒子王旁的詩「甚工也」（〈題旁詩〉卷七十一），但他晚年的文風卻不像詩風講求錘鍊。

王安石的文章形式，一直都不講究辭采，與詩不同，劉熙載說：「余謂介甫之文，迥異於尙辭巧華矣。」〔註29〕以「迥異」強調王安石文章不採巧妙的字詞。在書寫主題上，儘管中年的文章與詩作皆有論政的部分，晚年卻是各自發展。晚年的文章仍多寫修訂《三經新義》、進《字說》、進佛經註解……等學術事項，或是記錄自傷的調適過程，即使是帶有情感的書信，篇幅也短，而詩作多載返鄉之後的閒適心情，這也是文風轉折沒有詩風明顯的原因。晚年詩作的內容與中年論政、詠史詩的主題落差極大，容易看出分別，轉折的幅度大，而文風的轉變較爲隱微。此外，詩作體製正適合晚年王安石少寫長信的習慣，也適合承載瞬間的體會、感受，所以詩作數量大增。況且，對王安石而言，文多記述公務，詩多表達個人感受，少作文而多作詩也符合王安石離開朝廷，回到個人生活的實際情形。

〔註27〕見李燕新：《王荊公詩探究》，第四章第二節，〈究詩風，早年以意氣自許，弊在好盡；晚年始達深婉不迫、雅麗精絕之境〉，頁456～460。李栖：〈王安石的詩學理論與其實際運用的情形〉，頁119、120。

〔註28〕見莫礪鋒：〈論王荊公體〉，《南京大學學報》（哲學・人文・社會科學）（1994年），第1期，頁23～34。

〔註29〕見〔清〕劉熙載：《藝概》（臺北：廣文書局，1969年4月），卷一，〈文概〉，頁18。

　　王安石早年的文學觀無法涵蓋他一生的文學創作，晚年的文章已不求實用，所研習的道也轉向佛教義理，與早年文學觀差異頗大。晚年多病的王安石，早年爲文的自信只在論佛學時能得見，他關心但不干涉朝政，逐漸回到以學術爲重心的生活。

　　王安石的文風也因爲境遇與心態的轉變而有變化，不該將晚年文風與早年或中年一概而論。退居金陵之後，早、中年的議論與公務文字不再必要，變法失敗與健康不佳的影響，讓王安石珍惜親友、關懷他們的近況，文風由議論見長轉向抒情爲主，淡然對待昔日恩怨，爲文語氣和婉平緩，不復中年的氣勢凌人。

第六章　中晚年文章的個人與時代意義

　　王安石中晚年的文章一向乏人問津，其實中年參政之後的政論文，才眞正能落實王安石的政見；晚年罷相之後的文字，也才能得見王安石調適心情，回歸平靜的工夫。一生起伏如王安石這麼大的人物並不多，他又集文人學者於一身，可以文字充分表達自己的學識與想法，使我們能看到他思想、心境與文風的轉變。

　　王安石中年生活與創作的重心在於國事，有許多政論文與辭官表箚，此外還可以與神宗面晤討論，大爲提昇落實建言的可能性。晚年退隱山林，期盼平淡的生活，議論文字減少，出現前所未有的個人情感渲染，尤其是寫給神宗的辭官文字或賀表中，不免傷感自身老病，回憶任相時，又覺得無功績足以留紀。細究中年作品，可以由王安石與神宗的互動、對朝政的期許及建議爲切入點，尋找中年書寫對於王安石個人的價值。晚年作品則可由表面上數量、內容的轉變，以及書信往來透露的心境轉折，來探索晚年書寫對於王安石的意義。探討王安石中晚年文風的共相與殊相，對於古文運動推行的助益與他個人古文成就的建立，更能證成中晚年文風不可忽略的地位。

第一節　中年書寫在整體創作中的特色

　　王安石中年書寫以國事爲開展的主軸，他十分投入朝政，對歷代制度也很熟悉。而神宗對王安石的看重、眷顧，也影響王安石文章的數量、內容，乃至於中年的創作風格。

一、深感承恩重而辭官難

　　王安石一生主要創作的體類，包括箚子、表、墓誌、祭文、序、記、狀、書信、啓。因爲任官時間長，箚子與表的作品不少，加以細部區分有助了解王安石寫作的變動情形。箚子依照內容分爲議論政事、議論禮儀制度、辭官三種；表則依用途分爲謝表（包括對皇帝以及其他同僚表示感激的表）、辭官表、賀表（包括年節、生皇子、同僚致仕、升官……等有祝賀之意的表）、進文字表（有著作欲呈皇帝，隨書附上說明的表文）。啓則以性質分爲議事的書啓與祝賀的賀啓。基於以上的分類，將王安石較能確定繫年的文章數量統計如下：

	箚子			表			
早年	議政	議制度	辭官箚子	謝表	辭官表	賀表	進文字表
	2	1	0	5	0	0	0
中年	議政	議制度	辭官箚子	謝表	辭官表	賀表	進文字表
	17	4	18	27	14	2	2
晚年	議政	議制度	辭官箚子	謝表	辭官表	賀表	進文字表
	0	0	4	19	6	28	2

	墓誌	祭文	序	記	狀	書信	啓	
早年	78	19	12	17	21	88	書啓	賀啓
							24	6
中年	24	5	3	0	0	13	書啓	賀啓
							15	2
晚年	3	6	1	2	0	23	書啓	賀啓
							7	6

註：1. 表格的統計數字依據附錄（文章繫年）而來。
　　2. 墓誌包括墓誌銘、墓碣、墓表、墓誌銘、神道碑。

　　表格中的數字總和並非王安石全部的作品，有一些文章因爲不屬於王安石主要書寫的體類，所以沒有歸類進去，如：熙寧二年（1069）作的〈景靈宮修蓋英皇帝神御殿上梁文〉（卷三十八）、十年所作的〈相鶴經〉（卷七十）……等。這個表格目的在呈現王安石主要創作體類作品的增減情形。

　　由王安石中年書寫的主要體類看來，謝表數量比其他體類，也比其他時期的謝表高出許多，可見王安石在朝廷時受到神宗的器重，神宗對他常常升

官、賞賜、慰問，他也就持續上呈謝表。但也因為承受厚愛，所以當王安石提出辭職的要求時，神宗一再拒絕，王安石中年上書請求的辭官箚子、辭官表數量不少。雖然宋代的大臣請求去位，常常為皇帝所挽留，〔註1〕不過這些慰留的文章多是翰林學士或知制誥負責起草，傳達皇帝的意思，不是皇帝親手所作。但王安石一對相位表示倦怠時，神宗親筆寫的手詔即送達，慰留的迫切可想而知。收到手詔對於臣子的意義十分重大，趙升說：「手詔：或非常典，或是篤意，及不用四六句者也。」〔註2〕表示皇帝對於臣子的請求不以常例視之，另眼相待，也代表皇帝堅持自己的意見，總之，收到慰留的手詔對臣子而言是榮耀。由王安石的回覆得知，他至少曾收到六封神宗的手詔，他的回應包括熙寧三年（1070）寫的〈謝手詔慰撫箚子〉（卷四十四）、〈答手詔封還乞罷政事表箚子〉（同上）、〈手詔令視事謝表〉（卷六十），五年的〈答手詔令就職箚子〉（卷四十四），七年的〈答手詔留居京師箚子〉（同上），九年的〈謝手詔訓諭箚子〉（同上），這些手詔均出現在王安石請求去位之時，可見神宗對於王安石的去留非常在意。

二、記錄神宗的支持與眷顧

熙寧元年（1068），王安石首度有機會當面與皇帝談論國政，且神宗對他的意見十分感興趣，面談之餘，命他寫一封奏書說明自己對宋朝至今天下無事的看法，即是〈本朝百年無事箚子〉（卷四十一）一文。自是之後，王安石與神宗交談的次數越來越頻繁，相處的時間越來越長，他中年的書寫，記錄了同存改革傾向的二人產生革命情感的過程：

> 方今之事，非博論詳說，令所改更施設本末先後、小大詳略之方已熟於聖心，然後以次奉行，則治道終無由興起。（卷四十一〈論館職箚子一〉）

> 陛下即位五年，更張改造者數千百事。（同上〈上五事箚子〉）

〔註1〕如歐陽脩為了求外任，所上的表與箚子超過十篇，見〔宋〕歐陽脩：《歐陽文忠公文集》（臺北：臺灣商務印書館，1965 年 8 月）（四部叢刊初編集部，上海商務縮印元刊本），卷九十二；司馬光為辭知制誥，上了九道奏狀。見〔宋〕司馬光：《溫國文正司馬公文集》（四部叢刊初編集部，上海商務縮印常熟瞿氏藏宋紹興本），卷二十一、二十二，〈辭知制誥狀〉至〈辭知制誥第九狀〉，頁 213～217。

〔註2〕見〔宋〕趙升：《朝野類要》，收入《叢書集成初編》（上海：上海商務印書館，1939 年 12 月），卷四，頁 42。

方陛下有所變更之初，內外小大紛然，臣實任其皋庆，非賴至明辨察，臣宜誅斥久矣。（卷四十四〈乞解機務箚子一〉）

由〈論館職箚子一〉中建議神宗廣開言路，集思廣益，以思索改革的步驟，再於〈上五事箚子〉指出神宗主張推行變法，至〈乞解機務箚子一〉感念神宗的體諒，二人一起對抗內外的反對聲音，堅持變法。王安石中年時常以「流俗」喻反對者、進讒言的小人，如：「自與聞政事以來，遂及期年，未能有所施爲，而內外交構，合爲沮議，專欲誣民，以惑聖聽，流俗波蕩，一至如此。陛下又若不能無惑，恐臣區區終不足以勝。」（卷四十四〈謝手詔慰撫箚子〉）「伏望陛下哀憐，矜察許臣所乞，毋令臣得要君之嫌，重爲流俗小人所毀。」（同上〈答手詔封還乞罷政事表箚子〉）「上聰明日隮，然流俗險膚未有已時，亦安能久？」（卷七十五〈與沈道原舍人書〉）王安石敘述變法屢受阻撓，可以從中體會神宗與王安石一路走來，相互信任、支持的精神。

此外，神宗對王安石家人的眷顧，也讓他十分感激。王安石之弟王安國「數舉進士不售，……今上即位，近臣共薦君材行卓越，宜特見招選，爲繕書其《序言》以獻，大臣亦多稱之。手詔褒異，召試，賜進士及第」（卷九十一〈王平甫墓誌〉），神宗額外給王安國應試的機會，並肯定他的文才，授以進士身分。李燾（1115～1184）對此事的記載更爲詳細：

（熙寧元年七月）丁丑，布衣王安國賜進士及第。仍注擬初等職官。
先是，樞密院副使韓絳、邵亢獻安國所著《序言》五十篇，上手詔：「安國，翰林學士王安石之弟，久聞其行誼學術爲士人推尚。近閱《序言》，文辭優贍，理道該明，可令院召試。」試入第三等，故命以此。〔註3〕

神宗給王安國召試的機會，除了他的品德佳、文才高，特別說明他和王安石的關係，可見多少受到對王安石印象的影響。王安石也明白這份用心，他在謝表中說：「伏蒙考恩召試臣弟安國賜進士及第，……祿不逮親，既永乖於養志，仕非爲己，當共誓於捐軀。」（卷五十六〈賜弟安國及第謝表〉）對神宗承諾，會和弟弟一起爲國家盡心盡力。而王安石的長子王雱，在治平四年（1067）就已考上進士，不過他拒絕朝廷派任的官職。〔註4〕熙寧四年（1071），

〔註3〕 見〔清〕黃以周等人輯：《續資治通鑑長編拾補》（臺北：世界書局，1961 年 11 月），卷三上，頁 20。
〔註4〕 李燾記：「治平四年，雱舉進士，授旌德尉，不赴。作策三十餘篇，極論天下

神宗賜王雱爲崇政殿說書，王安石起先爲子推辭（卷四十三〈辭男雱說書箚子〉），後來接受詔令。王安石在謝表中說：「恩驟加於私室，多所超踰。……重念自古君臣之相與，未有如臣父子所遭。」（卷五十六〈除雱中允崇政殿說書謝表〉）他也感受到神宗對家人特別照顧。同一年，神宗授王安國館職，王安石上謝表：「恩加子弟，具膺慶賞之延。……衰宗既亡，唯知上報之難。」（同上〈除弟安國館職謝表〉）再次重申神宗的恩德無以回報。熙寧七年，王安石感謝神宗任命王雱爲正言待制，提到尚不知如何報答皇帝的厚愛，皇帝又賜王雱專司上諫皇帝過失的正言待制一職，「豈意眷憐，更加超擢」（同上〈除雱正言待制謝表〉），他只能告訴神宗會與王雱好好善盡職責，以求無愧神宗的看重。熙寧八年，神宗又欲升王雱爲龍圖閣直學士，王安石連上三道箚子推辭，當中提及：

> 自爾以來，雱以疾病隨臣，不復與聞經義職事。今茲罷局，在雱更無尺寸可紀之勞，不知何名，更受襃賞。非特於臣父子私義所不敢安，竊恐朝廷賞罰之公如此，極爲有累。（卷四十三〈辭男雱授龍圖箚子一〉）

王安石認爲已經不好再接受神宗的恩寵，且王雱因病無法盡到工作職責，更沒有理由升官，也擔心朝廷賞罰的公平性受質疑。神宗回應王安石：「特除雱待制，誠以詢事考言，雱宜在侍從，不爲修書也。今所除，乃錄其修經義之勞。襃賢賞功，事各有施，不須辭也。」〔註5〕神宗說依據王雱的專才，適合擔任侍從的工作，而非助編《三經新義》，升官則是獎勵王雱助編書籍的辛勞，可見神宗屬意賜與王安石家人的殊榮，高於他們實際工作表現應得的回饋。王安石起初爲官，頻頻求任地方，經濟壓力是當中的一個原因，〔註6〕由王安

事。」見〔宋〕李燾撰：《續資治通鑑長編》，卷二百二十六，頁7，「熙寧八年六月辛亥」條。

〔註5〕 見〔宋〕李燾撰：《續資治通鑑長編》，卷二百六十五，頁10，「熙寧四年八月己卯」條。

〔註6〕 王安石早年爲兼顧家庭生計，多辭京官，求任地方，如：「某到京師已數月，求一官以出，既未得所欲，而一舟爲火所燔，爲生之具略盡，所不燔者，人而已。家人又頗病，人之多不適意，豈獨我乎？……某自度不能數十日，亦當得一官以出，但不知何處耳。」（卷七十〈與孫侔書三〉七）到京師待官，只能住宿舟中，又遭火災，旅費將盡，經濟的困窘的確讓王安石肩負沉重的壓力。而神宗還興建新的宅所供王安石及家眷居住：「（熙寧四年九月丁未）先是，詔建東、西二府各四位。東府第一位凡一百五十六間，餘各一百五十三間。東府命宰臣、參知政事居之，西府命樞密使、副使居之。府成，上以

石中年的書寫，可以得知他對家人受到妥善的照顧感到十分感佩，更能無後顧之憂，竭盡心力爲國服務。

三、追效三代立法的本意

熙寧二年，王安石任參知政事，開始推動變法的一系列措施。首置三司條例，上奏文字條理分明，先說爲何要理財：「蓋聚天下之人，不可以無財；理天下之財，不可以無義。」再提目前財政缺失：「諸路上供，歲有定額，豐年便道，可以多致，而不敢不贏；年儉物貴，難於供備，而不敢不足。」最後總結設置三司條例的優點：「稍收輕重斂散之權，歸之公上，而制其有無，以便轉輸，省勞費，去重斂，寬農民，庶幾國用可足，民財不匱矣。」（卷七十〈乞制置三司條例〉）對於現況，王安石已經先行勘查，並想好應對措施。再如二道〈論館職箚子〉（卷四十一），對於館職人員的取用，建議長期觀察，任其專才。〈乞改科條制箚子〉（卷四十二）主張科舉廢詩賦，改試經義，待朝廷興建學校，培養人才。以上這些篇章，已分別就宋代的經濟、任官、取才提出建議，由議論的內容足見王安石有全面性的變革決心。他常常在書寫中指明提出政策的依據來由：「竊觀先王之法，……又爲經用通財之法以懋遷之。」（卷七十〈乞制置三司條例〉）「自堯、舜、文、武，皆好問以窮理，擇人而官之以自助。」「講求三代所以教育之法，施於天下，庶幾可復古矣。」（卷四十二〈乞改科條制箚子〉）不難發現，王安石常依循三代先王之法，也時常提醒神宗以堯、舜爲念：「陛下堯舜之主也。」「願陛下以堯舜文武爲法，則聖人之功必見於天下。」（卷四十一〈論館職箚子〉）「伏惟陛下天縱上智卓然之材，全有百年無事萬里之中國，欲紹業垂統，追堯、舜、三代，在明道制眾，運之而已。」（卷四十二〈進《鄞侯遺事》箚子〉）〔註7〕能夠復古，追

是日臨幸，後十日賜宴于王安石。」見〔宋〕李燾撰：《續資治通鑑長編》，卷二百二十六，頁14。王安石對於神宗「謂臣方宣勞於王室，則上主當加恤其私家」（卷五十七〈遷入東府賜御筵謝表〉）的說法，以及設筵慶賀遷居，但言「欲報國而知難」（同上），可以想見他內心的激動。

〔註7〕　《宋史・王安石列傳》：「熙寧元年四月，始造朝，入對。帝問：『爲治所先？』對曰：『擇術爲先。』帝曰：『唐太宗何如？』曰：『陛下當法堯、舜，何以太宗爲哉？堯、舜之道，至簡而不煩，至要而不迂，至易而不難。但末世學者不能通知，以爲高不可及爾。』」見〔元〕脫脫等撰：《宋史》，卷三百二十七，頁10543。早在熙寧元年，王安石就告訴神宗應以堯、舜爲施政取法的對象，而王安石中年的書寫，正是落實他的想法。

溯三代設立良善制度的立意，是王安石中年書寫的實際目的。

　　在禮儀制度上，王安石運用深厚的學術根柢，試圖釐清當時的疑惑。在討論周代喪服制度時，王安石說：「先王制服也，順性命之理而爲之節，恩之深淺，義之遠近，禮之所與奪，刑之所生殺，皆於此乎權之。」以「權」字爲前提，後文順勢闡述對於周代喪服制度，採取有所去留的遵守方式：「自封建之法廢，……士大夫無宗，其適孫傳重之屬不可純用周制。臣愚以謂方今惟諸侯大夫降絕之禮可廢，……自餘喪服，當用周制而已。」周代封建制度既然已經廢除，對於必須講求大宗、小宗的諸侯大夫而言，守喪的依據已經消失，故可以不必空守諸侯大夫服喪的周制，但其餘不受封建制度影響的守喪規定，應該保留。雖然王安石也認爲自己的意見並非定論：「獨用己見，決千歲以來之所惑，恐不能盡，伏乞以付學士大夫博議，令臣得與反復。」（卷四十二〈議服箚子〉）對他而言，這種制度廢存的討論卻是另一種學以致用的實踐，轉化積累的學識，應用到現實生活之中。

四、關注邊防戰事與經營

　　王安石爲相期間，有數篇文章談到邊防打了勝仗。《宋史・王韶傳》：「（熙寧五年七月）潛師越武勝，遇瞎征首領瞎藥等，與戰破之，遂城武勝，建爲鎮洮軍。」王安石於此時寫了〈與王子醇書一〉（卷七十三），文中囑咐王韶先重整官兵與當地居民的生活秩序，儘快恢復正常作息。《宋史・神宗本紀二》：「（熙寧六年冬十月辛巳）以復熙、河、洮、岷、疊、宕等州，御紫宸殿受群臣賀，解所服玉帶賜安石。」〔註8〕得知收復六州，神宗高興之餘，將玉帶賜予王安石，王安石呈〈賜玉帶謝表〉（卷五十六），把收復土地的功勞歸於神宗，自謙：「如臣蕞爾，何力有焉？」又寫了〈與王子醇書二〉（卷七十三）、〈與王子醇書三〉（同上），慰勞王韶的辛勞，告訴他要適時犒賞士兵與戒防將士好戰成性、輕舉妄動。熙寧七年（1074）又寫了一封信給王韶，提醒他治理邊疆需「省冗費，理財穀，爲經久之計而已」（同上〈與王子醇書四〉），可見王安石雖自言對於收復失土無實際功勳，但十分注重邊疆的經營，每隔一段時間就會寫信關心王韶在邊防的治理情形、邊民與將士的互動。除了能體會王安石對於「木征內附，熙河無復可虞矣」（同上）感到欣慰，更從中看

〔註8〕　上二段引文見〔元〕脫脫等撰：《宋史》，卷三百二十八，頁 10580、卷十五，頁 284。

出他對國政的謹慎小心，寧可時時囑咐，防患未然，不願叛亂再起，滋生事端，這是王安石唯一討論到武治軍功的時期，他輔國不僅改革取才、任官……等政事制度，也在意軍事國防的發展。

第二節　晚年書寫在整體創作中的特色

　　王安石晚年的創作，最明顯的是書寫內容偏離公務，作者的身影加深，個人情感也順勢浮現。

　　王安石中年投身國事時所作的文章，不是沒有自己的情感，而是把情感完全融入於國事之中，他對反變法人士的反駁，就是當下情感的表達。也因爲他把大部分的時間與情緒放在政事上，執法堅守原則，對於私人生活的感受少有流露，不易被察覺，容易被貼上嚴峻無情的標籤。如果就盡忠職守來說，他投注在百姓身上大公無私的愛，其實超越了很多官員。到了晚年，他呈現的則是以個人生活爲中心的情感，將對國事的關注轉向對親友的關懷，感情由「事」轉移到「人」的身上，就是大家習慣注意到的情感層面，因此讀者乍讀晚年的作品，會覺得「突然」看到王安石抒情的一面，其實是個人感受凌駕了政治情懷所致。王安石的情感由執政時的炙烈、辭官時的感傷、初退隱時的落寞，慢慢趨向平緩。他晚年一方面平復新法被廢的激動，一方面撫慰自己變法失敗、老病近身的受挫，於是在晚年個人情感趨於明顯之際，卻也是他情感逐漸歸於平淡之時。

一、情緒趨向平緩和婉的過程

　　就王安石晚年書寫內容來看，箚子除了四道〈已除觀使乞免使相箚子〉（卷四十四）之外，只餘元豐三年（1080）所作〈進《字說》箚子〉（卷四十三）、二道〈乞改三經義誤字箚子〉（同上）、〈乞以所居園屋爲寺并乞賜額箚子〉（同上），並無議政或討論朝廷祭祀、禮儀等制度的作品，故晚年書寫可與中年書寫區分的特色爲「不再直接干預政治運作」。而謝表數量不少，包括〈封舒國公謝表〉（卷五十八）、〈封荊國公謝表〉（同上）、〈添差男旁勾當江寧府糧料院謝表〉（卷六十）……等，提攜王安石次子王旁（長子王雱已卒於熙寧九年）管理江寧府糧料院，可以看出神宗仍然繫念王安石，也澤及他的家人，故王安石仍常常表達謝恩之意。而賀表的數量大幅提升，內容大多爲恭賀節日喜

慶、關心皇室動向（包括生皇子、公主出嫁……等），凸顯了書寫重點的轉移，儘管都與朝廷相關，由參與政治決策到晚年佇足於政事外圍，僅祝賀節日、注意人事動態的過渡相當明顯。由議政箚子減少，而表的內容轉以祝賀爲主之後，會感覺王安石態度變得比較和暢平婉，這也是晚年書寫的特色。對於王安石個人而言，遠離政治主題也是平復情緒起伏的方式。

　　王安石的啓可以大致分爲書啓與賀啓，書啓多用於呈與上司，比較正式，朋友之間往來的文字則以「書」爲主。晚年的書啓特色在於全爲回覆他人祝賀的啓而作，非討論公事，屬於禮貌性的致意。包括：〈回留守太尉賀生日啓〉（卷七十九）、三道〈回賀冬啓〉（卷八十）、三道〈回賀正啓〉（同上）。王安石到了晚年，因爲沒有公務需求，已經不需要自己先發送正式用途的啓文，回覆的文章，也都是回祝對方賀詞，故語氣亦多爲和緩。

　　晚年祭文數量有限，但都是爲認識的人而作，對於王安石而言，寫作的感受自然不同，存在眞實情緒的觸動，如：「況如安石，辱知最久。西望涕頤，以薦食酒。」（卷八十五〈祭曾魯公文〉）感念曾公著對自己的知遇之恩。「前年僕馬，來自田里，白顚夷戜，相見悲喜，輸吾肝膈，莫逆其黶。衰老邂逅，綢繆山水。」（卷八十六〈祭虞靖之文〉）回憶與虞靖之的相遇、共遊，相見時的感受、無話不談的情景，記憶猶新，但是友人卻亡故了，以「存在」的記憶追念「已逝」的朋友。晚年的祭文大致遵守書寫祭文的原則，以四言押韻文字爲主體，如：〈祭曾魯公文〉（卷八十五）、〈祭吳侍中沖卿文〉（卷八十六）、〈祭北山元長老文〉（同上）、〈祭馬玘大夫文〉（卷八十五）、〈祭虞靖之文〉（卷八十六），只有〈祭刁景純學士文〉（卷八十五）以六、七言呈現，也有押韻，不出祭文需誦讀的實際需求。

二、「記」回到專職記敘的寫法

　　王安石晚年的記體文回歸到記敘的本身，如〈萬宗泉記〉，全文如下：

> 僧道光得泉之三年，直歲，善端治屋龍井之西北，發土得汎泉二，萬宗命溝井而合焉。東爲二池，池各有溝，注于南池，而東南其餘水以溉山麓之田。既礱，善端請名，余爲名其泉曰「萬宗」云。（卷八十三）〔註9〕

〔註9〕此文龍舒本於文末尚署：「熙寧十年十二月日，臨川王安石記。」

文章點出時間、地點、發現泉的經過、泉水被賦與的作用，最後命名，純粹是敘述單一事件的經過。又如〈廬山文殊像現瑞記〉全文：

> 番陽劉定嘗登廬山，臨文殊金像所沒之谷，睹光明雲瑞圖示臨川王某，求記其事。某曰：「有有以觀空，空亦幻；空空以觀有，幻亦實。幻、實果有辨乎？然則如子所睹，可以記，可以無記。記、無記，果亦有辨乎？雖然，子既圖之矣。余不可以無記也。」定以熙寧元年四月十日、十年九月二十七日睹，某以元豐元年十一月二十三日記。（同上）

因記文殊金像所現光明雲瑞，本欲以佛教義理論及幻、實，但又以「果有辨乎」打住，模糊幻、實界線，卻詳細署明劉定見祥雲及自己寫作此文的時間，與前文所說記與無記「果亦有辨乎」的不明確形成對照。此文語意在模糊與詳細之間推進，其實也呼應了幻與實的主題，書寫的筆法特別，又不失最初的記敘目的。

　　王安石晚年的二篇記，由作者取捨事件片段，進而組織，書寫爲泉命名與廬山出現祥雲的過程，藉記敘事物來抒發議論的情況已不再出現。篇幅比早年的記來得短，卻能夠呈現記體文最原本的面貌，看出王安石獨特的筆法。

三、墓誌回到記敘頌美的原則

　　王安石晚年時，親友逐漸凋零，他晚年寫的墓誌不再是受人之託，多爲認識的親友而作，如分別爲弟弟和妹妹所作的〈王平甫墓誌〉（卷九十一）、〈長安縣太君王氏墓誌〉（卷九十九）。這二篇墓誌當中，多依照約定俗成的原則，以記敘與頌美爲主，特別的是，感受不到太多至親逝世的悲哀，甚至和爲其他人所作的墓誌銘差異不大。除了羅列上下親族譜系之外，王安石寫到王安國與家庭相關之處爲「君孝友，養母盡力。喪三年，常墓側，出血和墨，書佛經甚衆，州上其行義，不報」（卷九十一〈王平甫墓誌〉），並沒有寫到兄弟之間的互動，但王安國卻是王安石與兄弟之間，聯繫最爲密切的一位；〔註10〕寫妹妹「君爲婦而婦，爲妻而妻，爲母而母，爲姑而姑，皆可譽嘆，莫能間毀」（卷九十九〈長

〔註10〕見鄒陳惠儀：〈曾鞏與王安石關係剖析〉，《嶺南大學中文系系刊》（1998 年 6月），頁 86～89。王安石與王安國的詩文往來，是王安石與兄弟之間最頻繁的一位，他寫給王安國的詩文現存有二十六篇，時常表示思念、關心，更與王安國同遊褒禪山。

安縣太君王氏墓誌〉），和當時士大夫爲婦女所作的墓誌銘風格十分相近，〔註11〕只在文末署「兄安石爲志如此」（同上）點明兄妹關係，也無特別著墨墓主與自己的特殊情感。楊果說北宋書寫女性墓誌銘的文人中，「與其他人相比，王安石對於女子的才智學識持有較明顯的欣賞態度」，〔註12〕〈長安縣太君王氏墓誌〉也不例外，王安石描述妹妹「工詩善書，強記博聞，明辨敏達，有過人者」（同上）。存在他強調女性才學的墓誌銘書寫習慣，不過這只是個人偏好的書寫方式，楊果說：「從主體價值來看，范仲淹也好，王安石也罷，很難說他們與其同時代人有什麼本質的差別。」〔註13〕女性墓誌銘的書寫仍然是以士大夫的角度出發，來營造理想中的女性形象，只能說王安石著重的才識方面與其他人有別。如果將王安石晚年所作的墓誌與寫給親友的書信並觀，可以發現，與逝世的親人相較，他十分掛念仍舊在世的受信對象，這應是王安石欲消弭親人已逝的憂傷，刻意保持距離書寫，降低抒情成分，而珍惜尚在人世的親友，多詢問近況，給予祝福。

四、書信主體由事件轉向人物

　　由書信看來，王安石晚年很重視與朋友的會面，但是多被疾病所阻。元絳（1008～1083）派專使至王安石家中問候他，不過王安石卻因爲身體不舒服，而無法前往探望住處相距不遠的元絳：「相望數驛，而衰憊日滋，無緣馳詣，但有嚮往。」（卷七十八〈回元少保書一〉）另外，原本王安石知曉范峋「舟馭已在近關」，他「良喜動止萬福。冀得瞻晤，又重以喜，余非面敘不悉」，（同上〈答范峋提刑書一〉）已經約定好要見面，但又因「適以服藥疲頓，不獲追路，豈勝愧悵」（同上〈答范峋提刑書二〉），而錯過了晤面的機會。晚年的王安石深刻體會到健康的重要，以前無暇顧及身體的他，在晚年時常於書

〔註11〕劉靜貞認爲北宋士大夫書寫女性墓誌銘時，都盡量配合女性「正位於內」的理念，而刻劃出「婦人無外事」的形象。見劉靜貞：〈女無外事？——墓誌碑銘中所見之北宋士大夫社會秩序理念〉，《婦女與兩性學刊》（1993 年 3月），第四期，頁 21～46。楊果統整宋代墓誌中的女性形象形成「孝女」、「順婦」、「貞妻」、「慈母」等模式，這是因爲墓誌由男性主宰書寫，他們以男性價值爲標準，建構了男性理想中女性應該具備的形象。見楊果：〈宋人墓誌中的女性形象解讀〉，《東吳歷史學報》（2006 年 6 月），第十一期，頁 243～270。

〔註12〕見楊果：〈宋人墓誌中的女性形象解讀〉，《東吳歷史學報》，第十一期，頁 263。

〔註13〕同前註。

信中提醒受信對象保重：「唯冀爲時倍保崇重。」（同上〈回文太尉書〉）「伏乞良食自重。」（同上〈回元少保書一〉）「希爲人愼疾自愛。」（卷七十四〈與郭祥正太博書二〉）他退隱之前的書信，只注重客觀的事，晚年之後，焦點由討論事情轉化到會關心人的情緒，「人」成爲他晚年書信的主體，這是與退隱之前的書信寫作差異最大之處，屬於晚年書信寫作的特色。

王安石寫信少與人論及彼此之間的身分關係，信件內容多以事爲主，但晚年的〈答呂吉甫書〉（卷七十三），文章開頭就先界定自己和受信對象呂惠卿之間並無恩怨，有意淡化二人之間的關係。而寫給蘇軾的〈回蘇子瞻簡〉（同上），卻是同論秦觀詩作，發出激賞的共鳴。退隱之後，不提及變法等政治事宜，王安石遠離了曾經支持變法的呂惠卿，而結交了反對變法的蘇軾。可見王安石在心情沉澱之後，儘管不計前嫌，但慢慢能夠辨識人的善惡，對小人敬而遠之，不再急於尋求人力支援，而不問品德，一律接納。能夠以無所求的心，去選擇自己願意結交的朋友，也能以委婉的言詞疏遠小人，不再如中年壁壘分明，視反對變法者即非我群類，直斥「流俗」，不留餘地，這也是他的心情平靜之後，所表現的轉變。儘管王安石的文字向來直抒想法，但晚年的和婉沒有掩蓋主旨，卻爲王安石的文風開創了遣懷抒情的可能性。

王安石晚年少了論政的主要舞臺，習慣議論的風格並沒有於記、墓誌與書信當中持續出現，而是逐漸收束。由於即事議論的態度已有所轉變，所以王安石晚年更能夠順其自然地發揮文類本身的特色，回到記與墓誌書寫原本的目的，得見王安石在議論之外，於記敘與抒情層面的表現。

第三節　中年書寫在宋代顯現出的共相與殊相

王安石中年推行的變法觀念，其實存在於大多數官員的心中，是宋人期待革新的共相，〔註14〕但是他強硬的政治作風與施政策略卻又顯現了個人的殊相，與大多數人的期待有落差。文章上的呈現也是如此，談及以議論見長的宋文，多不會忽略王安石，並且在宋代作家中，他能夠因爲議論而受人推

〔註14〕 祝尚書說：「如歐陽修，他既是推動『慶曆新政』的重要人物，同時又是文壇盟主，一直領導古文運動走向勝利。即如古文運動後期的領袖蘇軾，他雖反對王安石變法，反對的只是王安石的激進措施，他本人也是積極主張變革的。」見祝尚書：《北宋古文運動發展史》（成都：巴蜀書社，1995 年 11 月），〈引論〉，頁 5。指出即使是反對王安石新法的人，也有變革的心志。

崇，〔註15〕在共相之中自成一家之言。此得力於他的文章特色，介於學術與
文學之間，既有深厚的學術根柢爲依恃，寫文章又能「動筆如飛，初若不經
意，既成，見者皆服其精妙」，〔註16〕學識、文才兼備，自能在議論蔚爲風潮
的宋代文壇上占有一席之地。

一、共相：重議論的宋代文風

在目前能夠確定爲王安石中年的作品當中，多數劄子都爲議論而發，王
安石大多以劄子向神宗上言，例如論政的〈論館職劄子〉（卷四十一）、〈言尊
號劄子〉（同上）；論禮儀制度的〈議服劄子〉（卷四十二）、〈議郊祀壇制劄子〉
（同上）……等，這也是他一生中劄子創作數量最多的時期。不僅劄子，王
安石中年的序、墓誌銘、祭文也有議論色彩，如〈周禮義序〉（卷八十四）一
開始就論「道存在政事之中」，以此立意設置法律制度，而法制需要人來推行，
《周禮》的重要性就是它連結了法律與官制的對應關係，規畫出官員各司其
職的理想狀態。又如〈詩義序〉說：

> 《詩》上通乎道德，下止乎禮義，放其言之文，君子以興焉。循其
> 道之序，聖人以成焉。然以孔子之門人，賜也、商也，有得於一言，
> 則孔子悅而進之，蓋其說之難明如此，則自周衰以迄于今，泯泯紛
> 紛，豈不宜哉？（同上）

以孔子讚美學生有得於《詩》，來論證了解、傳承《詩》的不易，導致宋代士
子學習的情形也不普遍，學者對於《詩》的詮釋眾說紛紜，也不見得正確。
不過「序」本身可以有說理、敘事二種功能：「其爲體有二：一曰議論，二曰
敘事。」〔註17〕故出現議論不爲特例。

〔註15〕 呂思勉說世人的文章之所以不及王安石，「議論之正大」爲當中一個原因。
　　　 見呂思勉：《宋代文學》（上海：上海商務印書館，1929 年 10 月），第二章，
　　　 〈宋代之古文〉，頁 18。馬茂軍說：「荊公文章，多涉『治教政令』，而新政
　　　 源於新學，故發而爲文，多長於議論，主題深刻。」見馬茂軍：《宋代散文
　　　 史論》（北京：中華書局，2008 年 4 月），第三章第二節，〈「荊公新學」與
　　　 王安石散文的風格〉，頁 166。方元珍說王安石：「散文長於議論，富於政治
　　　 色彩，不尚雕繪，語言平易明曉之創作特色，又不讓唐宋古文家專美於前。」
　　　 見方元珍：〈王荊公散文與其時代之關係〉，頁 37。三人都以「長於議論」
　　　 爲王安石文章的優點。
〔註16〕 見〔元〕脫脫等撰：《宋史》，卷三百二十七，〈王安石列傳〉，頁 10541。
〔註17〕 見吳訥、徐師曾著：《文章辨體序說・文體明辨序說》，頁 135。

　　王安石也會在所作的墓誌銘中論理，如熙寧元年所作〈尚書屯田員外郎仲君墓誌銘〉：

> 嗟乎！此流俗所羞，以爲迂而弗言者也，非明於先王之義，則孰知夫中國安富尊強之爲必出於此？君知此矣，則其自信不屈，宜以有所負而然，惜乎其未試也。（卷九十四）

王安石讚美墓主勇於發言，明白先王的意思，並同意墓主的想法合於國家富強的要件，但惋惜他沒有機會嘗試。墓誌銘中出現議論不屬常態：「誌者，記也；銘者，名也。……其爲文則有正、變二體，正體唯敘事實，變體則因敘事而加議論焉。」〔註18〕墓誌銘本來的功能在於記敘墓主足以爲人懷思的優點、事蹟，議論屬於變體。茅坤已經觀察到王安石以議論誌墓的特色：「曾、王誌墓，數以議論行敘事之文。」〔註19〕可以補充的是，王安石墓誌銘中有議論的情形，只存在中年之前的作品，晚年所作的墓誌就不再議論了。

　　至於祭文，王安石在爲歐陽脩作的祭文中，即以議論開頭：

> 夫事有人力之可致，猶不可期，況乎天理之溟溟，又安可得而推？
>
> 惟公生有聞於當時，死有傳於後世，苟能如此足矣，而亦又何悲？
>
> （卷八十六〈祭歐陽文忠公文〉）

乍見以爲王安石覺得歐陽脩死後，事蹟能流傳後世，所以不足以悲，藉著議論開展出人意表的見解，但是結尾說：「嗚呼！盛衰興廢之理自古如此，而臨風想望不能忘情者，念公之不可復見，而其誰與歸？」（同上）表示王安石也知道生死無常，理本如此，但失去學習的典範，還是無法忘情，轉以抒情作結，有「其誰與歸」的悵然。王安石既客觀推崇歐陽脩的功業，又表達自己的思慕之情，爲此文的特殊寫法與創意。「祭文」的特點爲：「古之祭祀，止於告饗而已。中世以還，兼讚言行，以寓哀傷之意，蓋祝文之變也。」〔註20〕主要居於「致自身之哀，頌死者之美」的抒情取向，不過王安石中年作的祭文，卻加入了議論成分，與一般作法有別。

　　王安石中年的議論筆觸存在於數種體類之中，不僅在一般眾人習於議論的體類中說理（如：箚子），在大家不常寓議論於其中的體類（如：祭文），他也開闢了議論的空間，可見他中年寫作時，並不被文類的特點、屬性所限

〔註18〕同前註，頁148、149。
〔註19〕見茅坤：《王荊公文鈔》，卷十五，頁14，總頁數372。
〔註20〕見吳訥、徐師曾著：《文章辨體序說・文體明辨序說》，頁154。

制，而是自發而為，有意議論。宋代文章的共相多擅議論，〔註 21〕王安石中年的作品，不論是有意為文的動機或是議論在文章中所佔的比例，皆呈現了宋文以議論見長的共相。

二、殊相：文風介於文、道之間

王安石中年因為變法所需以及編寫《三經新義》的關係，援引經典的情形相當常見，也間接導致新學勢力形成，影響他的文風介於文學與學術之間，成為個人特色。程頤與程顥認為：

> 介甫之言道，以文為耳矣。言道如此，己則不能，然是己與道二也。

> 夫有道者，不矜於文學之門，啟口容聲，皆至德也。〔註 22〕

二程因為王安石闡述道的時候，運用文學措辭，以「作文害道」〔註 23〕的標準來衡量王安石，由此否認他為道學中人。王格則說：「當介甫時，大儒輩出，程、張諸君以道學顯，歐、蘇諸子以古文名，而介甫介其間，意蓋欲兩取之，觀其議論可見矣。」〔註 24〕陳植鍔（1947～）更清楚地分析：「二程主要是儒學家而算不上古文家，二蘇以文章擅名而在儒學方面貢獻不大。只有王安石堪稱儒學大家而又兼古文大家。」「在哲學家重『道』、文學家重『文』兩者之間，他貴在『適用』而兼顧『辭』與『理』，走了中間。」〔註 25〕王安石想要把變法的根據定於經典之中時，如此論述：

〔註 21〕郭預衡曾說宋代文章有二個特徵，一是長於議論，一是平易自然。見郭預衡：〈北宋文章的兩個特徵〉，《社會科學戰線》（1985 年 3 月），頁 300～310。陳植鍔也說北宋古文長於議論，還表現在本來不屬於議論文範圍的文章，如山水遊記，藉記敘或寫景來議論。見陳植鍔：〈宋學和北宋其他文化層面〉，《北宋文化史述論》，第五章第一節，頁 414。宋代不僅古文多議論之風，張仁青提到宋代的駢文也趨向說理化，以歐陽脩、蘇軾、王安石、汪藻四家為代表，並說歐、蘇、王三人的駢文「理無不舉，詞無不達」。見張仁青：〈宋代駢文新探〉，《第一屆宋代文學研討會論文集》（高雄：高雄復文圖書出版社，1995年 5 月），頁 313～315。

〔註 22〕見〔宋〕楊時編：《二程粹言》，收入《叢書集成初編》（上海：上海商務印書館，1936 年 6 月），卷上，頁 8。

〔註 23〕見〔宋〕朱熹編：《河南程氏遺書》（臺北：臺灣商務印書館，1968 年 3 月），卷十八，頁 262。

〔註 24〕見王格：〈書臨川集後〉，黃宗羲編選：《明文海》，收入《景印文淵閣四庫全書》，集部三九四，卷二百四十七，頁 21，總頁數 753。

〔註 25〕以上二段引文見陳植鍔：《北宋文化史述論》（北京：中國社會科學出版社，1992 年 3 月），第五章第一節，〈宋學與宋文〉，頁 406、407。

> 惟道之在政事，其貴賤有位，其後先有序，其多寡有數，其遲數有
> 時。制而用之存乎法，推而行之存乎人。其人足以任官，其官足以
> 行法，莫盛乎成周之時；其法可施於後世，其文有見於載籍，莫具
> 乎《周官》之書。(卷八十四〈周禮義序〉)

不僅指出道在政事、說明推行《周禮》制度的可能性，這一段文字更以三組
分別爲四句、二句、六句的駢句，整齊地呈現出文字節奏的協調性。印證了
陳植鍔所言，王安石注重適用，又兼顧道理與文辭。陳植鍔不僅繼承王格說
法，將王安石放在代表道的二程與代表文的二蘇之間，更肯定王安石既貴道
且能文，也以王安石重文辭、重學理來證明他在發展儒學的同時，學術思想
也浸染到文風當中，在論述的過程中，卻仍是古文家，不會變成儒學家。梁
啓超（1873～1929）曾說：「荊公之文，有以異於其它七家者一焉。彼七家者，
皆文人之文，而荊公則學人之文也。」〔註 26〕以「學人之文」稱譽王安石，
而與唐宋古文七家的「文人之文」作出區別，也是著眼於他文章中濃厚的學
術成分。蔡信發也認同王安石的經學涵養影響他的文風特色：「王安石的散
文，在唐、宋八大家中是很具特色的，是否該名列第一，不敢說；不過，至
少學養最厚，功力最深，應不成問題。若究其緣由，則是他的經學基礎太紮
實了，絕非其他七家所能相比。」〔註 27〕說明王安石中年文章與其他古文家
殊異之處，以厚實的學養應用到作品中。

第四節　晚年書寫在宋代顯現出的共相與殊相

　　宋代文風的共相，在歐陽脩等人推行古文運動的影響之下，除了重議論
之外，求平易也成爲宋文的另一特色，〔註 29〕包括用字、結構、整體風格，
都呈現平易的傾向。王安石文風奇崛在於結構、句式的安排獨特及氣勢凌厲，
不在用字艱澀，晚年因爲氣勢收斂，語氣和婉，結構簡單，文字的意思不再
爲文章議論的氣勢遮掩，在平淡的情緒中，更能夠充分被人注意它原本具備

〔註 26〕見梁啓超：《王荊公》（臺北：臺灣中華書局，1956 年 9 月），頁 194。
〔註 27〕見蔡信發：〈析論王安石的散文〉，《文史論衡——論學自珍集》，頁 205。
〔註 29〕陳平原說：「注重議論效果，推崇平易暢達，則幾乎是宋代文人的共同追求。」
　　　　「所謂『宋文平』與『宋文直』，後人對宋代文章判斷可能大相逕庭，卻都指
　　　　向宋文『平易多於奇險』的文體特徵。」見陳平原：《中國散文小說史》，第
　　　　四章第二節，〈宋代古文運動〉，頁 112。指出宋文追求平易的特質。

的語意，單純去感受文字所代表的意義。讓人感覺到王安石的文風有日漸平易的趨勢，更呼應他心情漸趨平靜的起伏。

一、共相：求平易的宋代文風

　　王安石晚年文章，因為情感趨於平靜，配合平易的用字、結構……等，使得整體表現出來的文風，遠離議論氣勢凌厲的年代，此由書信、箚子都看得出來。王安石剛回金陵時，寫了一封信給妹婿沈道原：

> 某啓：久不作書，然思一相見，極飢渴也。近因歙州葉戶曹至此，論及《說文》，因更思索鳥獸草木之名，頗為解釋。因悟孔子使人多識，乃學者最後事也。續當錄寄。道原何以淹留如此？若道原有除，吾甥當能一過江相見。諸欲面晤，何可勝言？此時四姐亦當可以一來相見矣。未閒，自愛。（卷七十五〈與沈道原舍人書二〉）

王安石當政時，許久未見妹妹一家人，此時得享空閒，除了告訴妹婿自己在解釋《說文》所錄文字過程中的所得，也希望能夠見到親人。這封信的結構極簡，主旨包括二件事：欲解釋事物名稱由來、想見親人。二個事件中各自交代因果關係：因為和葉戶曹說到《說文》，想要解釋其中鳥獸草木之名，之後有成果再和沈道原說明。第二件事是因為想念外甥及妹妹，所以希望沈道原的新任命決定之後，能和家人前來探望自己。文字淺顯，更能自然襯托出親情的溫暖。

　　元豐三年寫〈乞改三經義誤字箚子一〉，在列出《三經新義》錯字之前，有一段說明原由的文字如下：

> 臣頃奉勅提舉修撰經義，而臣聞識不該，思索不精，校視不審，無以稱陛下發揮道術、啓訓天下後世之意，上孤眷屬，沒有餘責。幸蒙大恩，休息田里，坐竊榮祿，免於事累。因得以疾病之間，考正誤失，謹錄如右。伏望清燕之間，垂賜省觀，儻合聖心，謂當刊革，即乞付外施行。臣干冒天威，無任云云。取進止。（卷四十三）

文章提到之所以必須修正錯字，缺失在於自己「聞識不該，思索不精，校視不審」，而能夠完成錯字的校對，功勞歸諸神宗，幸而有神宗答應罷相請求，自己退居鄉野，才有時間檢對錯字。這段文字的重點在於「考正誤失，謹錄如右」八字，之前主要是推崇神宗，之後則是呈上勘誤結果，希望神宗答應更正錯誤。全文無用典、生難字詞，掌握重點，剪裁適當，不失禮儀，也不覺累贅。

元豐七年（1084）作〈回蘇子瞻簡〉：

> 得秦君詩，手不能捨，葉致遠適見，亦以為清新嫵麗，與鮑、謝似
> 之，不知公意為何？余卷正冒眩，尚妨細讀，嘗鼎一臠，旨可知也。
>
> 公奇秦君，數口之不置，吾又獲詩，手之不捨。（卷七十三）

分別寫出葉致遠、自己和蘇軾讚美秦觀詩作的言辭、樣態：「清新嫵麗，與鮑、謝似之。」「手不能捨……嘗鼎一臠，旨可知也。」「數口之不置。」全文無難字，由讀者直接敘述、託借譬喻、讚譽的神情各方面來形容秦觀的詩，在不到七十字的篇幅說出秦觀詩風、以讀數篇見全貌來肯定整體的品質、以及形容讀者手不釋卷、讚不絕口的動作。靜態的描述，加上動態的記錄，王安石以流暢簡易的文字生動地襃揚秦觀的作品。

王安石晚年的作品，不論用字、結構都簡明易懂，篇幅不長，卻能完整表達意思，除了上與皇帝的箚子推恩之詞比較多，其餘作品甚少贅字、贅事，將語意濃縮至最省簡的文字當中，少了堅定的氣勢，卻多了和婉的風韻。

二、殊相：和婉中帶有衰疲、剛直

王安石晚年的文風趨向和婉，在辭官文字裡，在和婉之中，更能得見衰疲之氣：「今而耄矣，豈有能為？敢望睿明，許之致仕，實矜危朽，賜以全生。庶以衰殘，豫佚太平之樂，亦令遲暮，免離大耋之嗟。」（卷六十一〈乞致仕表〉）「既及眊衰而成疾，重遭憂衅以傷生。姑欲補完，唯當休惕。若任州藩之寄，仍兼將相之崇，是為擇地以自營，非復吁天之素志。」（卷五十七〈辭免使相判江寧府表一〉）「積致衰疲，所以懇辭機要。」（同上〈辭免使相判江寧府表二〉）由文字內容可以發現，王安石的衰疲來自他的健康不佳，他自認已無法再擔任官職，故請求退休，並拒絕其他職位。

儘管文字中的氣勢已明顯減弱，但王安石的剛直仍未消失殆盡。在寫給呂惠卿的信中，先問呂惠卿：「我何憾於公？……公何尤於我？……何舊惡之足念？」王安石已有先入為主的答案，每一個問句都帶有質問的語氣，又說二人「相呴以濕，不如相忘之愈也」（卷七十三〈答呂吉甫書〉），也決定了二人未來的關係。

王安石晚年文章雖見衰疲，但不至絕望，可見其意志力之強韌。偶現剛直，也能看到他個性中堅定的原則，雖不如中年凌厲，自有他的威嚴存在。這是一般和婉文字無法呈現的多重感受，源自王安石經歷一生，到了晚年回

顧、省思而出現的複雜情緒，也成爲他晚年文章的個人特色。

　　王安石中晚年的書寫之於他個人的意義在於中年後期過渡到晚年時，漸漸不再議論時政，轉而開始自我反省、抒發感慨，在情緒的宣洩中，重新尋求對自己的認同。中年到晚年的文風轉折，書寫內容由討論公務轉向個人私事最爲明顯。中年的書寫對王安石而言是「自我實現」，受到神宗的看重，爲了國事奮鬥。晚年的書寫則是「自我超越」，拋開以往習慣議論的筆觸，回歸文章體類本身的特質，採取平易的用字、結構，單純呈現主題要旨。中年文章呼應宋文重議論的共相，又因爲具備豐厚的學養，使得王安石在文學與學術上左右逢源，於宋人中自成一家之言。晚年則受心境影響，議論的特質漸漸消失，平易的特色卻日漸清晰，和婉的文風或帶有衰疲之氣，或不失剛直，主要入文的學術派別，則由儒家轉爲佛教，開發王安石淡樸和婉的另一面文風。

第七章　中晚年的文章評價及對後代的影響

　　結合文人對王安石中晚年文章的正、負面評價,包括批評的範圍、角度,不僅能夠得知其作品的優、缺點,還可以觀察王安石在歷代文人心中形象的轉變歷程。這些文學評論當中,持續流傳下來的,便成為王安石後來多為人知的文風。

　　宋代文人大多注意王安石與宋代其他作家相同之處,對其文學評價並不單純就文章而論,評價好壞或多或少受到其個性或政治立場左右。

　　比起宋人,明清之後的文人較能純粹就文學持平而論,明人開始注意王安石文章不同於其他宋代作家的特色,而清人多延續或深入明人的意見。有些明人評王安石中年之前文章的用語,如「健峭奇崛」,開始被清人援引至評論王安石中晚年的作品上,試圖涵蓋其一生的文風。進入民國,這種情形持續並普遍化。

　　經由王安石文章為後代學習的情形,以及他所影響的文人,可以看出王安石文風為後代關注的層面,也能輔證其代表性文風建立的過程。

第一節　文人對王安石中晚年文學的正面評價

一、同時讚美其文學、德行

　　宋人對王安石的文學評價並不單就文學而言,習慣與政治、個性……等

其他因素並列而觀，然後提出讚美或從中評其優劣。如歐陽脩說：「太常博士
羣牧判官王安石，學問文章知名當世，守道不苟，自重其身，論議通明，兼
有時才之用，所謂無施不可者。」「王安石德行文學爲眾所推，守道安貧，剛
而不屈。」〔註1〕認爲王安石學問文章的優點在於議論通明，德行則包括守道
安貧、潔身自愛、擇善固執，這是最早向皇帝談到王安石文學、德行的奏議。
韓琦則說：「安石爲翰林學士則有餘，處輔弼之地則不可。」〔註2〕吳奎（1011
～1068）讚美王安石文行高出常人，但處世迂闊。〔註3〕孫固（1016～1090）
在神宗詢問以王安石爲宰相是否可行時，四問四以此對：「安石文行甚高，侍
從獻納其選也，宰相自有度，而安石爲人少從容。」〔註4〕韓琦、吳奎與孫固
三人不約而同地肯定王安石的文學表現，但是對於他的處世能力及態度則有
微言。韓琦只說王安石不適合當宰相，無明言原因；吳奎說他迂闊；孫固說
他爲人少從容，不符合宰相處世需要具備寬廣度量的特質。可以推測，王安
石當時處世多果決，但偏於急促，不僅無法顧及很多細節，更缺少雍容大度
的風範與氣度，不適合獨當一面，領導眾官。

又如曾鞏說：「安石文學行義，不減揚雄，以吝故不及。……所謂吝者，
謂其勇於有爲，吝於改過耳。」〔註5〕點出了王安石個性的剛強自信，同樣推
崇王安石的文學、德行，但是也注意到個性中「吝」的缺失，會限制他在學術

〔註1〕 見〔宋〕歐陽脩：《歐陽文忠公文集》（臺北：臺灣商務印書館，1965年8月）
　　　　（四部叢刊初編集部，上海商務印書館縮印元刊本），卷一百十，〈再論水災
　　　　狀〉，頁844、〈薦王安石呂公著箚子〉，頁849。

〔註2〕 見《宋史・韓琦列傳》，〔元〕脫脫等撰：《宋史》，卷七十一，頁10229。又重
　　　　見於卷八十六，〈王安石列傳〉，頁10553。

〔註3〕 「九月戊戌，知制誥知江寧府王安石爲翰林學士，安石即受命知江寧，上將
　　　　復召用之。嘗謂吳奎曰：『安石眞翰林學士也。』奎曰：『安石文行實高出於
　　　　人。』上曰：『當事如何？』奎曰：『恐迂闊。』上弗信，於是卒召用之。」
　　　　見〔宋〕楊仲良撰：《資治通鑑長編紀事本末》，卷五十九，〈王安石事跡上〉，
　　　　頁1887、1888。

〔註4〕 見〔宋〕李燾撰：《續資治通鑑長編》，卷二百五十，頁4。同一件史事在《宋
　　　　史・孫固傳》也有記載：「（孫固）對曰：『安石文行甚高，處侍從獻納之職可
　　　　矣。宰相自有其度，安石狷狹少容，必欲求賢相，呂公著、司馬光、韓維其
　　　　人也。』凡四問，皆以此對。」見〔元〕脫脫等撰：《宋史》，卷一百，頁10874。
　　　　孫固明確說出適合擔任宰相的人選爲呂公著、司馬光、韓維。神宗接連問了
　　　　韓琦、孫固二人，表示他如果不是對任用王安石仍有疑慮的話，就是心中已
　　　　有定見，只是想試探大臣們的看法，所以儘管韓、孫二人均表反對，神宗還
　　　　是堅持自己的選擇，命王安石爲相。

〔註5〕 見《宋史・曾鞏列傳》，〔元〕脫脫等撰：《宋史》，卷三百一十九，頁10392。

之外其他領域發揮的空間。司馬光說：「王安石文辭閎富，世少倫比，四方士大夫素所推服。」「介甫獨負天下大名三十餘年，才高而學富，……其失在於用心太過、自信太厚而已。」「介甫文章節義過人處甚多，但性不曉事而喜遂非，致忠直疏遠，讒佞輻輳。」〔註6〕〈與王介甫書〉批評王安石過於自信；〈與呂晦叔簡二〉則說他處理事情與選擇同僚的能力都有問題，不明事理，捨是逐非。雖然司馬光與王安石於變法期間是政敵，不過司馬光於嘉祐五年（1060）所作的〈辭修注第四狀〉、〔註7〕熙寧三年（1070）的〈與王介甫書〉，元祐元年（1086）的〈與呂晦叔簡二〉，一直肯定王安石的文筆。蘇軾說：「王氏之文，未必不善也，而患在於好使人同己。」〔註8〕以文著名當世的蘇軾也以「善」來評論王安石的文章，不過提及王安石的動機是想統一文人的思想，並不可取。

南宋的朱熹說：「以文章節行高一世，而尤以道德經濟為己任。」〔註9〕魏了翁（1178～1237）說：「元祐諸賢，號與公異論者，至其為文，則未嘗不推許之。」〔註10〕南宋人也贊同王安石的文學成就，與北宋人同樣會配合政治情勢而論，朱熹論王安石的文章節行，便以變法相關的經濟及「一道德」的主張為對照，魏了翁更是特別強調透過政敵的推尊，來提昇王安石的文學地位。

羅列了眾人的評價，首先發現北宋文人對王安石在文學、品德上多所稱讚，但僅有歐陽脩未侷限王安石適合的官職類型，稱他「無施不可者」。韓琦、吳奎、孫固均在變法之前，就認為王安石只適合翰林學士之類首重文才的文官，認同王安石的文學才能，而否定他的處世方式。曾鞏、司馬光、蘇軾與王安石相處的時間較久，他們配合王安石的個性論其文學成就，多讚譽文章，而批評個性有不足之處。變法之前，文人對王安石文章的正面評價涵蓋了文

〔註6〕　見〔宋〕司馬光：《溫國文正司馬公文集》（臺灣：臺灣商務印書館，1965 年 8 月）（四部叢刊初編集部，上海商務縮印常熟瞿氏藏宋紹興本），卷十七，〈辭修注第四狀〉，頁 188；卷六十，〈與王介甫書〉，頁 450；卷六十三，〈與呂晦叔簡二〉，頁 474。

〔註7〕　繫年見〔明〕馬巒：《司馬溫公年譜》，收入《司馬光年譜》（北京：中華書局，2006 年 6 月），卷一，頁 321。

〔註8〕　見〔宋〕蘇軾：《蘇東坡全集》（臺北：世界書局，1964 年 2 月），前集卷三十一，〈答張文潛縣丞書〉，頁 376。據吳雪濤考證，此文作於元豐八年十二月。見吳雪濤：《蘇文繫年考證》（呼和浩特：內蒙古教育出版社，1990 年 2 月），頁 210、211。

〔註9〕　《宋史・王安石列傳》，見〔元〕脫脫等撰：《宋史》，卷八十六，頁 10553。

〔註10〕　見〔宋〕王安石撰、李雁湖箋註、劉須溪評點：《箋註王荊文公詩》（臺北：廣文書局，1960 年 3 月）（元大德刊本），頁 4。

章的內容與形式，到了與王安石同朝爲官的司馬光、蘇軾等人，因爲不同意王安石的思想，便只限於讚美王安石的文筆，對文章內容與爲文動機有所保留。南宋人也習慣以政治與文學的角度，並觀王安石在政爭年代的文學才能，大抵延續北宋人的說法，而後代文人如此就文學整體，甚至包括德行來評論王安石的說法比較少見，他們比較重視王安石作品中的殊相，看到了宋代作家忽略的地方，例如文風延續與變動。如明代的華希閔說：「介甫初年，刻意勵行，故文特峭潔，兀臬不群，睥睨當世，成一家言。當國以後，議者蜂起，救過不遑。投老鍾山，始自悔艾，而意象薾矣。」〔註11〕明確點出後人所謂王安石「一家言」的作品其實多成於早年，中年因爲公務繁忙，創作數量減少，而晚年文章氣勢日趨頹疲。然而，如此整體而觀的評論畢竟是少數，大部分的後學還是持一個特定的切入點，來觀看王安石一生中某個文體或某篇文章的呈現情形。

二、用字淡樸

王安石爲文用字並不奇崛，宋人多如此認定。吳子良（1197～1256）：「文字之雅淡不浮、混融不琢、優游不迫者，李習之、歐陽永叔、王介甫、王深甫、李太白、張文潛，雖其淺深不同而大略相近。居其最，則歐公也。」〔註12〕朱熹：「江西歐陽永叔、王介甫、曾子固文章如此好。至黃魯直一向求巧，反累正氣。」〔註13〕黃震：「公之啓皆平易如散文，但逐句字數相對以便讀耳。」〔註14〕由上可知，宋人多讚賞文士用字平易、不求巧僻之外，也認爲王安石平易的用字近似歐陽脩。可是歐、王二人的文風相差甚大，歐陽脩委婉紆餘，王安石峭直理長。這表示用字奇崛容易使風格艱澀，用字平易卻和文風走向沒有絕對的關係，可以婉轉，也可以峭健。〔註15〕

〔註11〕見〔清〕葉元墀：《睿吾樓文話》，收入王水照編：《歷代文話》，第六冊，頁5488。

〔註12〕見〔宋〕吳子良：《荊溪林下偶談》，收入王水照編：《歷代文話》，第一冊，頁569。

〔註13〕見〔宋〕黎靖德編：《朱子語類》（臺北：文津出版社，1986年12月），卷一百三十九，頁3315。

〔註14〕見見〔宋〕黃震：《黃氏日抄》，卷六十四，頁723。

〔註15〕陳植鍔曾說長於議論是概括北宋古文相同的一面，但細究每個作家，文風多不相同，如歐陽脩平易舒暢；王安石峭拔峻刻；蘇軾汪洋恣肆。宋文能夠在許多方面都爲後世提供典範，「道同而文章不必相似」的創新精神是一個重要原因。見陳植鍔：〈宋學和北宋其他文化層面〉，《北宋文化史述論》，第五章

　　蘇軾說王安石：「瑰瑋之文，足以藻飾萬物。」〔註16〕「瑰瑋」指文字華麗，表示他具備羅織美文的能力，只是多藻飾的文字大抵出現在駢文中，寫作古文，王安石習慣選擇質樸的字詞。如晚年請求捨屋爲寺一事，提到自己與王雱屢受皇恩，在以古文寫作的箚子中說：「知獎眷憐，逮兼父子，戴天負地，感涕難勝。……願以臣今所居江寧府上元縣園屋爲僧寺一所。」（卷四十三〈乞以所居園屋爲寺并乞賜額箚子〉）謝表說：「賤息奄先於犬馬，頹齡俯迫於桑榆。獨念親逢，莫有涓埃之補報；永惟宏願，豈忘香火之因緣。」（卷六十〈詔以所居園屋爲僧寺及賜寺額謝表〉）「奄先」、「頹齡」、「桑榆」、「涓埃」即偏向蘇軾說的較重雕飾的文字，箚子中的用字明顯質樸許多。另外，箚子「戴天負地、感涕難勝」的語意，在謝表裡也舖陳爲「獨念親逢，莫有涓埃之補報；永惟宏願，豈忘香火之因緣」。都能夠證明蘇軾所言不假，並列箚子與表，也印證王安石古文中的用字多質樸。

　　當時歐陽脩鼓吹古文，爲了有別於太學體的奇拗，「用字淺易」便成爲歐陽脩文學觀的基本主軸。受到歐陽脩影響的文人，寫作風格不一定和他如出一轍，但創作的要旨大抵不離此，所以宋人以「用字難易」來歸納唐、宋文人群體，實有提振、支持古文運動的意味，或是呈現當時這個蔚爲風潮的情形，但並不代表畫入同一範圍的文人文風必然相近。

三、文本經術

　　「文本經術」的評論主要針對王安石晚年之前的文章，如茅坤（1512～1601）說：「荊公之文本經術處多。」「荊公學本經術，故其記文多以經術爲案。」〔註17〕王宗沐（1523～1591）在爲《臨川文集》作序時說：「公文章根抵六經，而貫徹三才。其體簡勁精潔，自名一家。」〔註18〕應雲鸞說：「公學本經術。」〔註19〕王宗沐說王安石自名一家是由於簡勁精潔，此得力於他根抵六經、貫徹三才，融會學術，用字不冗，言峻力足。明人注意到王安石爲文的「本」源於六經，認爲這是他自成一家之言，與其他文人區別之處。明

　　　第一節，頁 420。
〔註16〕見〔宋〕蘇軾：《蘇東坡全集》，外制集卷上，頁 598。
〔註17〕見〔明〕茅坤評選：《王荊公文鈔》，卷七，頁 21，總頁數 169；卷七，頁 15，總頁數 163。
〔註18〕見〔宋〕王安石：《臨川先生文集》，王宗沐所作〈臨川文集序〉，頁 2。
〔註19〕見〔宋〕王安石：《臨川先生文集》，應雲鸞所作的後序，頁 648。

人已經開始尋找王安石不同於其他文人之間的特點，王安石文風特色的建立也逐漸慢慢成形。

清人不僅繼承明人對王安石文章「文本經術」的評論，更進一步提出王安石化用經典以爲己用的批評。如吳德旋（1767～1840）便明確指出王安石博覽群書，化用經典以爲己語：「古來博洽而不爲積書所累者，莫如王介甫。渠作文直不屑用前人一字，此所以高。其削盡膚庸，一氣轉摺處，最當玩。」〔註20〕利用雄厚的學術根柢，學習前人爲文的長處又不落入窠臼，開展文章起伏跌宕的幅度，避免持續引用原典的呆板累贅。

儲欣也說：「曾、王之文，並出經術。」〔註21〕而且他有更深入的說明，他認爲後人之所以評論王安石的文章「曰幽以遐，曰峭以刻」，原委在於深厚的經學底子，但最重要的源頭是他「能化也」，〔註22〕意謂化用前人的典故或言論，不受前人言論所拘，能融古創新，從中發掘新意，增加文章在內容上的層次感。這是儲欣歸納王安石兼擅幽舒、峭刻風格，不拘長篇、短章皆無所不能的原因。宋人學問淵博者不在少數，清人除了看出王安石的學術根柢，更觀察到他運用學術融入文學而自成一家的開發，推論出「轉化經典以爲己用」是成就王安石文學特色最主要的來源。

這種「文出自經學」的說法延續到民國，林紓說王安石的文字：「皆源本經術。」〔註23〕茅坤在評點王安石文章時，已經指出他的多數記體文本於經術，加上王安石的箚子、序……等也都有類似的作法，所以林紓言及王安石文字源自經學的比例時，以「皆」來涵攝他所有的文章，雖不免言過其實，但不難看出這種文學與經學共融的現象確實普遍存在。

四、文風簡古

宋代已經有作家提到「文簡」的主張，歐陽脩爲了配合尹洙（1001～1046）

〔註20〕見〔清〕吳德旋撰、呂璜整理：《初月樓古文緒論》，收入《叢書集成初編》（上海：上海商務印書館，1939年12月），頁5。

〔註21〕見〔清〕儲欣：《唐宋十大家文集》，收入《四庫全書存目叢書》（臺南：莊嚴文化事業，1997年6月），集部四〇五，頁239。

〔註22〕以上二段引文同前註，〈臨川先生全集錄序〉，頁711。清末民初的學者高步瀛也曾評王安石的文章「用古能化，荊公所長」，見高步瀛：《唐宋文舉要》，乙編卷四，頁1624。

〔註23〕見〔清〕林紓著：《春覺齋論文》，收入王水照編：《歷代文話》，第七冊，頁6398。

「文簡而意深」的風格，特別提到爲他作的墓誌銘「用意特深而語簡」。〔註24〕陳騤（1128～1203）說：「事以簡爲上，言以簡爲當。言以載事，文以著言，則文貴其簡也。文簡而理周，斯得其簡也，讀之疑有闕焉，非簡也，疏也。」〔註25〕王安石自己也曾稱讚爲《詩經》作序者「言約而明」（卷七十二〈答韓求仁書〉）、邵必文章「詞簡而精」（卷七十五〈上邵學士書〉）、楊樂道爲文「莊厲謹潔」（卷八十四〈新秦集序〉），但是王安石的文筆簡潔似乎到了明代之後才比較爲人注意，且往往與「古」連用。

　　明代茅坤已經開始用「簡古」評點王安石的文章，例如茅坤評王安石〈《老杜詩後集》序〉（卷八十四）：「深沉之思，簡勁之言。」評〈廬山文殊像現瑞記〉（卷八十三）：「荊公之文，其長在簡古而多深沉之思。」〔註26〕王安石於〈《老杜詩後集》序〉中說：「予考古之詩，尤愛杜甫氏作者。……觀之，予知非人之所能爲，而爲之實甫者，其文與意之著也。」（卷八十四）文章開頭表露對杜詩的喜愛，言簡有力，茅坤所謂的深沉之思，應是指王安石能夠由文與意來辨別詩作是否爲杜甫所作，不過王安石沒有明確說這種思維從何而來。另一篇〈廬山文殊像現瑞記〉（卷八十三）的文字也很簡潔，文中提到幻、實之辨，拋出「幻、實果有辨乎」（同上）的問題，作者沒有回答。可見茅坤評王安石文章有「深沉之思」，在於王安石不完全點明思索的過程，也不提供自己的答案，而留給讀者想像、思考的空間。

　　另外，可以推知茅坤所評的「古」即是指文章有言外之意，可以無限延伸，

〔註24〕以上二段引文見〔宋〕歐陽脩：《歐陽文忠公文集》（四部叢刊初編集部，上海商務印書館縮印元刊本），卷七十三，〈論尹師魯墓誌〉，頁546。羅聯添曾說：「尹洙古文，歐陽修稱爲『簡而有法』。這四字是尹洙古文特色，歐陽修學之不渝，也成爲歐陽古文特色之一。」見王夢鷗等著：《中國文學的發展概述》（臺北：中央文物供應社，1982年9月），第三篇第四章第一節，〈前驅作家〉，頁160。歐陽脩也接納了「文簡」的寫作方式。何寄澎詳細討論過歐陽脩「簡而有法」的文章作法，見何寄澎：〈論歐陽修的「簡而有法」〉，《幼獅學誌》（1987年5月），第十九卷第三期，頁147～180。王基倫則是提出「簡而有法」的眞義，是指語句簡約而用意特深，尤其能達到《春秋》那種簡重嚴正的風格。見王基倫：〈有關歐陽修研究的幾個問題〉，《唐宋古文論集》（臺北：里仁書局，2001年10月），頁205～210。
〔註25〕見〔宋〕陳騤：《文則》，收入《叢書集成初編》（上海：上海商務印書館，1937年12月），卷上，頁2。
〔註26〕上二段引文見〔明〕茅坤評選：《王荊公文鈔》，卷六，頁6，總頁數138。卷八，頁6，總頁數186。

義深而廣。「古」與「深沉之思」有關，王安石文簡意不簡，所以茅坤除了評論其文用語簡潔之外，大多不忘附上「深沉之思」，表示寓意深遠，這也標舉出王安石文章的價值所在。茅坤說：「荊公之書多深思遠識，要之於古之道，而其行文處往往遒以婉，剗以刻，譬之入幽谷邃壑，令人神解而興不窮，中有歐、蘇輩所不及處。」「荊公文往往好爲深遠之思、遒婉之調，然亦思或入於渺，而調或入於詭，須細詳得之。」〔註27〕以文字營造合於古道的思考空間，行文層層深入，讀者隨著他的文字逐層思索，然後有所得。這是後人覺得王安石文字簡潔但含義深刻豐富的原因，雖然語簡，但合於古道，值得深思。

清初文人張謙宜（1648～1731）說：「敘事以簡古爲難。文太繁密，便不疏豁。」〔註28〕獨立提出簡古爲文章的優點，似乎已成爲寫作的要例。清人也譽王安石的文章「簡古」，如李紱說：「荊公生平爲文，最爲簡古。其簡至於篇無餘語，語無餘字，往往束千百言十數轉於數行中。其古至於不可攀躋蹤跡，引而高如緣千仞之崖，俯而深如縋千尋之谿，而曠而愈奧，如平楚蒼然而萬象無際。」〔註29〕以「簡古」作爲王安石一生文風整體評論，可見王安石的作品符合清代文人寫作、評析文章的要點，鞏固他古文大家的地位。

此外，清人評王安石的單篇作品，多提出「簡潔」爲其特色，早年、中年、晚年的作品均有此評價。早年作品如劉大櫆（1698～1779）評〈孔處士墓誌銘〉（卷九十八）：「洗發處士高行，言簡潔而意深。」〔註30〕中年如姚鼐（1731～1815）評〈書義序〉（卷八十四）：「足尙絜淨二字。」〔註31〕晚年如張裕釗（1823～1894）評〈王平甫墓誌〉（卷九十一）：「文之簡潔謹嚴，殆無一膳語。」〔註32〕不過如同明人作法，清人評王安石文章簡潔之外，也會補充意深、謹嚴，代表儘管文筆精潔，文章內容與風格仍有深度。

〔註27〕同前註，卷四，頁1，總頁數75。卷七，頁1，總頁數149。
〔註28〕見〔清〕張謙宜：《更定文章九命》，收入王水照編：《歷代文話》，第四冊，頁3903。
〔註29〕見〔清〕李紱：《李穆堂詩文全集》（據清道光辛卯（十一）年珊城阜祺堂重刊本影印，1998年），卷四十三，〈與方靈皋論刪荊公虔州學記書〉，頁8。
〔註30〕見姚鼐輯、王文濡校注：《古文辭類纂》，卷四十八，〈碑誌類下編八〉，頁10。
〔註31〕同前註，卷十，〈序跋類五〉，頁8。
〔註32〕同前註，卷四十九，〈碑誌類下編九〉，頁5。

五、自出機杼

　　明人重視帶有王安石風格的「一家之言」，王格說：「奇辭遠旨，多有世儒所未窺者。」〔註33〕茅坤說：「王荊公湛深之識，幽渺之思，大較並本之古六藝之旨，而於其中別自爲調，鑱刻萬物，鼓鑄羣情，以成一家之言者也。」評王安石的碑狀：「王荊公獨自出機軸，多巉畫曲折之言，其尤長者往往於序事中一面點綴著色，雋永迭出，令人覽之如走駿馬於千山萬壑之中，而層巒疊嶂，應接不暇。序事中之劍戟也。」〔註34〕王安石能看到別人未見之處，得以書寫的內容就比一般人來得深、廣。且王格比較的對象爲「世儒」，不僅強調王安石的儒學背景比普通儒者厚實，作品的文學價值也不因爲注重儒學而削弱。茅坤認爲王安石文章足稱一家之言的原因，在於他援引儒學之際，還能融鑄出自己獨樹一格的思想，同樣是描寫外物或抒發感受，在特有的知識基礎上，觀察格外入微，體會也比別人獨特。

　　方苞（1668～1749）評《三經新義》的序：「三經義序指意雖未能盡應於義理，而辭氣芳潔，風味邈然，於歐、曾、蘇氏諸家外別開戶牖。」〔註35〕焦循（1763～1820）：「余按王氏之文獨成一家，其善正在不與人同。」〔註36〕均指出王安石「不與人同」的特點，方苞說關鍵在於「辭氣芳潔，風味邈然」，而焦循沒有明言。

　　如果並觀歐陽脩、曾鞏、蘇軾與王安石的「序」，歐陽脩爲人作詩集、文集序，會詳細介紹作者生平事蹟，如〈釋秘演詩集序〉、〈釋惟儼文集序〉，而後才說書籍篇帙數量與詩文風格，著墨作者的部分高過詩文集。就連《詩譜》作者未明，歐陽脩也說：「昔者聖人已沒，六經之道，幾熄於戰國，而焚棄於秦。自漢已來，收拾亡逸，發明遺義，而正其訛繆，得以粗備，傳於今者，豈一人之力哉！」〔註37〕仍然設法交代作者成書的經過。曾鞏的序類似歐陽

〔註33〕見王格：〈書臨川集後〉，《明文海》，收入《景印文淵閣四庫全書》，集部三九四，卷二百四十七，頁 21，總頁數 753。

〔註34〕上二段引文見〔明〕茅坤評選：《王荊公文鈔》，〈王文公文鈔引〉，頁 1；卷十一，頁 1，總頁數 239。

〔註35〕見〔清〕方苞：《古文約選》，〈王介甫文約選〉，頁 38，總頁數 1044。

〔註36〕見〔清〕焦循：《易餘籥錄》（臺北：文海書局，1968 年 2 月），卷十六，頁 3，總頁數 371、372。

〔註37〕見〔宋〕歐陽脩：《歐陽文忠公文集》（四部叢刊初編集部，上海商務印書館縮印元刊本），卷四十一，〈釋秘演詩集序〉，頁 307、308；〈釋惟儼文集序〉，頁 308、309；〈《詩譜》補亡後序〉，頁 309、310。

脩詳加記錄的作法，不過重點在書籍本身，而非人物。曾鞏習慣會在序的開頭先介紹書的體例及內容，如〈新序目錄序〉：「劉向所集次《新序》三十篇，〈錄〉一篇，隋唐之世，尚爲全書，今可見者，十篇而已。」十分重視記載書籍亡佚、流傳的情形、時間。〈戰國策目錄序〉：「劉向所定《戰國策》三十三篇，《崇文總目》稱十一篇者闕。臣訪之士大夫家，始盡得其書，正其誤謬，而疑其不可考者，然後《戰國策》三十三篇復完。」〔註38〕足見考證工夫十分紮實。蘇軾的書序也以作者爲主，與歐、曾不同在於蘇軾多引旁事或道理爲開頭，再切入作者與書籍的關係。如〈王定國詩集序〉：「太史公論詩，以爲國風好色而不淫，小雅怨誹而不亂，以余觀之，是特識變風、變雅耳。」連結王定國被貶嶺南，所作的詩卻「清平豐融，藹然有治世之音，其言與志得道行者無異」，他的詩「發於情，止於忠孝者」，較「變風發乎情，雖衰而未竭，是以猶止於禮義」更勝一籌，蘇軾自言對王定國的讚賞已由詩擴及其人。又如〈范文正公文集敘〉：「慶曆三年，軾始總角入鄉校。士有自京師來者，以魯人石守道所作〈慶曆聖德詩〉示鄉先生，軾從旁竊觀，則能誦習其詞。問先生以所頌十一人者，何人也？先生曰：『童子何用知之？』軾曰：『此天人也耶？則不敢知，若亦人耳，何爲其不可？』先生奇軾言。」〔註39〕蘇軾年方八歲，就在學校聽聞范仲淹的大名，但是嘉祐二年（1057）舉進士進京師時，范仲淹已經過世，蘇軾來不及見他一面，可是對其人其文的佩服卻是由八歲以來未曾改變。

再看王安石爲《三經新義》作的序，會發現王安石緊靠著主題書寫，如〈周禮義序〉：「士弊於俗學久矣，聖上閔焉以經術造之，乃集儒臣訓釋厥旨，將播之校學，而臣某實董《周官》。」（卷八十四）一開頭便說明成書的目的，是爲了當作學校的教材。之後闡述《周禮》的重要性，以及《周禮新義》成書的原因：「學者所見，無復全經。於是時也，乃欲訓而發之。……立政造事，追而復之……」（同上）包含釐清學術解釋及追溯變法根源的考量，最後才說《周禮新義》一書「二十有二卷，凡十餘萬言」（同上）。〈詩義序〉主旨也十分明確：「《詩》三百十一篇，其義具存，具辭亡者，六篇而已。上既使臣雱

〔註38〕見〔宋〕曾鞏著：《元豐類藁》（四部叢刊初編集部，上海商務印書館縮印烏程蔣氏密韻樓藏元刊本），卷十一，〈新序目錄序〉，頁89；〈戰國策目錄序〉，頁92、93。

〔註39〕見〔宋〕蘇軾：《蘇東坡全集》，前集卷二十四，〈王定國詩集敘〉，頁311、312；〈范文正公文集敘〉，頁313、314。

訓其辭，又命臣某等訓其義。書成，以賜太學，布之天下，又使臣某爲之序。」（同上）作序始末一目瞭然，後文也談到《詩經》的重要性以及《詩經新義》成書原因，同樣爲了要解決眾說紛紜的詮解，想訂出一個可供遵循的說法。〈書義序〉更爲簡潔：「熙寧二年，臣某以《尚書》入侍，遂與政。而子雱實嗣講事。有旨爲之說以獻。八年，下其說太學。」（同上）先說自己及王雱與《尚書》的關係，再言神宗發現《尚書》的實用，可以提供施政參考，並「命訓其義，兼明天下後世」（同上），故有《尚書新義》一書問世。

　　看過歐陽脩、曾鞏、蘇軾、王安石的序文，可以更了解方苞所謂「辭氣芳潔，風味邈然」的意思。辭氣芳潔指就事論事，不餘一語的表現；風味邈然是深入原典，治學嚴謹的感受。雖說曾鞏也是以客觀的書爲主，考證信實，但語言的精闢程度不及王安石，而歐陽脩的藉人興情、蘇軾的靈動善喻都有個人的特色，不過王安石清晰的理路、貼近主題的書寫樹立了自己的風格，他能夠在歐陽脩、曾鞏、蘇軾等大家之外另闢天地，即使題材相近，卻能以獨特的筆觸寫出王安石式的文章，「不與人同」，可以從中得見王安石深遠的識見與深厚的筆力。

六、追步韓愈

　　歐陽脩很早就提出王安石爲文學韓愈：「勿用造語及摸擬前人，……孟、韓文雖高，不必似之也，取其自然耳。」〔註 40〕他希望王安石不要刻意模仿孟子與韓愈爲文。清人則是注意到王安石寫作墓誌銘與韓愈之間的承接關係，張謙宜說：「昌黎墓誌有無繫詞者，此漢人法。有繫詞不用韻者更古，仿頌體也。有不用序，姓氏、官閥、家世，俱以韻語括之者。有序略詞詳，家世功勞俱入韻語者，此格最難穩愜，須有大力驅駕，方不累墜，後惟王半山仿此體似之。」〔註 41〕張謙宜認爲王安石仿韓愈「序文簡略，銘文詳細」的部分最像，陳玉蓉說韓愈以序文爲墓誌的主體，銘辭與序是「互文共構」的關係，而王安石的墓誌銘與韓愈的作法不盡相同，王安石的作品「在形式上是往傳統墓誌銘以四言韻文組織全篇的作法回歸；但性質上則是將序文與銘

〔註40〕見〔宋〕曾鞏著：《元豐類藁》（四部叢刊初編集部，上海商務印書館縮印烏程蔣氏密韻樓藏元刊本），卷十六，〈與王介甫第一書〉，頁 125、126。歐陽脩託曾鞏將自己的建議轉告王安石。

〔註41〕見〔清〕張謙宜：《更定文章九命》，收入王水照編：《歷代文話》，第四冊，頁 3904。

辭的地位倒置,以銘辭作爲敘事載體,功能以及整體表現上,又與傳統墓誌銘作法有所差異」。張謙宜與陳玉蓉的說法並不衝突,韓愈以序爲墓誌主體的作法爲多,但也有序略詞詳的作品,也就是陳玉蓉說的「互文共構」,序文簡略帶過之處,由銘辭來補足。而王安石的墓誌銘提昇了銘辭的獨立性,甚至有「以銘辭作爲撰述墓主生平之主要載體」的作法,〔註42〕張謙宜所謂的「仿」便是指這個部分。

方苞則是由「變」的角度切入,認爲王安石的墓誌銘除了有別於韓愈的作品之外,仍有依循的部分:「退之、永叔、介甫具以誌銘擅長,……介甫變退之之壁壘,而陰用其步伐。」〔註43〕方苞的意思是二人的墓誌銘,表面上有不同的呈現,但其實有些作法是一樣的。韓愈撰寫墓誌銘的題,稱字、名、官職、先生,均代表不同含義,如對「同調至友」稱其字。〔註44〕王安石則沒有區分得這麼清楚,王安石中晚年所作的墓誌文字,稱墓主的字包括〈王平甫墓誌〉(卷九十一)、〈王補之墓誌銘〉(同上)、〈張常勝墓誌銘〉(卷九十七),分別爲弟弟、同學、姻親兼學生而作。王安石記他與王補之的交情:「君寡合,常閉門治書,唯與予言莫逆。當熙寧初,所謂質直好義,不爲利疚於回而學不厭者,予獨知君而已。」(卷九十一〈王補之墓誌銘〉)王補之只與王安石暢談,王安石也知道他的優點,故嚴格來說,三位墓主中,只有王補之可歸爲同調至友。王安石在題目上的區別意識沒有韓愈那麼明確,不過在寫作的結構上力求變化,倒是與韓愈不謀而合。〔註45〕如〈王平甫墓誌〉開頭:「君臨川王氏,諱安國,字平甫。」(同上)後說他的譜系,再言他有文才卻不第、又遇母喪而不試、因大臣推薦而爲官。〈王補之墓誌銘〉開頭則是:「君南城人王氏,諱旡咎,字補之。」(同上)後言其因貧爲官、皇帝命其在京師教書卻卒、個性寡合好義。〈張常勝墓誌銘〉說:「君湖州烏程縣人,姓

〔註42〕 上二段引文見陳玉蓉:《歐陽脩與王安石墓誌銘研究——以韓愈文體改創爲中心的討論》(臺北:政治大學中文研究所碩士論文,2004 年),第四章第一節,〈王安石墓誌銘作品形式特徵〉,頁 112、110。

〔註43〕 見方苞:《古文約選》(臺北:廣文書局,1969 年 3 月),〈古文約選凡例〉,頁5,總頁數 10。

〔註44〕 見葉國良:〈韓愈冢墓碑誌文與前人之異同及其對後世之影響〉,《石學蠡探》(臺北:大安出版社,1989 年 5 月),頁 52。葉國良歸納出韓愈對「同調至友」稱其字。

〔註45〕 同前註,頁 47～83。包括墓誌銘的題中單稱墓主的字爲韓愈首創,全力以古文爲序,銘文的句式、用韻變化多端……等,都是韓愈的墓誌銘求變之處。

張氏，名文剛，字常勝。」（卷九十七）後簡單形容他「好學、能文、孝友」
（同上），但舉進士不第。就這三篇作品來看，記載的事大同小異，但是除了
開頭的格式一致之外，王安石就個人際遇，來決定敘述事件的先後順序，營
造出不同的感覺。先說王平甫有文才、孝母，來淡化皇帝是因其兄為王安石，
而特賜恩德錄用平甫為官的偏私聯想。敘王補之，則是凸顯他的好學尚義，
不以任官為先，出仕為了養家，也不刻意求官，符合他的個性。為張常勝作
墓誌，說明他具備各種德行，但仕途不順，本來大有可為，卻英年早逝，在
最後「才足以貴，而莫之知，善足以壽，而止於斯，嗚呼逝矣兮」（同上）的
銘辭中表達自己的惋惜。故「變退之之壁壘」，除了陳玉蓉所言，王安石對於
韓愈墓誌銘形式與性質的轉變，也包括王安石在題目上的稱謂沒有固定的代
表意義。「陰用其步伐」則是除了銘辭與序「互文共構」之外，如果墓主為熟
識的人，王安石的作法類似韓愈，在結構安排或事件的選取上，特別著墨他
值得為後人追思的優點。而王安石碑誌文字結構多變的特色，前人也已指出，
如梁啟超說王安石：「集中碑誌之類，殆二百篇，而結構無一同者，或如長江
大河，或如層巒疊嶂，或拓芥子為須彌，或籠東海於袖石，無體不備，無美
不搜，昌黎而外，一人而已。」〔註46〕柯昌頤說：「《臨川全集》碑誌一類，
凡百餘篇，而結構無一雷同者。其紀述文之美，信足以上抗昌黎。」〔註47〕
都是說明王安石墓誌書寫的結構多有變化，且與韓愈並稱，由此證明二人在
墓誌銘書寫上的關聯。

七、文風峭勁

　　清人注意到王安石中晚年仍有遒勁峻厲的文章，〔註48〕如吳汝綸評〈答司
馬諫議書〉（卷七十三）：「固由兀傲性成，究亦理足氣盛，故勁悍廉厲，無枝葉

〔註46〕見梁啟超：《王荊公》，頁195、196。
〔註47〕見柯昌頤編：《王安石評傳》（上海：上海商務印書館，1947年），頁258。
〔註48〕關於王安石文風峭勁奇崛，早在明代就有人提出，如：茅坤評〈上杜學士書〉
　　　　（卷七十六）：「語意遒勁。」〈送李著作之官高郵序〉（卷八十四）：「遒勁。」
　　　　〈祭范潁州文〉（卷八十五）：「多奇崛之氣。」〈祭高師雄主簿文〉（卷八十五）：
　　　　「奇崛之文。」見〔明〕茅坤評選：《王荊公文鈔》卷四，頁9，總頁數83、
　　　　卷六，頁9，總頁數141、卷十六，頁13，總頁數398、卷十六，頁16，總頁
　　　　數401。不過茅坤提出來的作品多屬於王安石早年的創作。一直到清代，類似
　　　　的評論出現在王安石中晚年的作品上，可見清人是有意以峭健的角度，全面
　　　　檢視王安石的文章。

如此，不似〈上皇帝書〉時，尚有經生習氣也。」〔註49〕姚鼐評〈寶文閣待制常公墓表〉（卷九十）：「文特峻而曲。」〔註50〕但這些帶有遒勁風格的作品，在中晚年的創作畢竟屬於少數。清人往往標舉王安石中、晚年少數的峭健作品，卻不常論及晚年創作比例較高的和緩文風，足見清人有意強調王安石有別於宋代其他作家的峭健文風，而忽略實際創作的數量變動以及文風的轉折現象。

清人這種普遍的認知也造成了後人對王安石文風產生「以偏概全」的誤差觀念，大量著墨峭健遒勁，〔註51〕容易使人誤會這就是王安石終其一生的代表文風。其實像「老年待盡，若復得一相見，豈非幸願。今歲暑雨特甚，多於北山，平生未嘗畏暑，年老氣衰，復值此非常氣候，殊爲憊頓。」（卷七十四〈與吳特起書〉）「無緣造詣，豈勝企仰，某衰疾日積，待盡丘園，每荷眷記，但深感切。」（卷七十八〈與王宣徽書三〉）這二封作於王安石晚年的書信，多感嘆健康不佳，期盼與親友會面。和婉抒懷實爲王安石晚年書信的主要風格，但清人多直抒其峭健，如魏禧（1624～1680）說：「介甫如斷岸千尺，又如高士豀刻，不近人情。」〔註52〕陳康黻延續魏禧的說法並加以解釋：「荊公爲文，好爲曲折瘦硬，盤旋一氣。後人狀其文，謂如孤松百仞，斷岸千尺，秋高氣爽，健鶻摩空，非過譽也。」〔註53〕魏禧、陳康黻純以孤松斷岸形容王安石的文風，評論其文不近人情、瘦硬，並沒有考慮到王安石進入中年、晚年，文風產生的轉變。民國之後的文人也有類似的想法，如劉師培：「介甫之文最爲峭峻，而短作尤悍屬絕倫且立論極嚴，如其爲人。」〔註54〕呂思勉（1884～1957）說：「荊公文，世皆賞其拗折。」〔註55〕倪志儞：「（王安石）所作散文，亦如其人，簡錬雄潔，拗折峭深，有精悍之氣與燦爛之光。」〔註56〕蔡信發說：「他的文章，峭折簡勁，

〔註49〕見姚鼐輯、王文濡校注：《古文辭類纂》，卷三十，〈書說類七〉，頁 13。

〔註50〕同前註，卷四十七，〈碑誌類下編七〉，頁 5。

〔註51〕如張裕釗評王安石〈答韶州張殿丞書〉（卷七十三）：「文有風霜之氣，字句亦覺鋒稜隱起。」同前註，卷三十，〈書說類七〉，頁 11。注意到王安石語意的冷靜峭折。又如吳汝綸評〈給事中贈尚書工部侍郎孔公墓誌銘〉（卷九十一）：「峭勁百倍。」同前註，卷四十八，〈碑誌類下編八〉，頁 2。

〔註52〕見〔清〕魏禧：《日錄論文》，收入《叢書集成續編》（上海：上海書店出版社，1994 年 6 月），第 156 冊，頁 5，總頁數 113。

〔註53〕見〔清〕陳康黻：《古今文派述略》，收入王水照編：《歷代文話》，第九冊，頁 8166。

〔註54〕見劉師培：《論文雜記》（臺北：廣文書局，1970 年 10 月），頁 63。

〔註55〕見呂思勉：《宋代文學》，第二章，〈宋代之古文〉，頁 18。

〔註56〕見倪志儞：《中國散文演進史》，第二十章，〈宋代之散文〉，頁 308。

說理透闢，既不同於刻鏤無用之文，也不同於語錄樸質之體。」〔註57〕進入民國之後，可以發現凡是評論王安石的文人，幾乎都以峭健、拗折、峭刻來定義王安石的文風。劉師培與倪志儞都承認王安石「文如其人」，同樣忽略王安石中年到晚年心境、性格的轉變，會影響到文風的變遷，而以峭健作爲王安石一生的代表文風。

　　王安石的文章在宋代得到的評價，除了被籠統地讚美文才高、文章佳之外，其餘多是讚譽用字遣詞的自然平易，注意其同於時代文風的共相。明人提出王安石文本經術，清人看出他化用經學爲己用；明人評其文風簡古，清人也注意到他用字簡潔與旨意深遠；明人與清人更同樣認爲王安石文風有獨樹一格的特點。清人對王安石的評論，有繼承自明人的部分，也有更爲深入的闡發。經過明代、清代，進入民國，在文人眼中，王安石的文風變得「奇崛峭健」、「簡古拗折」，偏重中年以前的文風，多渲染王安石呈現的殊相。

第二節　文人對王安石中晚年文學的負面評價

　　宋人批評王安石，多是受到他政治作爲的影響，因此否定他的文學主張。宋代以後，文人看待王安石文風角度、眼光產生轉變，同時也代表著王安石政治家與文人身分的轉換，由一個毀譽交參的政治家，到後人用純文學的眼光看待他的作品，肯定他爲文章正宗。

一、宋人：批評王安石文學主張

　　宋人對王安石中晚年文學的負面說法，很少針對他的作品而言，多是批評他的個性或是主張，如楊時說：

> 爲文要有溫柔敦厚之氣，對人主語言及章疏文字，溫柔敦厚尤不可
>
> 無。……荊公在朝論事多不循理，惟是爭氣而已。〔註58〕

楊時指責王安石對神宗的態度少溫柔敦厚，提出的意見也不合事理，而是以氣勢強詞奪理。王安石變法之初，厭惡反對派人士及其說法：「流俗波蕩一至如此，陛下又若不能無惑，恐臣區區終不足以勝，而久妨眾邪之路，則或誣罔出於不意，有甚於今日，以累陛下知人任使之明，故因痰疾輒求自放。」（卷

〔註57〕見蔡信發：〈析論王安石的散文〉，《文史論衡──論學自珍集》，頁210。
〔註58〕見〔宋〕楊時：《楊龜山先生全集》，卷十，〈語錄〉，頁4，總頁數471。

四十四〈謝手詔慰撫箚子〉）「伏望陛下哀憐矜察，許臣所乞，毋令臣得要君之嫌，重爲流俗小人所毀。」（同上〈答手詔封還乞罷政事表箚子〉）「因請避眾賢之路，以厭異議之人。」（卷六十〈手詔令視事謝表〉）王安石在請求去位的時候，明白說是流俗所致，並沒有具體解釋被控訴的事由，而請神宗在流俗與自己之間作出取捨，即爲楊時所指「爭氣」。又如葉適的評論：

> 漢以經義造士，唐以詞賦取人，方其假物喻理，聲諧字協，巧者趨之，經義之樸，閣筆而不能措。王安石深惡之，以爲市井小人皆可以得之也。然及其廢賦而用經，流弊至今，斷題析字，破碎大道，反甚於賦。〔註59〕

認爲王安石改試經義取代試詩賦，結果適得其反，遺害一直到南宋還存在，士子注重字的詮釋，文章缺乏整體性，主旨也無法連貫，更沒有使文字音律和諧的基本訓練，以此攻擊王安石文學主張的缺失。

二、明人：反映王安石文風弱點

明人比較單純地由文學角度看待王安石的文風，茅坤說：

> 新法既壞，并其文學知而好之者半，而厭而訾之者亦半矣。以予觀之，荊公之雄不如韓，逸不如歐，飄宕踈爽不如蘇氏父子兄弟。〔註60〕

茅坤明白地說出他所見的情形，王安石的文章受到政治的影響，毀譽參半。而茅坤就文學而言，認爲王安石的文風雄健不如韓愈，超逸不如歐陽脩，飄然豪爽不如蘇洵、蘇軾、蘇轍，分別列舉出唐宋諸位古文家的特色。後人說王安石學韓愈的評論甚多，〔註61〕但如果就對駢文的批評而言，王安石沒有經歷韓愈四次考進士、四次考博學宏詞科的切身之痛，他批評楊億、劉筠以文詞渲染當世，就沒有韓愈自言「愈年二十有三，讀書學文十五年，言行不

〔註59〕 見葉適：《習學記言序目》，收入《叢書集成續編》（臺北：新文豐出版公司，1989 年 7 月），卷四十七，頁 4，總頁數 639。
〔註60〕 見〔明〕茅坤評選：《王荊公文鈔》，〈王文公文鈔引〉，頁 2。
〔註61〕 姚範：「王荊公堅瘦，又昌黎一節之奇。」見〔清〕姚範：《援鶉堂筆記》（臺北：廣文書局，1971 年 8 月），卷四十四，〈文史談藝〉，頁 7，總頁數 1668。陳衍：「大略宋六家之文，……荊公除〈萬言書〉外，各雜文皆學韓，且專學其逆折拗勁處。」見陳衍撰：《石遺室論文》，收入王水照編：《歷代文話》，第七冊，頁 6763。王夢鷗說：「拗折勁健爲安石古文特色。這種特色乃是來自韓文的奇崛剛勁。」見王夢鷗等著：《中國文學的發展概述》（臺北：中央文物供應社，1982 年 9 月），第三篇第四章第三節，〈歐陽門下古文三派〉，頁 169。

敢戾於古人，愚固泯泯不能自計，周流四方，無所適歸」的親身經驗來得雄深沉渾。〔註 62〕而歐陽脩善用虛字，文氣的流暢逸動勝過少用虛字的王安石自可理解。飄宕踈爽主要指蘇軾不受拘束，才氣縱橫的作品，王安石負責的個性，即使到了晚年，試圖遠離政事，卻仍然掛念政局，雖接觸佛教，仍無法完全放下世俗牽掛，〔註63〕故不如蘇軾文風爽朗舒暢。

三、清代及民初文人：指出王安石學韓不足

　　王夫之（1619～1692）說：「學蘇明允，猖狂譎躁，如健訟人強辭奪理。學曾子固，如聽村老判事，止此沒要緊話，扳今掉古，牽曳不休，令人不耐。學王介甫，如拙子弟效官腔，轉折煩難，而精神不屬。八家中，唯歐陽永叔無此三病。」〔註64〕林紓有相近的批評：「折筆太小而多，而落纖碎之弊，此荊公所以爲荊公。」〔註 65〕都提到王安石文章轉折的問題。此可以〈本朝百年無事箚子〉爲例，王安石在說完仁宗的施政效用之後，緊接著說：

> 然本朝累世因循末俗之弊，而無親友群臣之議。……一切因任自然
> 之理勢，而精神之運有所不加，名實之間有所不察。君子非不見貴，
> 然小人亦得廁其間；正論非不見容，然邪說亦有時而用。以詩賦記
> 誦求天下之士，而無學校養成之法；以科名資歷敘朝廷之位，而無
> 官司課試之方。監司無檢察之人，守將非選擇之吏。轉徙之亟，既
> 難於考績，而游談之眾，因得以亂眞。……農民壞於繇役，而未嘗
> 特見救恤，又不爲之設官，以修其水土之利。兵士雜於疲老，而未
> 嘗申勅訓練，又不爲之擇將，而久其疆場之權。宿衛則聚卒伍無賴
> 之人，而未有以變五代姑息羈縻之俗。宗室則無教訓選舉之實，而

〔註62〕見〔唐〕韓愈著、〔宋〕朱熹考異：《朱文公校昌黎文集》（臺北：臺灣商務印書館，1965 年 8 月）（四部叢刊初編集部，上海商務印書館縮印元刊本），外集卷二，〈上賈滑州書〉，頁 254。

〔註63〕陳均：「（元祐元年春二月）王安石在金陵，聞朝廷變其法，夷然不以爲意。及聞罷役法，愕然失聲曰：『亦罷至此乎？』良久曰：『此法終不可罷，安石與先帝議之二年乃行，無不曲盡。』」見〔宋〕陳均：《九朝編年備要》，收入《景印文淵閣四庫全書》，史部八六，卷二十二，頁 578。王安石對免役法被廢除，情緒激動，不難想見其耿耿於懷。

〔註64〕見〔清〕王夫之：《夕堂永日緒論外編》，收入《四庫禁毀書叢刊補編》（北京：北京出版社，2005 年 8 月），第七十九冊，頁 571。

〔註65〕見〔清〕林紓撰：《文微》，收入王水照編：《歷代文話》，第七冊，頁 6553。

> 未有以合先王親踈隆殺之宜。其於理財，大抵無法，故雖儉約而民
> 不富，雖憂勤而國不強。賴非夷狄昌熾之時，又無堯、湯水旱之變，
> 故天下無事，過於百年，雖曰人事，亦天助也。（卷四十一）

這一段文字主要是談仁宗執政時的弊端，文中出現「而」、「然」之處，就有轉折之意。前文先行鋪述仁宗的政績，而於此段中指出弊病所在，更說明現行沒有任何補救方法，強調形勢的危急。包括國家有因循之弊，國君卻不與臣商議，有君子在朝，但也有小人混雜其中，官員多卻無考核辦法，農民爲勞役所累，朝廷卻不幫助農民增加水利之便，士兵、將軍與宿衛皆不得其人，經濟也不因節流而有復甦的現象……等。這段文字轉折之多，表示了王安石的憂心，但也就是王夫之說的「轉折煩難」，使人覺得整篇文章是由數段結構相近的句子組合而成，類舉多起事件，每件事當中又有轉折，較爲瑣碎，即爲林紓所言「折筆太小而多，而落纖碎之弊」。

清人多聯繫王安石與韓愈之間的承接關係，認爲王安石有所得於韓愈，也有不足韓愈之處。方苞曾經說明韓愈碑記的書寫原則：

> 碑記、墓誌之有銘，猶史有贊論，義法創自太史公，其指意辭事必
> 取之本文之外，班、史以下，有括終始事跡以爲贊論者，則於本文
> 爲複矣。此意惟韓子識之，故其銘辭未有義具於碑誌者，或體製所
> 宜，事有覆舉，則必以補本文之閒缺。

方苞又說碑記一類文字：「歐陽公號爲入韓子之奧窔，而以此類裁之頗有不盡合者，介甫近之矣，而氣象則過隘。」〔註 66〕方苞讚許韓愈寫作碑記時，本文與銘的內容互補不重出，前文已論述王安石仿韓愈「序略詞詳」，此當爲方苞所謂近於韓愈的部分。就碑記題裁與內容來看，王安石中晚年多作墓誌銘、神道碑或是雜記，較爲墓主個人功績或事件本身所侷限。韓愈則有廟碑作品，敘述的聽聞具有傳奇色彩，上天下海，顯現的畫面、氣象就寬廣得多，如〈衢州徐偃王廟碑〉談到天子騎龍西遊：「當此之時，周天子穆王無道，意不在天下，好道士說，得八龍，騎之西遊，同王母宴于瑤池之上，歌謳忘歸。」〈南海神廟碑〉介紹南海神：「海於天地間爲物最鉅，自三代聖王莫不祀事，考於傳記，而南海神，次最貴，在東、北、西三神河伯之上。」〔註 67〕充滿想像

〔註66〕上二段引文見〔清〕方苞：《望溪文集》（臺北：臺灣中華書局，1965 年 11
　　　月），卷五，〈書韓退之平淮西碑後〉，頁 2。
〔註67〕上二段引文見〔唐〕韓愈著、〔宋〕朱熹考異：《朱文公校昌黎文集》（四部叢

空間，而王安石的碑記少有這種逸脫於體製之外的幻想筆法。

宋人對王安石的負面評價，鮮少直接針對他的作品，而是就他的文學主張與個性進行抨擊，茅坤也說變法之後，政治立場會左右時人好惡王安石文學的傾向，並非完全自文學觀點判斷。明清以後的文人會比較各家的特色，指出王安石不及其他文人之處，表示明清之後，文人推崇的文學家已逐漸固定，王安石的作品爲人流傳、閱讀，文人從中學習優點，避免缺點。

第三節　中晚年文學對後代的影響

一、駢文成爲士子學習範本

宋代文人討論王安石的古文風格多於他的駢文，卻少見鼓勵學子學習王安石古文的建議，反而是駢文作品受到讚揚，更被視爲學習駢文入門的範本。如王應麟（1223～1296）引呂祖謙的話：「四六且看歐、王、東坡三集。」〔註68〕王應麟自己也說：「四六當看王荊公、歧公、汪彥章、王履道，擇而誦之。」重複的作家就是王安石，之後又細部區分「制詞」、「表章」來推薦作家、作品，王安石也都名列其中：「前輩制詞惟王初寮、汪龍溪、周益公最爲可法，蓋其體格與場屋之文相近故也。其他如王荊公、歧公、元章簡、翟忠惠、綦北海之文亦須編。」「前輩表章如夏英公、宋景文、王荊公、歐陽公、曾曲阜、二蘇、王初寮、汪龍溪、綦北海、孫鴻慶諸公之文，皆須熟誦。」〔註69〕可見王安石不論爲皇帝所作的制詞，或是抒發自己意見的表章，在南宋已經具有範本的意義，足供後學參考。這是因爲王安石的駢文對偶工整，「經對經，史對史，釋氏事對釋氏事，道家事對道家事」，駢文書寫的「法度甚嚴」，〔註70〕字數整齊，句數

刊初編集部，上海商務印書館縮印元刊本），卷二十七，〈衢州徐偃王廟碑〉，頁 192、卷三十一，〈南海神廟碑〉，頁 209。

〔註68〕見〔宋〕王應麟輯：《玉海》（臺北：華文書局，1964 年 1 月），卷二百一，〈辭學指南〉，頁 16，總頁數 3786。

〔註69〕上三段引文同前註，卷二百一，〈辭學指南〉，頁 16，總頁數 3786。卷二百二，〈辭學指南〉，頁 17，總頁數 3799。卷二百三，辭學指南，頁 7，總頁數 3814。

〔註70〕上二段引文見〔宋〕曾季貍：《艇齋詩話》，收入《叢書集成初編》，頁 25。施懿超曾分析王安石駢文「用古語爲新意」、「因襲今人語」的例子，來說明王安石用典的巧思。見施懿超：《宋四六論稿》，第三章第一節，〈謹守法度的王安石四六〉，頁 46～49。

成雙，都符合南宋士子應考或是應用於公務上的需求，〔註71〕所以王之績稱讚王安石制誥寫得好的原因爲「得體」。〔註72〕面對冊封后妃、分封大臣、拒絕官員致仕……等各種情況、對象，合宜的措辭運用考驗著作者的文才機智，故王安石的駢文除了本身合乎法度之外，用詞、情緒的斟酌也是後人揣摩的要點。

二、記取王文之利弊得失

明清之後，有些人關注到學習王安石古文的優缺點及學習過程的難易。在宋人看來平易的王安石古文，明清文人似乎感覺艱澀奇拗，並認爲學習不當會適得其反。包世臣（1775～1855）說：「介甫驁驁，能往復自成其說，薄退之橫空起議爲習氣，且時有公家言，又間以艱澀未覺，必爲陳言務去，皆醇後肆也。」〔註73〕包世臣認爲王安石文章的艱澀之氣是學韓愈的陳言務去所致。〔註74〕朱景昭（約1825～約1880）說：「八家中歐、曾於經義體較近，……王太奇、太拗，不可不讀，不可妄學。」〔註75〕吳德旋說：「上等之資從韓入，中資從柳、王二家入，庶幾文品可以峻，文筆可以古。人皆喜學歐、蘇，以其易肖，且免艱澀耳。然此兩家，當於學成後，隨筆寫出，無不古雅，乃參之以博其趣，庶不流於率易。」〔註76〕學習王安石文章的優點在於文筆能峻古。後人把韓、柳、王與歐、蘇對立起來，標示出文風有艱澀與平易的差別，學習他們文章的過程也有困難與容易的區分。魏禧進一步指出學王安石古文

〔註71〕施懿超說：「南宋普遍存在的求工穩的做法實際上已經表明，蘇軾的用經語如己出做法的後繼無人。相反，王安石尊體的做法在南宋得到更多回應，王安石四六也用經語、用典故，但中規中矩，謹守四六文特定體製要求，較易於模仿。」同前註，第三章第二節，〈行雲流水的蘇軾四六〉，頁71。蘇軾具有才氣的駢文風格無法爲多數人所學、所用，這也是王安石作法嚴謹，但出自學識的駢文，在南宋得到眾人青睞的另一個原因：比較容易學習。

〔註72〕見〔清〕王之績：《鐵立文起》，收入王水照編：《歷代文話》，第四冊，頁3756。

〔註73〕見〔清〕包世臣：《藝舟雙楫》（臺北：臺灣商務印書館，1968年6月），論文二，〈書韓文後上篇〉，頁34。

〔註74〕陳平原也認爲王安石爲文學韓愈的「陳言務去」，更深入推斷因爲王安石的文章根於經術，所以文章「至宋而始醇」的判斷，應該適合曾、王，而不是歐、蘇。見陳平原：《中國散文小說史》，第四章〈古文運動與唐宋文章〉，頁117。

〔註75〕見〔清〕朱景昭：《論文蒭說》，收入王水照編：《歷代文話》，第六冊，頁5752、5753。

〔註76〕見〔清〕吳德旋撰、呂璜整理：《初月樓古文緒論》，收入《叢書集成初編》（上海：上海商務印書館，1939年12月），頁3。

太過執著的缺失，會導致「失之枯」，〔註77〕就是只具備王安石爲文的架構、模擬行文語氣，卻沒有他的博學，足以左右逢源，自成一家「堅瘦」的風格。〔註78〕劉大櫆或許是爲了避免這個缺點，就提出學習王安石古文，只需知曉爲文的方式，不需全盤接受，納爲自己全部的文風：「王半山之文，極高峻難識。學之有得，便當捨去。」〔註79〕了解王安石爲文高峭的作法，卻不必一生遵循，學他寫作的方法，而不是學風格。

　　雖然王安石早年的論政文字正當年輕有抱負，議論氣勢十足，大部分的人會注意到他早年的作品，往往是文集中最受矚目的焦點。不過，也有人鼓勵學習王安石中、晚年作品：「學古文且先看曾子固、王介甫作者，得其淡樸淳潔之趣。」〔註80〕簡潔是王安石一生寫作的習慣，淳厚則近於中年援經入文的特色，興味淡樸即屬晚年的文風。在古文的領域中，王安石至少擁有二種不同的風格，也對後代學子造成雙重影響。

三、爲文影響及於後代文人

　　宋人在王安石變法失敗之後，讀他的書、詩、文，不免有所疑慮，到了明清，因爲朱右、茅坤等人列舉古文大家的原因，〔註81〕王安石又廣爲人注意，如李紱說：「文有正宗，《史》、《漢》而後，固當以韓、柳、歐、王、曾、蘇六家爲正矣。」〔註82〕同意王安石爲文章的正宗，學習王文的人也隨之增加，明代已有文人的文風近似王安石：「羅玘亦能奇矯於其鄉輩，似王而不似歐、曾。」〔註83〕以「奇矯」爲王安石與歐、曾的區別，雖無法證明他的文風學自王安石，但可以得知明代有文風近似王安石的作家存在。而清代學習

〔註77〕見〔清〕魏禧：《日錄論文》，收入《叢書集成續編》，第156冊，頁7，總頁數114。

〔註78〕姚範說：「王荊公堅瘦。」見〔清〕姚範：《援鶉堂筆記》，卷四十四，〈文史談藝〉，頁7，總頁數1668。

〔註79〕見〔清〕劉大櫆：《論文偶記》，收入王水照編：《歷代文話》，第四冊，頁4113。

〔註80〕見〔清〕朱仕琇撰、徐經輯：《朱梅崖文譜》，收入王水照編：《歷代文話》，第五冊，5140。

〔註81〕齋藤謙曾說：「唐宋八家之目，人皆以爲昉於唐荊川，成於茅鹿門。然明初朱右爲文，以唐宋爲宗，嘗選韓、柳、歐陽、曾、王、三蘇爲《八先生文集》，先荊川、鹿門殆二百年矣。」見齋藤謙：《拙堂文話》（臺北：文津出版社，1985年3月），卷三，頁2。

〔註82〕見〔清〕李紱：《秋山論文》，收入王水照編：《歷代文話》，第四冊，頁4002。

〔註83〕見劉咸炘：《文學述林》，收入王水照編：《歷代文話》，第十冊，頁9766。

王安石的人以袁枚（1716～1798）與惲敬（1757～1817）倍受矚目。

（一）袁　枚

日本學者齋藤正謙（1797～1865）曾提及袁枚的文風得自王安石，如：

> 隨園從姚燧入手，而歸於介甫，而才鋒無前，無微不達。故文甚有
> 檢則，而縱橫無不如意矣。〔註84〕

「隨園」即指袁枚，齋藤正謙將他與王安石相似之處歸諸於文章檢正有法則、議論縱橫。袁枚曾經以王安石〈伯夷〉（卷六十三）一文內容，推測王安石應讀過《呂氏春秋》中，伯夷欲歸周文王的記載，卻能夠不受原典文字拘束，自起波瀾。袁枚以此說明作文的道理：「善作文者，平素宜與書合，落筆時宜與書離；又需揭取精華，掃糟粕而空之。雲之捲舒，鳥之飛翔，皆在於空。」〔註85〕讚揚王安石讀書能活用。袁枚還說：「愚謂荊公古文，直逼昌黎，宋人不敢望其肩項。」〔註86〕將王安石的古文成就推至宋人巔峰，足見袁枚十分推崇王安石。

（二）惲　敬

包世臣評惲敬：「子居得力，全在介甫，短章小傳，定稱高足。」〔註87〕就體製來說，指出惲敬短小篇章的作品最似王安石。前文曾引劉師培評王安石文風最爲峭峻，他對惲敬有同樣的看法：

> 子居之文，取法半山，亦喜論法制，而文章奇峭峻悍，尤與半山之
> 文相同。〔註88〕

引文後半段明確點出劉師培認爲惲敬與王安石文風相似之處：奇峭峻悍。由此可證，明清文人多已認爲峻峭爲王安石的主要文風，更認定後人學習王安石的文章也以此爲主。

此外，清代受到王安石影響的後學，可由劉聲木（1878～1959）在《桐城文學淵源考》中細數桐城派的源流，介紹作家的師承背景中得見一二：

> 趙昌晉……宋宗明允、臨川。

> 陳壽熊……古文簡嚴如王安石，義法尤精。

〔註84〕見齋藤正謙：《拙堂續文話》，收入王水照編：《歷代文話》，第十冊，頁10037。
〔註85〕見袁枚：《小倉山房尺牘》，收入《袁枚全集》（杭州：江蘇古籍出版社，1993年9月），卷六，〈與韓紹眞書〉，頁113。
〔註86〕見袁枚：《隨園詩話》（臺北：漢京文化，1984年2月），卷一，頁21。
〔註87〕見〔清〕包世臣：《藝舟雙楫》，論文三，〈復李邁堂祖陶書〉，頁72。
〔註88〕見〔清〕劉師培：《論文雜記》，頁64。

> 張裕釗……好古敦行，于學靡不窺，尤深嗜左氏、莊周、司馬子長、
> 韓退之、王介甫之文，昕夕諷誦，以究極其能事。

> 王樹枏……氣銳識敏，善能發其學于才之內，浸淫于兩漢，而出入
> 于昌黎、半山之間。其氣骨逆上，實有得于陽剛之美。〔註89〕

可見私淑王安石的後學不少，也已經出現「學宗臨川」、「深嗜王介甫之文」
的明確指涉。儘管王安石中晚年漸趨平易和婉的文章多爲宋人所推崇，但是
後人要學平易的文字少以王安石爲典範，他們分別以歐、曾與王安石爲平易
與峭健的代表，這樣的認知逐漸根深柢固。也因爲如此，所以王安石中晚年
議論氣勢漸弱、議論題材減少的趨勢，也就爲後人所忽略。

　　宋人肯定王安石的文才，卻否定他的個性與處世方式，兼顧王安石古文、
駢文的成就，也關注到他用字淡樸的特色。相較之下，明、清文人表面上雖然
較爲公允，多由文學角度出發，不受政治理念影響評判標準；但是他們皆重視
王安石自成一格的特色，習慣於「同中求異」，於是多討論中年之前峭健的文風，
逐漸忽略中晚年的書寫，這是擇取作品年代的「偏頗」。由此慢慢地建立起王安
石爲人熟悉的代表性文風，而與宋人對王安石的文學評價產生了落差。

　　雖然王安石峭健和淡樸的風格都有人主張學習，但是淡樸風格的影響不
如峭健風格的開枝散葉。經過了長期的忽略，王安石中晚年淡樸風格的文章
逐漸爲人淡忘。其實透過蘊含較多情感的中晚年書寫，更能夠全盤了解王安
石，只知道早年的文風，等於只認識了前半生的王安石，必須結合後續的省
思與轉變，才能讓完整的王安石及其文學成就繼續爲後人閱讀、流傳。

〔註89〕見〔清〕劉聲木：《桐城文學淵源考》，收入王水照編：《歷代文話》，第十冊，
　　　　頁 9288、9316、9380、9383。

第八章　結　論

梳理了王安石中、晚年的文風，發現文風和詩風一樣，都在王安石二度罷相、退隱金陵時產生了轉折。文學觀也有變化，不該逕以王安石中年以前「文重實用」的文學觀來總括王安石一生的文學創作主軸。

第一節　文風轉變的決定因素

一、喪子之痛

王安石長子王雱是他主持新政、編纂《三經新義》的左右手，長子的逝世，讓王安石更無意於政治的紛爭，堅定辭官的念頭，決定回到金陵，此爲王安石熙寧末年辭官期間意志消沉的原因之一。回到故鄉之後，他調適自己的心境，除了需要接受變法失敗的現實之外，也需要時間撫平失子之痛的傷痕。王安石晚年帶有衰疲之氣的文字，主要是年邁體衰的反映，但喪子的打擊也是造成精神疲憊、身體多病的原因。後來王安石請求神宗允許他爲父母及王雱到寺院營造功德，以及之後捐屋舍予寺院，可以看出王安石藉著宗教尋找部分慰藉心靈的力量，佛教對於他晚年寫作的影響也明顯比早、中年多。王安石晚年文風趨於和婉，甚至出現委靡羸弱的消極字句，另外佛教的浸染痕跡加深，都與王雱去世不無關聯。

二、疾病纏身

由王安石於熙寧末年、元豐年間上呈神宗的辭官表、謝表，以及寫給親友的書信看來，王安石晚年健康不佳。對照中年問政的犀利氣勢與晚年記敘

自己的健康情形，除了公、私的差異之外，中年積極建議施政、峭勁銳利的語氣與晚年消極自敘病況、和婉自傷的口吻也明顯不同。連蘇軾寄與秦觀詩作來，王安石自言愛不釋手，卻「正冒眩，尚妨細讀」（卷七十三〈回蘇子瞻簡〉），故晚年多病的確對王安石的治學閱讀、文章創作內容產生影響。

三、治學對象的轉移

就中、晚年而言，王安石分別集中創作帶有儒、佛色彩的作品，援引儒學經典與佛教義理，也成爲王安石文章與當代作家不同的殊相。儒學與佛學一直並存王安石的知識背景中，只是中年論改革、施政、禮制，積極淑世的思想來自儒學；晚年與世無爭、平復情緒的消極想法來自佛學。學術主流的轉變，也是中、晚年文風由積極雄厚趨向平婉和緩的一個原因。

第二節　中晚年文學觀的承與變

王安石中年藉文字建議國是、引經致用，來往的公文奏箚多，充分發揮文字的實用與應用性，這主要是承繼早年注重實用的文學觀而來。

到了晚年，公務需求降低，除了應用的公文書箚數量減少，王安石在抒發個人情緒時，也不再注重文必適用、有補於世，多爲單純抒發情感，「達意」已經優先於「適用」的考量。王安石文學觀產生變遷，最大的差別在於他晚年書信會坦誠脆弱的一面，這與晚年之前多數氣勢凌人的文字相去甚遠，消減了文字議論公事的實用價值，而偏向個人遣懷的抒情路線。

總觀王安石一生的文學觀，他賦予文學的功能、作用逐漸擴展，由但求實用，到感恩皇帝、自傷老病、助己遣懷、聯繫情誼，開闢了抒情的空間。重要的是，王安石文學觀念擴展的關鍵時間點就在中、晚年交接之際，中年親身歷經落實政事的過程之後，晚年他選擇偏向純粹抒發情緒的書寫方式，所以並重實用與情感才是王安石一生文學觀的整體樣貌。

第三節　中晚年文風的常與變

一、文風的常與變

王安石一如往常的文章風格爲「直書其言」、「文簡理明」，以簡潔的文字、

清晰的條理，明白表達所思所感，改變的部分則是書寫內容與寫作的方式。

王安石早年、中年習慣以議論來說明自己的見解，各種文體中多存在議論，主題以公事或論學爲主，較看不見他私人情緒的波動，整體風格近於拗折剛直。

晚年剛回到金陵，王安石需要先平復變法失敗、年邁喪子的心情。他當時上呈皇帝的表疏，充滿自傷意味，一再言說年老力衰，爲病所苦。至於寫給親友的信函，則透露十分渴望親友來訪的訊息，由信件也能感受到他與親友的互動，以及對親友的關懷之情。藉著與親友的溫情交流，加上研讀佛經、寄情山水……等方式，彌補政治的失意，淡忘朝中的恩怨。

晚年文章主要是王安石內心感受的傾訴，書寫的對象由事轉移到人，或坦誠自己的情緒，或關懷其他人的近況、感受。整體風格趨近和婉，甚至有衰疲之氣，但部分文字又不失剛直，顯現王安石文風轉變的複雜心理歷程。從中年到晚年，儘管王安石的議論自各個文體中逐漸收束，作者介入文體本身特色的成分減少，不過作者個人身影卻更深化，可供讀者了解私人層面的王安石。

二、詩、文風格轉折比較

文風與詩風轉折的時間點大致相同，以二度罷相、退居金陵爲分界。王安石的情緒由激昂歸於平淡，文風也由議論趨向抒情，中年問政變法，勤勉不懈；到晚年退隱治學，少問世事，王安石的生存空間、心境有所改變，導致書寫主題轉移。就時期分而觀之，中年文風的節奏急切明快，在各種文章體類中慣用議論行文；晚年文風的節奏較爲舒緩，寫作也回歸文類本身重記敘或抒情的特徵。

前人多注意到王安石詩風的轉變，因爲中、晚年詩風差異較文風轉折的幅度大。王安石晚年的失落、悲傷藉著謝表與書信傳達，而遊歷山水之適意，則多寄寓於詩作之中。晚年以文章抒解抑鬱，其實正爲中、晚年詩風交替的銜接過程：由受挫自傷到適意自得之間的過渡。因此，如果只閱讀王安石中、晚年的文章，僅能體會到他由意氣風發、罷政喪子至自我療傷的轉變；而中、晚年詩作的內容則是包括議論國事、失意返鄉到適意自得的超越，可以比較明顯看出王安石由執著到放下的過程。而並觀晚年文章與詩作的內容，自傷、閒適、感嘆、不忘朝廷……等複雜情緒穿插出現，可以發現王安石關心政事與退隱山林的拉鋸過程。

第四節 中晚年文風之獨創與影響

一、融古創新

王安石中年文字的議論特色得力於他深厚的經學基礎，能夠隨手援引經典，作為討論禮儀制度的論證，在商討國政時，也能指出以往的史事，作為自己立論的依據。不論是勸諫神宗、建議措施、追復變法來源……，王安石總能以儒家經典或三代制定法律的立意為依歸，增加議論的說服力。但這當中，他會憑藉自己的體會或視政治情勢的需求，來重新詮釋經典，便造成延伸經典原意或曲說經典本意的爭議。再加上他本身的文才，使得中年的文章風格介於文、道之間，這種化用經典為論據的作法，即為王安石融古創新之處。

王安石晚年文章數量不多，篇幅大致短小，不易從中看出創新之處。但可以發現王安石仍嘗試抓住佛理中的某個重點，以之貫通各種說法。王安石晚年的創作融古的工夫猶在，創新的動力不足。

二、文人評價

歸納歷代文人對王安石文章的評價，可以發現宋人多提及他「平易」的風格，不特別專注某個時期的作品。筆者認為這是因為當時推行古文運動，文壇上特定的文人群體之間已經形成一種閱讀與寫作的風氣，作為有志一同的文人書寫時的共識，「平易」便是當中的一項訴求。所以宋代古文運動代表人物中，儘管有文風委紆曲折的歐陽脩，也有縱橫天成的蘇軾、汪洋淡泊的蘇轍等人，文風不盡相同，卻存在平易流暢的共通點。而進行評論……的文人或欲壯大古文運動聲勢，刻意尋求文人書寫符合古文運動主張的風格，並提出說明，或是單純反映出當時文壇的情形。不論如何，都可以由被列舉出來的對象得知，當時文風存在平易特色的作家不在少數，可以從旁印證古文運動的成效。

明代以後的文人特別關注王安石「峭健」風格的文字，尤其是中年以前的作品，認為王安石的「峭健」足以使他與其餘宋代作家有所區別。清人延續這種在一群作家之間「同中求異」的觀念，並試圖於中、晚年的書寫中尋找峭健的作品，符合的數量其實不多，但卻因此忽略了大部分的中、晚年作品與晚年文風趨於和婉的轉變。到了民國，這樣的說法行之有年，文人所見明清學者對王安石作品的評點多以奇峭為主，如果沒有全面閱讀王安石文

章，並對照文章的寫作時間，就不易得知原來峭健文風多侷限於中年以前，
最初是基於標舉作家特色而出現。

三、影響後學

　　明代已有文風近似王安石的文人，但眞正被提出學習王安石文章，主要
是清代的袁枚與惲敬。後世雖然也有人學習王安石中、晚年平易淡樸的風格，
不過大多數人仍著眼於峭健文風上，這也助長王安石「文風峭健」的觀念更
爲深植人心。

第五節　未來研究方向

一、研究限制

　　王安石的文章並非每篇都能確定繫年，如〈夔說〉、〈蘇說〉、〈季子〉（三
文均在卷六十八）……，因爲沒有署明日期，也沒有提到任官、地點等可供
查證的線索，所以無法納入某一個時期討論，往後如能找到較爲有力的繫年
依據，可以更清楚地看出王安石文風的轉折、思想的變化。

二、未來展望

　　梳理了王安石中、晚年的文風轉折及後人評價，發現自清人開始，特別
喜歡追尋王安石與韓愈之間文風傳承的關係，有時也納入歐陽脩一起探討，
如姚範（1702～1771）說：「王荊公堅瘦，又昌黎一節之奇。」〔註1〕梁啓超
則說：「公與歐公同學韓，而皆能盡韓之技而自成一家。歐公與公，又各自成
一家。歐公則用韓之法度，改變其面目而自成一家者也；公則用韓之面目，
損益其法度而自成一家者也。」〔註2〕林紓說：「贈送序，是昌黎絕技。歐、
王二家，王得其骨，歐得其神。」〔註3〕王夢鷗說：「拗折勁健爲安石古文特
色。這種特色乃是來自韓文的奇崛剛勁。」〔註4〕宋代六大家中，歐陽脩與王

〔註1〕　見〔清〕姚範：《援鶉堂筆記》，卷四十四，〈文史談藝〉，頁7，總頁數1668。
〔註2〕　見梁啓超：《王荊公》，第二十一章，〈荊公之文學（上）〉，頁195。
〔註3〕　見林紓：《韓柳文研究法》（臺北：廣文書局，1980年7月），頁22。
〔註4〕　見王夢鷗等著：《中國文學的發展概述》，第三篇第四章第三節，〈歐陽門下古
　　　　文三派〉，頁169。

安石被視爲繼承韓愈「文從字順」與「陳言務去」的二個分流，〔註5〕歐陽修
主和婉平易，王安石則是峭健奇崛被喻從韓愈而來。歐、王二人如何繼承、
轉化、呈現韓愈文風的影響？韓愈、歐陽脩、王安石在歷代文人眼中的關係
爲何？看法的轉變代表什麼意義？宋人有意承接韓愈支持的古文運動，當時
的文人如何看待歐、王與韓愈之間的文風關聯？明代之後，文人對於唐宋可
謂文章大家的作者逐漸產生共識，但爲什麼直至清代，文人們才特別頻繁地
注意歐、王與韓愈之間的關係？可以由代表性作家觀察歷代文人對於古文運
動傳承概念的流變，能夠更清楚地知道後人推崇、遵循、學習古文運動及唐
宋作家的取捨情形，以及古文運動在後代的發展與影響。

〔註5〕 陳平原説：「同樣取法昌黎，歐取其『文從字順』，王則取其『陳言務去』。」
見陳平原：《中國散文小説史》，第四章〈古文運動與唐宋文章〉，頁 117。王
基倫説：「北宋文人放棄韓文『怪怪奇奇』的一面，鄙棄韓學末流深迂怪僻的
一面，而接授『文從字順』、『惟師是爾』的一面，實乃結合對當代文風的批
評而來，歐陽修、曾鞏……等人遂由此走上平易近人的路途。」歐陽脩主要
延續韓愈文從字順的一面。見王基倫：〈韓愈散文的讀者接受意義——中晚唐
至北宋中期的考察〉，《唐宋古文論集》，頁 54。

附錄：王安石文章繫年

筆者案

一、此繫年據〔宋〕王安石：《臨川先生文集》（臺北：臺灣商務印書館，1965年8月）（四部叢刊初編集部，據上海商務印書館縮印明刊本）所收錄的篇章為主。

二、繫年的作品包括王安石所作的古文、駢文及賦作，至於草擬官吏任職等外制、內制文字多作於嘉祐六年（1061）至熙寧元年（1068）王安石為知制誥、翰林學士期間，篇帙繁複，多為制式化公文，於此不加以個別繫年。此外，代人所作篇章亦不收錄。

繫年時間	篇　　名	繫　年　依　據	備註
慶曆元年（1041）	〈仙源縣太君夏侯氏墓碣〉	顧棟高《王荊國文公年譜》〔註1〕卷上，頁28	
慶曆二年（1042）	〈上田正言書〉、〈上田正言書二〉	〈上田正言書〉文中：「某五月還家，八月抵官。」提到就任淮南節度判官前返家，與顧棟高《王荊國文公年譜》卷上，頁29：「（慶曆二年）簽書淮南判官，八月赴任。」日期相符	〈上田正言書二〉與〈上田正言書〉內容相近，應相隔不久，故繫於同一年
	〈上徐兵部書〉	文中：「向蒙執事畀之嚴符，開以歸路。暮春三月，登舟而南，……窮兩月乃至家。展先人之墓，寧祖母於堂。」與〈上田正言書〉文中：「某五月還家，八月抵官。」故繫於同年	

〔註1〕　〔清〕顧棟高：《王荊國文公年譜》，收入〔宋〕詹大和等撰，裴汝誠點校：《王安石年譜三種》（北京：中華書局，2006年6月）。

	〈答熊伯通書一〉、〈答熊伯通書二〉	〈答熊伯通書一〉文中「明日當展親墓」、〈答熊伯通書二〉文中「適值展墓」意同〈上徐兵部書〉文中「展先人之墓，寧祖母於堂」，寫作時間應相近，故將二文同繫於慶曆二年	
	〈謝及第啓〉	蔡上翔《王荊公年譜考略》〔註2〕卷二，頁230，記王安石登進士	
	〈送孫正之序〉	文中自署	
慶曆三年（1043）	〈故淮南江淛荊湖南北等路制置茶鹽礬酒稅兼都大發運副使贈尚書工部侍郎蕭公神道碑〉	顧棟高《王荊國文公年譜》卷上，頁29	
	〈同學一首別子固〉	顧棟高《王荊國文公年譜》卷上，頁31	
	〈揚州新園亭記〉、〈張刑部詩序〉	文中自署	
	〈李通叔哀辭并序〉	文中：「從事淮南，將問且召焉，則未也，或以死狀訃，既慟且疑，且幸其不然。會有江南之役，遇閩人輒問狀。還泊東流，尉許程者，閩人也，乃知訃者信。」應作於慶曆二、三年間，姑繫於三年	
慶曆四年（1044）	〈大中祥符觀新修九曜閣記〉	顧棟高《王荊國文公年譜》卷上，頁33	
	〈外祖母黃夫人墓表〉	顧棟高《王荊國文公年譜》卷上，頁34	
慶曆五年（1045）	〈上張太博書一〉、〈上張太博書二〉	〈上張太博書一〉：「中不幸而失先人，母老弟弱，衣穿食單，有寒餓之疾，始憮然欲出仕，往即焉而乃幸得，於今三年矣。」王安石於慶曆二年中進士。文中提到中進士已三年矣，應指慶曆五年	李之亮《王荊公文集箋注》〔註3〕頁1362言〈上張太博書二〉「慶曆四五年間在京師時作」，故暫與〈上張太博書一〉繫於同年。

〔註2〕 〔清〕蔡上翔：《王荊公年譜考略》，收入〔宋〕詹大和等撰，裴汝誠點校：《王安石年譜三種》（北京：中華書局，2006年6月）。

〔註3〕 〔宋〕王安石撰，李之亮箋注：《王荊公文集箋注》（成都：巴蜀書社，2005年5月）。

	〈上人書〉	李之亮《王荊公文集箋注》，頁1363	李之亮言〈上人書〉「慶曆四五年間在京師時作」，暫繫於五年
	〈送陳興之序〉	文中：「某爲判官淮南，以事出如皋，遇之，相好也，其後二年師京師，興之亦以進士得嘉慶院解，復遇之，相好加焉。」王安石於慶曆三年爲淮南判官，二年後當爲慶曆五年，正值解淮南判官返京待新職，故此文應作於慶曆五年之後，今暫繫於慶曆五年	李之亮《王荊公文集箋注》，頁1622將此文繫於慶曆三年，疑誤
	〈送陳升之序〉	文中：「予在揚州，朝之人過焉者，多堪大臣之事，可信而望者，陳升之而已矣。」王安石知淮南判官時於揚州，故將〈送陳升之序〉繫於王安石爲淮南判官之最後一年	
	〈祭刁博士繹文〉	李之亮《王荊公文集箋注》，頁1678認爲是淮南判官任內所作，暫繫於王安石爲淮南判官的最後一年	李之亮繫於慶曆三年
	〈比部員外郎陳君墓誌銘〉	文中：「陳晉公有子五人，其一人今宰相是也。公，晉公之中子，而今宰相弟。……某得主簿於淮南，而兄事之，仍世有好，義不可以辭無銘也。」陳晉公指陳恕，宰相指陳恕之子陳執中，據《宋史·宰輔表》，〔註4〕頁5474、5475，陳執中擔任宰相在慶曆五年至皇祐元年期間。又王安石主淮南判官於慶曆二年至慶曆五年間，故暫將此文繫於慶曆五年	李之亮《王荊公文集箋注》，頁1993將之繫於皇祐元年，疑誤
	〈曾公夫人萬年太君黃氏墓誌銘〉	顧棟高《王荊國文公年譜》卷上，頁35	
慶曆六年（1046）	〈上相府書〉	文中：「某之不肖，幸以此時竊官於朝，受命佐州。」指王安石淮南簽判任滿，受命鄞縣知縣之事，顧棟高《王荊國文公年譜》卷上，頁36：「（慶曆六年）公撰〈馬漢臣墓誌〉云：『慶曆六年，漢臣從予入京待進士舉……』秋七月，出京師。」此文應作於慶曆六年七月王安石離京，赴鄞縣之前	

〔註4〕 〔元〕脫脫等撰：《宋史》（臺北：鼎文書局，1983年11月）。

	〈與祖擇之書〉	文中：「某生十二年而學，學十四年矣。」指王安石二十六歲，故將此文繫於慶曆六年	
	〈與孫侔書三〉	文中：「某到京師已數月，求一官以出，既未得所欲。」指王安石慶曆五年卸任淮南判官，至慶曆六年七月去京師期間，故暫將此文繫於慶曆六年	李震《曾鞏年譜》〔註5〕卷一，頁138將〈與孫侔書三〉繫於皇祐二年，但所引文字爲〈與孫侔書一〉之內容
	〈答陳柅書〉	李之亮《王荊公文集箋注》，頁1384	李之亮繫於慶曆五、六年間，今姑繫於六年
	〈上揚州韓資政啓〉	文中：「汔由恩臨，得以理去。違離大斾，留止近邦。」指王安石於淮南簽判任滿，欲返京待命之際，向韓琦道別，故將此文繫於慶曆六年	
	〈繁昌縣學記〉	文中：「今夏君希道太初至，……」《明一統志》記夏希道於慶曆年間知繁昌縣，〔註6〕繁昌縣與淮南均在今安徽省，故此文應作於王安石慶曆七年由淮南簽判調知鄞縣前	李之亮《王荊公文集箋注》，頁1574將此文繫於治平四年，疑誤
	〈祭張左丞文〉	李之亮《王荊公文集箋注》，頁1645	
	〈彰武軍節度使侍中曹穆公行狀〉	李之亮《王荊公文集箋注》，頁1822	
	〈馬漢臣墓誌銘〉、〈眞州司法參軍杜君墓誌銘〉	顧棟高《王荊國文公年譜》卷上，頁36	
慶曆七年（1047）	〈上杜學士言開河書〉	李之亮《王荊公文集箋注》，頁1315	
	〈與馬運判書〉	文中：「今歲東南飢饉如此，汴水又絕。」指旱災，顧棟高《王荊國文公年譜》卷上，頁36：「（慶曆七年）再調知鄞縣。春二月，大旱。」	
	〈上郎侍郎書一〉、〈上發運副使啓〉、〈上李仲偃運使啓〉	〈上郎侍郎書一〉文中：「得邑海上，道當出越。」指王安石慶曆七年調任鄞縣，因鄞縣在海濱，故稱得邑海上。〈上發運副使啓〉：「海濱重複，天韻闊疏。」〈上李仲偃運使啓〉：「伏念某得邑海瀕。」均提及海濱，亦繫於此年	李之亮《王荊公文集箋注》，頁1351將〈上郎侍郎書一〉繫於慶曆八年

〔註5〕 李震：《曾鞏年譜》（蘇州：蘇州大學出版社，1997年12月）。

〔註6〕 見〔明〕李賢：《明一統志》，收入《景印文淵閣四庫全書》，史部二三〇，卷十五，頁13，總頁數347。

	〈賀運使轉官啓〉	李之亮《王荆公文集箋注》，頁 1500	
	〈上梅戸部啓〉	文中「一涯承乏」爲王安石任鄞縣縣令謙稱治理不力之辭，《長編》卷一百五十九，頁 6、7：「（慶曆六年九月庚寅）侍御史知雜事梅摯引洪範上變戒日……上謂大臣：梅摯言事有體，以爲戸部副使。」梅摯爲戸部副使在慶曆六年，王安石任鄞縣於慶曆七年，故繫此文於慶曆七年	
	〈鄞縣經遊記〉、〈撫州招仙觀記〉	文中自署	
	〈慈溪縣學記〉	顧棟高《王荆國文公年譜》卷上，頁 37	
	〈揚州龍興講院記〉	李之亮《王荆公文集箋注》，頁 1595	
	〈祭曾博士易占文〉	顧棟高《王荆國文公年譜》卷上，頁 40：「（皇祐元年）撰〈太常博士曾公墓誌銘〉。序云：『公歿於慶曆丁亥，後二年而葬。』注。鞏之父。」慶曆丁亥爲慶曆七年	
	〈胡君墓誌銘〉	顧棟高《王荆國文公年譜》卷上，頁 37	
慶曆八年（1048）	〈明州新刻漏銘〉、〈上明州王司封啓〉	〈明州新刻漏銘〉文中提及「戊子」，慶曆八年爲戊子年。〈上明州王司封啓〉提及明州，一併繫於同年	
	〈推命對〉	李之亮《王荆公文集箋注》，頁 1129	
	〈汴說〉	李之亮《王荆公文集箋注》，頁 1132	
	〈先大夫述〉	蔡上翔《王荆公年譜考略》卷三，頁 252	
	〈題《張忠定書》〉	李之亮《王荆公文集箋注》，頁 1197	
	〈上杜學士書〉	文中：「竊聞受命改使河北。」顧棟高《王荆國文公年譜》卷上，頁 39：「（慶曆八年）時杜改使河北。」	
	〈上郎侍郎書二〉	文中：「去年得邑海上，途當出越。」指王安石慶曆七年調任鄞縣之事，因鄞縣在海濱，故稱得邑海上，故此文應作於慶曆八年	
	〈上運使孫司諫書〉	顧棟高《王荆國文公年譜》卷上，頁 38	
	〈上浙漕孫司諫薦人書〉	李之亮《王荆公文集箋注》，頁 1357	

	〈與孫侔書一〉	顧棟高《王荊國文公年譜》卷上，頁 39	
	〈請杜醇先生入縣學書一〉、〈請杜醇先生入縣學書二〉	〈請杜醇先生入縣學書一〉文中：「某得縣於此逾年矣。」王安石於慶曆六、七年間調知鄞縣，自言已過一年	〈請杜醇先生入縣學書二〉與〈請杜醇先生入縣學書一〉內容相近，成文時間應相距不遠，故將二文繫於同年
	〈與樓郁教授書〉	李之亮《王荊公文集箋注》，頁 1407	
	〈上運使孫司諫啓〉	文中：「恪次海濱。」也是作於任職鄞縣時期，故與〈上運使孫司諫書〉暫繫於同年	
	〈賀慶州杜待制啓〉	李燾《續資治通鑑長編》〔註7〕卷一百六十四，頁 3，記慶曆八年夏四月甲戌，杜杞爲天章閣待制、環慶都部署、經略安撫使兼知慶州	
	〈餘姚縣海塘記〉	文中自署	
	〈祭盛侍郎文〉	李之亮《王荊公文集箋注》，頁 1659	
	〈鄞女墓誌銘〉	文中：「慶曆七年四月壬戌前日出而生，明年六月辛巳後日入而死。壬午日出，葬崇法院之西北。」故繫於慶曆八年	
慶曆末年	〈龍賦〉	李之亮《王荊公文集箋注》，頁 1	
	〈謝隣郡通判啓〉、〈謝葛源郎中啓〉、〈謝林中舍啓〉、〈謝徐秘校啓〉、〈謝林肇長官啓〉、〈答林中舍啓一〉、〈答林中舍啓二〉、〈答定海知縣啓〉、〈答戚郎中啓〉、〈上樞密王尚書啓〉、〈與交代趙中舍啓〉、〈與張護戎〉、〈與譚主簿〉、〈上范資政先狀〉、〈謝王供奉啓〉、〈答馬太博啓一〉、〈答馬太博啓二〉、〈答沈屯田啓〉、〈答陳推官啓〉	李之亮《王荊公文集箋注》，頁 1530、1532～1542	

〔註7〕 〔宋〕李燾撰：《續資治通鑑長編》（臺北：世界書局，1961 年）。下文爲避繁瑣，一律稱《長編》。

慶曆	〈復讎解〉、〈使醫〉	李之亮《王荊公文集箋注》，頁1127、1131	
	〈讀孟嘗君傳〉、〈讀柳宗元傳〉、〈讀《江南錄》〉、〈書《李文公集》後〉、〈書〈刺客傳〉後〉、〈〈孔子世家〉議〉	李之亮《王荊公文集箋注》，頁1183、1184、1186、1190、1191、1194	
	〈答韶州張殿丞書〉、〈答曾子固書〉、〈答孫少述書〉、〈答王該秘校書一〉、〈答王該秘校書二〉、〈答張幾書〉、〈答楊忱書〉、〈答余京書〉、〈答王景山書〉	李之亮《王荊公文集箋注》，頁1232、1265、1378、1379、1380、1381、1382、1383、1385、1386	
	〈謝孫龍圖啓〉	李之亮《王荊公文集箋注》，頁1480	
	〈眞州長蘆寺經藏記〉、〈漣水軍淳化院經藏記〉	李之亮《王荊公文集箋注》，頁1601、1603	
	〈太子中舍沈君墓誌銘〉	李之亮《王荊公文集箋注》，頁1924	
皇祐元年（1049）	〈歷山賦・并序〉	沈欽韓《王荊公詩文沈氏注》，〔註8〕〈王荊公文集注〉卷一，頁120繫於「知鄞縣時」	皇祐元年爲王安石知鄞縣最後一年
	〈答孫元規大資書〉	顧棟高《王荊國文公年譜》卷上，頁40	
	〈答王致先生〉	李之亮《王荊公文集箋注》，頁1409	
	〈上郎侍郎啓一〉、〈上郎侍郎啓二〉	李之亮《王荊公文集箋注》，頁1475、1476	
	〈答交代張廷評啓〉、〈石仲卿字序〉	〈答交代張廷評啓〉文中「更書始下」指王安石卸任之事，以文意看來，當是王安石對新接任鄞縣的縣令交代事宜的文書，故應作於皇祐元年，王安石卸任鄞縣縣令	石仲卿爲閩人，故〈石仲卿字序〉或於知鄞時作，姑繫於此
	〈上杭州范資政啓〉、〈謝范資政啓〉	李之亮《王荊公文集箋注》，頁1512、1527	李之亮將〈謝范資政啓〉繫於慶曆末或皇祐初年

〔註8〕 見〔清〕沈欽韓注：《王荊公詩文沈氏注》（臺北：古亭書屋，1975年8月）。

	〈謝知州啓〉	李之亮《王荊公文集箋注》，頁 1529	
	《善救方》後序》	文中自署	
	〈祭鮑君永泰王文一〉、〈祭鮑君永泰王文二〉	李之亮《王荊公文集箋注》，頁 1684 言鮑君爲鄞縣一地的神靈，故暫將二文繫於王安石任鄞縣最後一年	李之亮繫二文於慶曆八年
	〈泰興令周孝先哀辭〉	李之亮《王荊公文集箋注》，頁 1691 言泰興屬淮南路。故暫繫於王安石任鄞縣最後一年	李之亮繫於慶曆中
皇祐二年（1050）	〈太常博士曾公墓誌銘〉	顧棟高《王荊國文公年譜》卷上，頁 40	
	〈信州興造記〉、〈撫州祥符觀三清殿記〉	文中自署	
	〈撫州通判廳見山閣記〉	李之亮《王荊公文集箋注》，頁 1600	
	《靈谷詩》序》	李之亮《王荊公文集箋注》，頁 1621	
	〈送李著作之官高郵序〉	李之亮《王荊公文集箋注》，頁 1624	
	〈伴送北朝人使詩序〉	顧棟高《王荊國文公年譜》卷上，頁 41	
	〈祭杜待制文〉、〈祭杜慶州杞文〉	李之亮《王荊公文集箋注》，頁 1661	
皇祐三年（1051）	〈乞免就試狀〉	蔡上翔《王荊公年譜考略》卷四，頁 263	
	〈許氏世譜〉	李之亮《王荊公文集箋注》，頁 1160	
	〈與孟逸秘校手書八〉	文中：「私門不幸，再得小功之訃。」「小功」應指顧棟高《王荊國文公年譜》卷上，頁 42 所言：「（皇祐三年）六月，長兄常甫卒，年三十七。」	
	〈謝許發運啓〉	李之亮《王荊公文集箋注》，頁 1540	
	〈贈尚書刑部侍郎王公墓誌銘〉	顧棟高《王荊國文公年譜》卷上，頁 43	
皇祐四年（1052）	〈與孫子高書〉	李之亮《王荊公文集箋注》，頁 1369	
	〈與孟逸秘校手書一〉至〈與孟逸秘校手書六〉	李之亮《王荊公文集箋注》，頁 1399～1404	李之亮將〈與孟逸秘校手書五〉繫於「皇祐四五年間通判舒州時作」，今與其餘書信同繫於皇祐四年
	《老杜詩後集》序》	文中：「皇祐壬辰五月日，臨川王某序。」壬辰即皇祐四年	

	〈祭范穎州文〉	《長編》卷一百七十二，頁 15，記范仲淹卒於皇祐四年五月丁卯	
	〈亡兄王常甫墓誌銘〉	顧棟高《王荊國文公年譜》卷上，頁 43	
	〈太常少卿分司南京沈公墓誌銘〉、〈李君夫人盛氏墓誌銘〉	顧棟高《王荊國文公年譜》卷上，頁 44	
皇祐五年（1053）	〈書瑞新道人壁〉、〈芝閣記〉	文中自署	
	〈都官郎中致仕周公墓誌銘〉	文中：「皇祐五年，葬某所，子蘊、咏使請銘。」	
皇祐	〈答徐絳書〉、〈答李資深書〉	李之亮《王荊公文集箋注》，頁 1229、1231	
	〈祭周幾道文〉、〈祭陳浚宣叔文〉	李之亮《王荊公文集箋注》，頁 1645、1676	
	〈屯田員外郎邵君墓誌銘〉	文中：「皇祐某年某月，弟某葬君某所。」	
至和元年（1054）	〈辭集賢校理狀一〉至〈辭集賢校理狀四〉	《長編》卷一百七十七，頁 2 記至和元年，王安石力辭「在京差遣」，〈辭集賢校理狀二〉、〈辭集賢校理狀三〉有言：「臣三月二十二日准中書差人賫到勅牒一道，除臣集賢校理。」即指與在京差遣一事	高克勤〈王安石年譜補正〉將四文繫於至和二年，疑誤。〔註10〕
	〈與孟逸秘校手書七〉	李之亮《王荊公文集箋注》，頁 1405	
	〈與孟逸秘校手書九〉	〈與孟逸秘校手書九〉文中「閣下治行」與〈與孟逸秘校手書七〉文中所謂「不知兄代者何時到乎」皆指孟逸任官期限屆滿，即將離去，爲文時間應當相近	

〔註10〕 見高克勤：〈王安石年譜補正〉，收入《王安石與北宋文學研究》（上海：復旦大學出版社，2006 年 9 月），頁 91。高克勤說：「王安石辭集賢校理事，三譜皆言在至和元年，俱誤。按，《長編》卷一七九載：『至和二年三月己卯，翰林學士、群牧使楊偉等言判官、殿中丞王安石文行頗高，乞除職務。中書檢會，安石累召試不赴，詔特授集賢校理，安石又固辭不拜。』據此，王安石辭集賢校理事在本年。」但《續資治通鑑長編》卷一百七十七記：「（至和元年九月辛酉）殿中丞王安石爲群牧判官。安石力辭召試，有詔與在京差遣，及除群牧判官，安石猶力辭，歐陽修諭之，乃就職。」〈辭集賢校理狀二〉、〈辭集賢校理狀三〉均言：「臣三月二十二日准中書差人賫到勅牒一道，除臣集賢校理。」即指與在京差遣一事，故應該將〈辭集賢校理狀一〉至〈辭集賢校理狀四〉繫於至和元年。

	〈通州海門興利記〉、〈遊褒禪山記〉	文中自署	
	〈朝奉郎守國子博士知常州李公墓誌銘〉	文中自署	
	〈尚書度支員外郎郭公墓誌銘〉	李之亮《王荊公文集箋注》，頁2008	
	〈贛縣主簿蕭君墓誌銘〉	顧棟高《王荊國文公年譜》卷上，頁46	
	〈金溪吳君墓誌銘〉	顧棟高《王荊國文公年譜》卷上，頁45	
至和二年（1055）	〈永安縣太君蔣氏墓誌銘〉、〈答錢公輔學士書〉	顧棟高《王荊國文公年譜》卷上，頁46：「（至和二年）公任群牧判官、太常博士……撰〈永安縣太君蔣氏墓誌銘〉。」王安石爲錢公輔之母撰〈永安縣太君蔣氏墓誌銘〉，未達錢公輔預期，錢公輔企能更動，王安石寫〈答錢公輔學士書〉拒絕，故一併繫於至和二年	
	〈答桂帥余侍郎啓〉	李之亮《王荊公文集箋注》，頁1490	
	〈桂州新城記〉	顧棟高《王荊國文公年譜》卷上，頁46	
	〈祭高樞密文〉、〈群牧司祭高公文〉	《長編》卷一百八十，頁19，記高若訥卒於至和二年八月乙卯	
	〈祭呂侍讀文〉	李之亮《王荊公文集箋注》，頁1650	
	〈戶部郎中贈諫議大夫曾公墓誌銘〉	李之亮《王荊公文集箋注》，頁1901	
	〈尚書都官員外郎侍御史王公墓誌銘〉	文中：「回之友臨川王某追銘墓上，實至和二年也。」	
嘉祐元年（1056）	〈上執政書〉	文中：「某在廷二年。」指王安石至和元年由舒州通判被召入京，至嘉祐元年正爲二年	
	〈上歐陽永叔書一〉、〈上歐陽永叔書二〉、〈上歐陽永叔書三〉	蔡上翔《王荊公年譜考略》卷五，頁284～289	
	〈上歐陽永叔書四〉	文中：「幸以職事，二年京師。」指王安石於至和元年任舒州通判被召入京，至嘉祐元年正爲二年	
	〈度支郎中葛公墓誌銘〉	文中：「嘉祐元年十月壬申，葬之年月日也……主公之喪而請銘以葬者，良嗣也。」	

嘉祐二年 （1057）	〈與吳司錄議王逢原姻事書一〉	李之亮《王荊公文集箋注》，頁 1294	
	〈與孫侔書二〉	顧棟高《王荊國文公年譜》卷上，頁 49	顧棟高記篇名為〈與孫正之書〉
	〈知常州上中書啓〉、〈知常州上監司啓〉、〈知常州謝運使元學士啓〉	顧棟高《王荊國文公年譜》卷上，頁 48：「（嘉祐二年）七月四日，抵常州任視事。〈到任上中書啓〉云 ……」啓中所引文字與〈知常州上中書啓〉皆同，應指同一文	〈知常州上監司啓〉文意為王安石初到常州，欲擇日拜見監司，故應作於嘉祐二年初知常州。而〈知常州謝運使元學士啓〉提及常州，一併繫於此年
	〈賀鈐轄柴太保啓〉、〈賀知縣啓〉	李之亮《王荊公文集箋注》，頁 1502、1503	
	〈上江寧府王龍圖啓〉	李之亮《王荊公文集箋注》，頁 1515	
	〈祭馬龍圖文〉、〈兵部員外郎馬君墓誌銘〉	《長編》卷一百八十六，頁 11，記馬遵卒於嘉祐二年十一月丁丑	〈兵部員外郎馬君墓誌銘〉未言葬年，姑將此文繫於卒年
	〈魯國公贈太尉中書令王公行狀〉	李之亮《王荊公文集箋注》，頁 1837	
	〈廣西轉運使屯田員外郎蘇君墓誌銘〉	文中：「嘉祐二年十月庚午，其子葬君揚州之江都東興寧鄉馬坊村，而太常博士知常州軍州事臨川王某為銘……」	
	〈叔父臨川王君墓誌銘〉	文中：「其葬也，以至和四年，祔於眞州……皇考諫議公之兆。為銘，銘曰……」至和無四年，故此文應作於嘉祐二年	
	〈左班殿直楊君墓誌銘〉	顧棟高《王荊國文公年譜》卷上，頁 50	
	〈右領軍衛將軍致仕王君墓誌銘〉	文中：「嘉祐二年，葬眞州揚子縣某鄉某原。……銘其葬。」	
	〈仙居縣太君魏氏墓誌銘〉	文中：「於其葬，為序而銘焉。……嘉祐二年十二月庚申，兩子葬太君……」	
	〈知常州謝上表〉	《長編》，卷一百八十七，頁 3：「（嘉祐三年二月丙辰）知常州王安石提點江南東路刑獄……註：安石知常州在二年秋。」	

嘉祐三年 （1058）	〈上邵學士書〉	李之亮《王荊公文集箋注》，頁 1328	
	〈上曾參政書〉、〈與劉原父書〉	〈上曾參政書〉文中：「閣下必欲使之察一道之吏，而寄之以刑獄之事。」〈與劉原父書〉文中：「前月被使江東。」皆指王安石受江東刑獄之職，《長編》卷一百八十七，頁3：「（嘉祐三年二月丙辰）知常州王安石提點江南東路刑獄。」故將二文繫於嘉祐三年	
	〈與吳司錄議王逢原姻事書二〉	李之亮《王荊公文集箋注》，頁 1295	
	〈答段縫書〉	李之亮《王荊公文集箋注》，頁 1321	
	〈答孫長倩書〉	文中有「比過江寧」之句，李之亮《王荊公文集箋注》，頁 1339 言其為「嘉祐三年過江至金陵時作」	
	〈城陂院興造記〉	文中：「至嘉祐之戊戌，而自門至於寢，浮屠之所宜有者，新作之皆具。乃聚其徒而謀曰：『……其勤如此，不可無記。惟王氏世與吾接，……試往請焉，宜肯。』於是其徒相與礱石於庭，而使來以請。」嘉祐戊戌為嘉祐三年	
	〈建昌王君墓表〉	文中：「葬久矣，無咎始求予文，以表君墓。當時無咎……教授於常州。」此文應作於王安石也在常州之時，《長編》卷一百八十七，頁3記王安石嘉祐三年由常州調任江南東路刑獄，最晚作於此年	
	〈尚書刑部郎中周公墓誌銘〉、〈右侍禁周君墓誌銘〉、〈泰州司法參軍周君墓誌銘〉	顧棟高《王荊國文公年譜》卷上，頁 50	
	〈太常博士楊君夫人金華縣君吳氏墓誌銘・并序〉	顧棟高《王荊國文公年譜》卷上，頁 51	
	〈河東縣太君曾氏墓誌銘〉	顧棟高《王荊國文公年譜》卷上，頁 50	
嘉祐四年 （1059）	〈上仁宗皇帝言事書〉	高步瀛《唐宋文舉要》，〔註11〕甲編卷七，頁 865。	蔡上翔《王荊公年譜考略》繫於嘉祐三年；李之亮《王荊公文集箋注》繫於嘉祐五年

〔註11〕見高步瀛：《唐宋文舉要》（上海：上海古籍，1992 年 7 月）。

〈議茶法〉	蔡上翔《王荊公年譜考略》卷四，頁 320	
〈茶商十二說〉	李之亮《王荊公文集箋注》，頁 1139	
〈與王深父書一〉、〈答劉讀秀才書〉	李之亮《王荊公文集箋注》，頁 1226、1228	
〈王逢原墓誌銘〉、〈與崔伯易書〉	〈與崔伯易書〉文中：「逢原遽如此，痛念之無窮，特爲之作銘。因吳特起去奉呈，此於平生爲銘，最爲無愧者也。」此指王逢原逝世之事，顧棟高《王荊國文公年譜》卷上，頁 52：「（嘉祐四年）九月，撰〈王逢原墓誌銘〉。」	
〈與王逢原書一〉至〈與王逢原書七〉、〈答王逢原書〉	王逢原卒於嘉祐四年，姑將書信繫於此年	
〈與丁元珍書〉、〈與孫莘老書〉	李之亮《王荊公文集箋注》，頁 1314、1342	
〈上田正言啓〉	文中指田況「謝去賓庭，歸安子舍，逮今旋月」，指其致仕，又見王安石〈太子太傅致仕田公墓誌銘〉：「嘉祐三年十二月，暴得疾，不能興，上聞悼駭，敕中貴人、太醫問視，疾加損輒以聞。公即辭謝，求去位，奏至十四五，猶不許……致仕凡五年，疾遂篤，以八年二月乙酉薨於第，享年五十九。」田況由嘉祐三年十二月始上書至十四五不獲允，且〈上田正言啓〉作於田況歸家後一月左右，推測最快應於嘉祐四年成文	
〈謝王司封啓〉、〈謝提刑啓〉、〈謝夏噩察推啓〉	李之亮《王荊公文集箋注》，頁 1481、1484、1485	
〈護衛忠果功臣侍衛親軍步軍副都指揮使威塞軍節度新州管內觀察處置等使銀青光祿大夫檢校司空使持節新州刺史兼御史大夫上柱國始平郡開國公食邑二千一百戶食實封二百戶累贈太師中書令兼尙書令追封魯國公諡勤威馮公神道碑〉、〈京東提點刑獄陸君墓誌銘〉、〈王夫人墓誌銘〉	顧棟高《王荊國文公年譜》卷上，頁 52	

嘉祐五年（1060）	〈辭同修起居注狀一〉至〈辭同修起居注狀七〉、〈再辭同修起居注狀一〉至〈再辭同修起居注狀五〉	《長編》卷一百九十一，頁 9、10，記王安石辭起居注之任命	
	〈相度牧馬所舉薛向箚子〉	《長編》卷一百九十二，頁 7 記吳奎等人言相度牧馬利害，舉薦薛向，同此文之意	
	〈勅舉兵官未有人堪充狀〉	李之亮《王荊公文集箋注》，頁 103	
	〈答王深甫書一〉、〈答王深甫書二〉	李之亮《王荊公文集箋注》，頁 1221、1225	
	〈與王深父書二〉	李之亮《王荊公文集箋注》，頁 1227	
	〈答姚闢書〉	李之亮《王荊公文集箋注》，頁 1323	
	〈回謝館職啓〉	李燾《續資治通鑑長編》卷一百九十一，頁 9、10，記王安石辭館職之事	
	〈度支副使廳壁題名記〉	顧棟高《王荊國文公年譜》卷上，頁 54	
	《唐百家詩選》序〉	顧棟高《王荊國文公年譜》卷上，頁 55、56	
	〈贈光祿少卿趙君墓誌銘〉	顧棟高《王荊國文公年譜》卷上，頁 56	
	〈壽安縣君王氏墓誌銘〉	文中：「嘉祐四年某月某甲子夫人卒，……明年某月某甲子，葬揚州之天長縣。」	
嘉祐六年（1061）	〈除知制誥謝表〉、〈謝知制誥啓〉、〈上時政疏〉	蔡上翔《王荊公年譜考略》卷九，頁 351	
	〈議南郊三聖並侑箚子〉	李之亮《王荊公文集箋注》，頁 165	李之亮說：「嘉祐六年爲相時作。」嘉祐六年王安石尚未拜相，疑筆誤
	〈詔進所著文字謝表〉	李之亮《王荊公文集箋注》，頁 735	
	〈故贈左屯衛大將軍李公神道碑銘·并序〉	顧棟高《王荊國文公年譜》卷上，頁 60	
	〈內殿崇班錢君墓碣〉	李之亮《王荊公文集箋注》，頁 1979	

嘉祐七年（1062）	〈擬上殿箚子〉	李之亮《王荊公文集箋注》，頁 110	
	〈詳定十二事議〉	李之亮《王荊公文集箋注》，頁 936	
	《《新秦集》序》	顧棟高《王荊國文公年譜》卷上，頁 60、61	
	〈檢校太尉贈侍中正惠馬公神道碑〉、〈司農卿分司南京陳公神道碑〉、〈給事中贈尚書工部侍郎孔公墓誌銘〉、〈孔處士墓誌銘〉	顧棟高《王荊國文公年譜》卷上，頁 60	
嘉祐八年（1063）	〈舉陳樞充錢穀職司狀〉	李之亮《王荊公文集箋注》，頁 98	
	〈舉錢公輔自代狀〉	李之亮《王荊公文集箋注》，頁 99	
	〈舉呂公著自代狀〉	李之亮《王荊公文集箋注》，頁 100	
	〈舉謝卿材充升擢任使狀〉	李之亮《王荊公文集箋注》，頁 101	
	〈虞部郎中贈衛尉卿李公神道碑〉	文中自署	
	〈廣西轉運使孫君墓碑〉	李之亮《王荊公文集箋注》，頁 1778	
	〈贈禮部尚書安惠周公神道碑〉	李之亮《王荊公文集箋注》，頁 1809	
	〈太子太傅致仕田公墓誌銘〉	文中：「嘉祐二年……，以八年二月乙酉薨於第。……卜葬公利四月甲午，請所以志其壙。」故此文應作於嘉祐八年	
	〈王會之墓誌銘〉、〈大理寺丞楊君墓誌銘〉、〈楚國太夫人陳氏墓誌銘〉	顧棟高《王荊國文公年譜》卷上，頁 61	
	〈謝景回墓誌銘〉	文中：「以嘉祐四年十二月丙子棄世，……諸兄以八年十月乙酉葬君鄧州穰縣五壠原之兆，而臨川王某為銘曰……」	
	〈寧國縣太君樂氏墓誌銘〉	文中：「嘉祐八年二月辛巳卒於京師，卜以三月丙寅祔葬河南……其葬來屬以銘。」	

嘉祐	〈舉屯田員外郎劉彝狀〉	李之亮《王荊公文集箋注》，頁 102	
	〈舉渭州兵馬都監蓋傳等充邊上任使狀〉、〈舉古渭寨都監段充充兵官任使狀〉	李之亮《王荊公文集箋注》，頁 104	
	〈對疑〉	李之亮《王荊公文集箋注》，頁 988	
	〈賀致政楊侍讀啓〉	李之亮《王荊公文集箋注》，頁 1487	
	〈節度推官陳君墓誌銘〉	文中：「以嘉祐某年某月某甲子……，其兄之方爲之卜某州某縣某所之原以葬，而臨川王某爲銘曰……」	
	〈泰州海陵縣主簿許君墓誌銘〉	文中：「以嘉祐某年某月某甲子，葬眞州之揚子……」	
	〈進聖節功德疏右語〉四道	李之亮《王荊公文集箋注》，頁 784～786	
治平之前	〈性情〉	劉成國〈王安石江寧講學考述〉，〔註12〕頁 241	
治平元年（1064）	〈答韓求仁書〉	蔡上翔《王荊公年譜考略》卷十一，頁 384、385	
	〈虔州學記〉	顧棟高《王荊國文公年譜》卷上，頁 62、63。蔡上翔《王荊公年譜考略》卷十一，頁 380	
治平二年（1065）	〈辭赴闕狀一〉至〈辭赴闕狀三〉	題目下標明寫作時間	
	〈上富相公書〉	蔡上翔《王荊公年譜考略》卷十二，頁 398	
	〈上宋相公書〉、〈上張樞密書〉	蔡上翔《王荊公年譜考略》卷十二，頁 399	
	〈答徐賢良書〉	李之亮《王荊公文集箋注》，頁 1396	
	〈祭王回深甫文〉	王安石〈王深父墓誌銘〉：「其卒以治平二年七月二十八日，年四十三。」故將〈祭王回深甫文〉繫於治平二年	
	〈尙書工部侍郎樞密直學士狄公神道碑〉	顧棟高《王荊國文公年譜》卷上，頁 65	

〔註12〕 見劉成國：〈王安石江寧講學考述〉，收入《中華文史論叢》，第七十三輯。

	〈尚書祠部員外郎祕閣校理張君墓誌銘〉、〈葛興祖墓誌銘〉	顧棟高《王荊國文公年譜》卷上，頁65	
	〈王深父墓誌銘〉、〈虞部郎中刁君墓誌銘〉、〈國子博士致仕李君墓誌銘〉、〈朝奉郎守殿中丞前知興元府成固縣楊君墓誌銘〉	顧棟高《王荊國文公年譜》卷上，頁64	
治平三年（1066）	〈題王逢原《講孟子後》〉	文中：「逢原卒於嘉祐己亥六月，後七年，講義方行。」嘉祐己亥為嘉祐四年，後七年則為治平三年	
	〈尚書屯田員外郎周君墓誌銘〉、〈荊湖北路轉運判官尚書屯田郎中劉君墓誌銘·并序〉、〈廣西轉運使李君墓誌銘·并序〉	顧棟高《王荊國文公年譜》卷上，頁65	
	〈仁壽縣君楊氏墓誌銘〉	文中：「治平三年……五月十四日次高郵，而夫人卒……以某月某日葬某縣某鄉某里。」	
	〈高陽郡君齊氏墓誌銘〉	文中：「治平三年十月初八日，祔葬於南京虞城縣孟諸鄉田丘里……於葬，來求銘。」	
	〈永嘉縣君陳氏墓誌銘〉	顧棟高《王荊國文公年譜》卷上，頁65	
治平四年（1067）	〈辭知江寧府狀〉	顧棟高《王荊國文公年譜》卷上，頁65、66。	
	〈知制誥知江寧府謝上表〉	蔡上翔《王荊公年譜考略》卷十二，頁404	
	〈除翰林學士謝表〉	李燾《續資治通鑑長編拾補》〔註13〕卷二，頁4	
	〈英宗山陵禮畢慰皇帝表〉、〈慰太皇太后表〉二道、〈慰皇太后表〉二道、〈英宗祔廟禮畢慰皇帝表〉	《宋史·神宗紀一》，頁264、266，記英宗於治平四年正月崩，葬於八月，九月祔神主於太廟	

〔註13〕見〔清〕黃以周等人撰：《續資治通鑑長編拾補》（臺北：世界書局，1961年11月）。下文為避繁瑣，一律稱《長編拾補》。

	〈賀韓魏公啓〉	《長編拾補》卷二，頁 8：「（治平四年九月）韓琦數因入對求罷相，上察琦不可留……辛丑，特授琦守司空兼侍中、鎮安武勝軍節度使、判相州。」〈賀韓魏公啓〉文中云「判府司徒侍中」，即指此事	
	〈遠迎宣徽太尉狀〉	李之亮《王荊公文集箋注》，頁 1491	
	〈先狀上韓太尉〉	李之亮《王荊公文集箋注》，頁 1492	
	〈太平州新學記〉	文中自署	
	〈祭高師雄主簿文〉	李之亮《王荊公文集箋注》，頁 1657	
	〈祭丁元珍學士文〉	王安石〈司封員外郎秘閣校理丁君墓誌銘〉：「君以治平三年，待闕於常州，於是再遷尚書司封員外郎，以四年四月四日卒。」故將〈祭丁元珍學士文〉繫於治平四年	
	〈祭沈文通文〉、〈內翰沈公墓誌銘〉	《長編》卷二百五，頁 18 記沈遘卒於治平四年九月	
	〈尚書祠部郎中集賢殿修撰蕭君墓誌銘〉、〈臨川吳子善墓誌銘〉、〈壽安縣太君李氏墓誌銘〉	顧棟高《王荊國文公年譜》卷上，頁 66	
	〈仁壽縣太君徐氏墓誌銘〉、〈金太君徐氏墓誌銘〉	〈金太君徐氏墓誌銘〉爲〈仁壽縣太君徐氏墓誌銘〉的一部分，而〈仁壽縣太君徐氏墓誌銘〉文中「卒於池州宮舍，實治平三年八月十三日。以四年某月某日藏柩於某鄉里，祔郎中之葬……臨川王某銘其葬」，故將二文繫於治平四年	
治平	〈河圖洛書義〉、〈諫官論〉、〈伯夷〉	李之亮《王荊公文集箋注》，頁 961、963、966	
	〈九變而賞罰可言〉、〈夫子賢於堯舜〉、〈三不欺〉、〈非禮之禮〉、〈王霸〉、〈勇惠〉、〈仁智〉、〈中述〉、〈行述〉	李之亮《王荊公文集箋注》，頁 1050、1055、1057、1060、1061、1063、1065、1067、1068、1070	
	〈祿隱〉、〈太古〉、〈原教〉、〈原過〉、〈進說〉、〈取材〉、〈興賢〉、〈委任〉、〈知人〉、〈風俗〉、〈閔習〉	李之亮《王荊公文集箋注》，頁 1099、1101、1103、1105、1107、1110、1113、1116、1120、1123、1125	

	〈答龔深父書〉、〈再答龔深父《論語》、《孟子》書〉、〈答李秀才書〉、〈與楊蟠推官書一〉、〈與楊蟠推官書二〉	李之亮《王荊公文集箋注》，頁1216、1218、1337、1397、1398	
熙寧元年（1068）	〈議入廟箚子〉	李之亮《王荊公文集箋注》，頁121	
	〈本朝百年無事箚子〉	〔清〕畢沅撰：《續資治通鑑》，〔註14〕卷六十六，頁3	
	〈論許舉留守令勑箚子〉	李之亮《王荊公文集箋注》，頁149	
	〈乞朝陵箚子〉	李之亮《王荊公文集箋注》，頁151	
	〈乞免修《實錄》箚子〉	《宋史・神宗本紀一》，頁268、270	
	〈賜弟安國及第謝表〉	李之亮《王荊公文集箋注》，頁740	
	〈進修《南郊勑式》表〉	李之亮《王荊公文集箋注》，頁751	
	〈賜衣帶等謝表〉	李之亮《王荊公文集箋注》，頁757	
	〈勑設謝表〉	李之亮《王荊公文集箋注》，頁758	
	〈謝翰林學士笏記〉	文中：「含哀去國，扶儔造朝。」應指王安石熙寧元年入京。	
	〈郊宗議〉	李之亮《王荊公文集箋注》，頁920	
	〈翰林侍讀學士知許州軍州事梅公神道碑〉	顧棟高《王荊國文公年譜》，卷中，頁72	
	〈尚書屯田員外郎贈刑部尚書李公神道碑〉、〈袁州軍事推官蕭君墓誌銘〉、〈司封員外郎秘閣校理丁君墓誌銘〉	顧棟高《王荊國文公年譜》，卷中，頁74	
	〈尚書屯田員外郎仲君墓誌銘〉、〈宋尚書司封郎中孫公墓誌銘〉、〈朝奉郎尚書司封員外郎張君墓誌銘〉	顧棟高《王荊國文公年譜》，卷中，頁73	

〔註14〕見〔清〕畢沅撰：《續資治通鑑》（臺北：臺灣中華書局，1965年）。

	〈樂安郡君翟氏墓誌銘·并序〉、〈同安郡君劉氏墓誌銘〉	顧棟高《王荊國文公年譜》,卷中,頁 74	
	〈鄭公夫人李氏墓誌銘〉	文中:「熙寧元年八月庚申,補於其父安陸太平鄉……於其葬,臨川人王某爲銘。」	
	〈賀貴妃進位表〉	李之亮《王荊公文集箋注》,頁 795	
熙寧二年（1069）	〈景靈宮修蓋英皇帝神御殿上梁文〉、〈賀景靈宮奉安列聖御容表〉	《宋史·禮志》,頁 2624、2626:「神御殿,古原廟也,以奉安先朝之御容。……熙寧二年,奉安英宗御容於景靈宮。」	
	〈進戒疏〉	文中自署	
	〈論館職箚子一〉、〈論館職箚子二〉	李之亮《王荊公文集箋注》,頁 130、135	
	〈乞制置三司條例〉	《宋史·神宗本紀一》,頁 270,記熙寧二年二月甲子,陳升之、王安石創置三司條例,議行新法	
	〈辭免參知政事表〉、〈除參知政事謝表〉、〈除參知政事謝執政啓〉、〈參知政事回宗室賀啓〉、〈免參政上兩府啓〉	《宋史·宰輔表》,頁 5485,記熙寧二年二月庚子,王安石自翰林學士、工部侍郎兼侍講除右諫議大夫、參知政事。而〈免參政上兩府啓〉爲授參知政事後例行之文書,以示不敢奪丞相及樞密使二府之權	
	〈答聖問賽歌事〉	李之亮《王荊公文集箋注》,頁 923	
	〈看詳雜議〉	李之亮《王荊公文集箋注》,頁 927	
	〈謝皇親叔敖啓〉	李之亮《王荊公文集箋注》,頁 1448	
	〈贈司空兼侍中文元賈魏公神道碑〉、〈尙書司封員外郎張君墓誌銘〉、〈山南東道節度推官贈尙書工部郎中傅公墓誌銘〉、〈宋贈保慶軍節度觀察留後追封東陽郡公宗辯墓誌銘〉、〈贈虔州觀察使追封南康侯仲行墓誌銘〉、〈贈華州觀察使追封華陽侯仲龐墓誌銘〉、〈贈奉寧軍節度使	顧棟高《王荊國文公年譜》,卷中,頁 78	

	追封祁國公宗述墓誌銘〉、〈右千牛衛將軍仲夔墓誌銘〉、〈贈右屯衛大將軍世仍墓誌銘〉、〈右監門衛大將軍世耀故妻仁壽縣君康氏墓誌銘〉、〈右千牛衛將軍仲焉故妻永嘉縣君武氏墓誌銘〉		
	〈虞部郎中晁君墓誌銘〉	文中：「其子以熙寧二年正月二十九日卜濟州任城縣諫議鄉呂村之原以葬，狀君之行來乞銘。」故繫於熙寧二年	
	〈揚州進士滿夫人楊氏墓誌銘〉	顧棟高《王荊國文公年譜》，卷中，頁 79	
	〈右武衛大將軍黎州刺史世岳故妻安喜縣君李氏墓誌銘〉	顧棟高《王荊國文公年譜》，卷中，頁 78	李之亮《王荊公文集箋注》，頁 2136 繫於治平二年，疑誤
熙寧三年（1070）	〈進《鄮侯遺事》劄子〉	朱熹《朱文公文集》〔註15〕卷八十三，頁 1496 引王安石著，但已亡佚的《熙寧奏對日錄》，王安石與神宗在熙寧二年閏十一月十九日曾論及〈李鄮侯傳〉言兵制甚詳，故將此文暫繫於此年	
	〈辭免平章事監修國史表一〉、〈辭免平章事監修國史表二〉、〈除宰相上兩府大王免啓一〉、〈除宰相上兩府大王免啓二〉、〈除平章事監修國史謝表〉、〈謝宰相笏記〉	《宋史·宰輔表》，頁 5486，記熙寧三年十二月丁卯，王安石自右諫議大夫、參知政事加禮部侍郎、同平章事、監修國史	
	〈謝手詔慰撫劄子〉	〔明〕馮琦撰、陳邦瞻增訂、張溥論正：《宋史紀事本末》〔註16〕卷三十七，〈王安石變法〉，頁 268、269	李之亮《王荊公文集箋注》繫於熙寧四年末或五年初，疑誤〔註17〕

〔註15〕見〔宋〕朱熹：《朱文公文集》（臺北：臺灣商務印書館，1965 年 8 月）（四部叢刊初編集部，上海商務印書館縮印明刊本）。

〔註16〕〔明〕馮琦撰、陳邦瞻增訂、張溥論正：《宋史紀事本末》（臺北：臺灣商務印書館，1965 年 5 月）。

〔註17〕〈謝手詔慰撫劄子〉文中：「今日呂惠卿至臣第，具宣聖旨，……自與聞政事

	〈答手詔封還乞罷政事表劄子〉	《宋史紀事本末》卷三十七，〈王安石變法〉，頁 268、269	李之亮《王荊公文集箋注》繫於熙寧五年，疑誤〔註18〕
	〈與妙應大師說〉	文末自署「熙寧庚戌十二月十九日某書」，庚戌爲熙寧三年	
	〈答司馬諫議書〉	顧棟高《王荊國文公年譜》，卷中，頁 81	
	〈答曾公立書〉	蔡上翔《王荊公年譜考略》卷十六，頁 456	
	〈答吳孝宗書〉、〈答吳孝宗論先志書〉	蔡上翔《王荊公年譜考略》卷十五，頁 441、442	
	〈回謝王參政啓〉、〈回王參政免啓〉	王安石稱王珪爲「參政」，《長編》卷二百十八，頁 9 記熙寧三年十二月，王珪爲參知政事	
	〈答高麗國王啓〉	李之亮《王荊公文集箋注》，頁 1446	
	〈手詔令視事謝表〉	顧棟高《王荊國文公年譜》，卷中，頁 81	
熙寧四年（1071）	〈乞改科條制劄子〉	《長編》卷二百二十，頁 1，以〈乞改科條制劄子〉內容說明科舉改制	
	〈辭男雱說書劄子〉	《長編》卷二百二十六，頁 7	
	〈除弟安國館職謝表〉	蔡上翔《王荊公年譜考略》卷十七，頁 464	
	〈除雱中允崇政殿說書謝表〉	蔡上翔《王荊公年譜考略》卷十七，頁 465	
	〈遷入東府賜御筵謝表〉	李之亮《王荊公文集箋注》，頁 767	
	〈與趙卨書〉	文中王安石稱趙卨爲「龍圖」，《長編》卷二百一十九，頁 7 記趙卨於熙寧四年正月爲直龍圖閣，姑繫於此年	
	〈祭李省副文〉	《長編》卷二百二十四，頁 11，記李壽朋卒於熙寧四年六月甲子	
	〈王補之墓誌銘〉	顧棟高《王荊國文公年譜》卷中，頁 86	

以來，遂以期年，未能有所施爲。而內外交構，合爲沮議。……故因疾疢，輒求自放。」即指《宋史紀事本末》卷八所言：「(熙寧三年二月己酉) 帝爲巽辭謝之，且命呂惠卿諭旨。」故應繫於熙寧三年。

〔註18〕 就〈答手詔封還乞罷政事表劄子〉題目而言應作於已任參知政事，而未爲同中書門下平章事之前，且內容言「呂惠卿至臣第，傳聖旨趣臣視事」，與〈謝手詔慰撫劄子〉所言內容相近，寫作時間應相隔不久。

熙寧五年 （1072）	〈上五事箚子〉	顧棟高《王荊國文公年譜》卷中， 頁 87、88	
	〈廟議箚子〉	李之亮《王荊公文集箋注》，頁 157 ～159	顧棟高《王荊國文公年譜》將此文繫於熙寧六年；蔡上翔《王荊公年譜考略》繫於治平四年
	〈議服箚子〉	《長編》卷二百三十一，頁 8～11	
	〈答手詔令就職箚子〉	文中：「臣累乞解機務歸田里。」暫繫於熙寧五年	
	〈求退箚子〉	《長編》卷二百三十四，頁 12，記王安石於熙寧五年六月辛未入見神宗，而〈求退箚子〉言「令臣二十三日入見」，二十三日恰為辛未日	
	〈乞退表一〉至〈乞退表四〉	〈乞退表四〉言「令臣入見，赴中書供職者」，與《長編》卷二百三十四，頁 12 所載史事吻合	李之亮《王荊公文集箋注》，頁 868～872 將四文繫於熙寧七年，疑誤
	〈乞解機務箚子〉至〈乞解機務箚子五〉	《長編》卷二百三十四，頁 12	
	〈賜生日禮物謝表一〉至〈賜生日禮物謝表五〉	李之亮《王荊公文集箋注》，頁 837～841	李之亮將五文繫於熙寧四年或五年，今暫從五年
	〈與王子醇書一〉	文中：「即武勝必為帥府。」應指《宋史・王韶傳》，頁 10580：「（熙寧五年七月）潛師越武勝，遇瞎征首領瞎藥等，與戰破之，遂城武勝，建為鎮洮軍。」收復武勝之事	
	〈祭歐陽文忠公文〉	《長編》卷二百三十七，頁 8 記歐陽脩卒於熙寧五年八月甲申	
熙寧六年 （1073）	〈議郊祀壇制箚子〉	李之亮《王荊公文集箋注》，頁 166	
	〈百寮賀復熙河路表〉	《長編》卷二百四十七，頁 15，王安石因朝廷招撫蕃族而上表祝賀	
	〈賜玉帶謝表〉	《長編》卷二百四十七，頁 15：「上解所服玉帶賜安石。」	
	〈進《熙寧編敕》表〉	《會要・刑法》〔註 19〕一之九，頁 6466：「（熙寧）六年八月七日，提舉編敕宰臣王安石上刪定編敕、敕書、德音，附令敕、申明敕、目錄，共二十六卷。」	
	〈兩府待罪表〉	李之亮《王荊公文集箋注》，頁 857	

〔註 19〕見〔宋〕宋綬等奉敕修：《宋會要輯本》（臺北：世界書局，1964 年）。

	〈與王子醇書二〉、〈與王子醇書三〉	蔡上翔《王荊公年譜考略》卷十八，頁 476、477	
	〈回韓相公啓〉、〈回文侍中啓〉	李之亮《王荊公文集箋注》，頁 1459、1460	
	〈張常勝墓誌銘〉	顧棟高《王荊國文公年譜》卷中，頁 97	
熙寧七年（1074）	〈乞罷政事表一〉至〈乞罷政事表三〉	李之亮《王荊公文集箋注》，頁 862、863、864	
	〈乞出表一〉、〈乞出表二〉	李之亮《王荊公文集箋注》，頁 865、866	
	〈答手詔留居京師箚子〉	《長編》卷二百五十二，頁 19	
	〈除雱正言待制謝表〉	李之亮《王荊公文集箋注》，頁 745	
	〈觀文殿學士知江寧府謝上表〉	《宋史‧宰輔表》，頁 5488，記王安石於熙寧七年四月知江寧府	
	〈辭免南郊陪位表〉	李之亮《王荊公文集箋注》，頁 831	
	〈賜湯藥謝表〉	李之亮《王荊公文集箋注》，頁 848	
	〈中使傳宣撫問并賜湯藥及撫慰安國弟亡謝表〉	王安石〈王平甫墓誌〉（卷九十一）記王安國：「熙寧七年八月十七日不起。」	
	〈差張諤醫男雱謝表〉	蔡上翔《王荊公年譜考略》，卷十八，頁 492	
	〈南郊進奉表〉	李之亮《王荊公文集箋注》，頁 906	
	〈與王子醇書四〉	蔡上翔《王荊公年譜考略》卷十八，頁 483	
	〈與劉元忠待制書〉	李之亮《王荊公文集箋注》，頁 1309	
	〈罷相出鎮回謝啓〉	視內容爲王安石第一次罷相寫給文彥博的信	
	〈賀韓史館相公啓〉	李之亮《王荊公文集箋注》，頁 1449	
熙寧八年（1075）	〈辭男雱授龍圖箚子一〉至〈辭男雱授龍圖箚子三〉	《長編》卷二百六十五，頁 10	
	〈辭免除平章事昭文館大學士表一〉、〈辭免除平章事昭文館大學士表二〉、〈除平章事昭文館大學士謝表〉	《長編》卷二百六十，頁 6：「（熙寧八年二月）癸酉，觀文殿大學士、吏部尙書、知江寧府王安石依前觀平章事、昭文館大學士。」	

	〈辭僕射箚子一〉至〈辭僕射箚子三〉，〈辭左僕射表一〉、〈辭左僕射表二〉、〈除左僕射謝表〉、〈上執政辭僕射啓〉	《長編》卷二百六十五，頁 10：「（熙寧八年六月）辛亥，吏部尚書、平章事、昭文館大學士王安石加左僕射兼門下侍郎。」	
	〈周禮義序〉、〈詩義序〉、〈書義序〉	《長編》卷二百六十五，頁 24：「（熙寧八年六月甲寅）王安石上詩、書、周禮義序。」	
	〈改撰〈詩義序〉箚子〉	《長編》卷二百六十五，頁 24	
	〈論改《詩義》箚子〉、〈答手詔言改經義事箚子〉	《長編》卷二百六十八，頁 4。史事中有此文內容。	
	〈李舜舉賜詔書藥物謝表〉、〈中使撫問謝表一〉、〈中使撫問謝表二〉	李之亮《王荊公文集箋注》，頁 845、847、848	
	〈回曾簽書免啓〉	李之亮《王荊公文集箋注》，頁 1454	
	〈祭韓欽聖學士文〉	李之亮《王荊公文集箋注》，頁 1663	
熙寧九年（1076）	〈請皇帝御正殿復常膳表一〉、〈請皇帝御正殿復常膳表二〉	〈請皇帝御正殿復常膳表二〉文中：「近上表請御正殿服常膳，蒙降批答不允者。」與《長編》卷二百六十九，頁 18：「（熙寧八年冬十月）乙巳王安石等，以上避正殿減常膳上表待罪，詔答不允。」相符，故繫二文於熙寧八年	
	〈宣諭蘇子元箚子〉	李之亮《王荊公文集箋注》，頁 228	
	〈謝手詔訓諭箚子〉	李之亮《王荊公文集箋注》，頁 211	
	〈乞解機務箚子六〉	文中「陛下收召拔擢，排天下異議，而付之以事，八年於此矣」，且《長編》卷二百七十三，頁 6 有提及王安石辭機務之事	
	〈乞宮觀箚子一〉至〈乞宮觀箚子五〉	李之亮《王荊公文集箋注》，頁 219～223	
	〈乞將田割入蔣山常住箚子〉	《長編》卷二百七十九，頁 11：「判江甯府王安石奏乞施田與蔣山太平興國寺充常住，為其父母及子雱營辦功德，從之。」	

〈乞宮觀表一〉至〈乞宮觀表四〉	〈乞宮觀箚子四〉：「除已具表，謹具箚子陳乞。」〈乞宮觀箚子五〉：「臣某近四上表，乞以本官外除一宮觀差遣。」文中所謂的表，應指四道〈乞宮觀表〉，故將四文與五道〈乞宮觀箚子〉繫於同年	
〈依所乞私田充蔣山太平興國寺常住謝表〉	《長編》卷二百七十九，頁 11	李之亮《王荊公文集箋注》，頁 881 將此文繫於元豐七年，疑誤
〈賀魯國大長公主出降表〉	李之亮《王荊公文集箋注》，頁 807	
〈與參政王禹玉書一〉、〈與參政王禹玉書二〉	蔡上翔《王荊公年譜考略》卷十九，頁 505：「公於八年二月再相，九年春即辭至四五。久之既不得請，復乞同僚以助之。」	
〈賀留守侍中啓〉	文章中「侍中」指文彥博。《宋史·文彥博傳》，頁 291：「（熙寧九年八月）戊子，以文彥博守太保兼侍中，行太原尹。」故將此文繫於熙寧九年	李之亮《王荊公文集箋注》，頁 1434 將此文繫於元豐三年，疑誤
〈祭張安國檢正文〉	文中：「吾兒逝矣，君又隨之。」據蔡上翔《王荊公年譜考略》卷十九，頁 503：「熙寧九年七月，王雱卒。」故張安國應卒於熙寧九年七月後不久	
熙寧十年（1077） 《洪範》傳、〈書《洪範傳》後〉、〈進《洪範》表〉	蔡上翔《王荊公年譜考略》，卷二十，頁 511、529、530	
	〈辭免使相判江寧府表一〉、〈辭免使相判江寧府表二〉、〈除集禧觀使乞免相表〉	《長編》卷二百八十三，頁 3：「（熙寧十年六月壬辰）以鎮南軍節度使、同平章事、判江寧府王安石爲集禧觀使，居金陵。」	
	〈朱炎傳聖旨令視府事謝表〉	蔡上翔《王荊公年譜考略》，卷十九，頁 506	
	〈差弟安上傳旨令授勅命不須辭免謝表〉	顧棟高《王荊國文公年譜》卷下，頁 108	
	〈賀南郊禮畢肆赦表一〉、〈賀南郊禮畢肆赦表二〉	李之亮《王荊公文集箋注》，頁 809、811	

	〈給蔡卞假傳宣撫問謝表〉、〈甘師顏傳宣撫問并賜藥謝表〉	李之亮《王荊公文集箋注》，頁 843、844	
	〈乞致仕表〉	李之亮《王荊公文集箋注》，頁 884	
	〈相鶴經〉、〈萬宗泉記〉	文中自署	龍舒本中〈萬宗泉記〉署明寫作時間
	〈與沈道原舍人書一〉	李之亮《王荊公文集箋注》，頁 1310	
	〈寶文閣待制常公墓表〉	顧棟高《王荊國文公年譜》卷下，頁 109	
熙寧末年	〈李友詢傳宣撫問及賜湯藥謝表〉	文中：「伏蒙皇帝陛下飭遣親使，護致旅櫬，使亡子之魂即安於窀穸。」王雱卒於熙寧九年七月，返鄉埋葬應至十年	
熙寧	〈賜衣服銀絹等謝表〉	李之亮《王荊公文集箋注》，頁 851	
	〈議郊廟太牢箚子〉、〈議皇地示神州地示不合燎燔事箚子〉	李之亮《王荊公文集箋注》，頁 170、174	
	〈祭呂望之母郡太文〉	李之亮《王荊公文集箋注》，頁 1681	
	〈答王伯虎書〉	李之亮《王荊公文集箋注》，頁 1319	
元豐元年（1078）	〈已除觀使乞免使相箚子一〉至〈已除觀使乞免使相箚子四〉	《長編》卷二百八十七，頁 1，記元豐元年正月王安石受觀使而辭免使相。〈已除觀使乞免使相箚子一〉：「伏望聖慈察臣累奏，許以本官充使，於江寧府居住。」	
	〈封舒國公謝表〉、〈除依前左僕射觀文殿大學士集禧觀使謝表〉	蔡上翔《王荊公年譜考略》，卷二十一，頁 532：「（元豐元年）正月，以王安石爲尚書左僕射、舒國公、集禧觀使。」	
	〈孫珪傳宣許罷節鉞謝表〉、〈添差男旁勾當江寧府糧料院謝表〉	蔡上翔《王荊公年譜考略》，卷二十一，頁 533、534	
	〈廬山文殊像現瑞記〉	文中自署	
	〈祭曾魯公文〉	《長編》卷二百八十七，頁 19 記曾公亮卒於元豐元年春正月己亥	

	〈與王宣徽書一〉至〈與王宣徽書三〉	〈與王宣徽書二〉稱王拱辰爲「宣徽太尉」，《長編》卷二百九十三，頁 8，記王拱辰於元豐元年冬十月己未，受命爲檢校太尉、宣徽南院使，故三封信應作於此年之後，今暫繫於此年	李之亮《王荊公文集箋注》，頁 1391～1393 繫三文於治平三年，疑誤〔註20〕
元豐二年（1079）	〈賀冬表一〉、〈賀正表一〉	《王文公文集》（龍舒本）於題目下標明寫作時間	
	〈慈聖光獻皇后昇遐慰皇帝表〉	《宋史·神宗本紀三》，頁298，記太皇太后崩於元豐二年十月	
	〈賀致政趙少保啓〉	《長編》卷二百九十六，頁 5：「（元豐二年正月）己丑，資政殿大學士、右諫議大夫、知杭州趙抃爲太子太保致仕。」	
元豐三年（1080）	〈進《字說》箚子〉、〈熙寧《字說》序〉	蔡上翔《王荊公年譜考略》，卷二十一，頁 546、547	〈熙寧《字說》序〉中言上《字說》二十卷
	〈乞改三經義誤字箚子一〉、〈乞改三經義誤字箚子二〉	題目下標明寫作時間	
	〈封荊國公謝表〉	《長編》卷三百八，頁 11：「觀文殿大學士、集禧觀使、左僕射、舒國公王安石，爲特進改封荊國公。」	
	〈賀明堂禮畢肆赦表〉	李之亮《王荊公文集箋注》，頁812	
	〈賀冬表二〉、〈賀正表二〉	《王文公文集》（龍舒本）於題目下標明寫作時間	
	〈辭免明堂陪位表〉、〈詔免南郊陪位謝表〉、〈詔免明堂陪位謝表〉	李之亮《王荊公文集箋注》，頁832、833、834	
	〈加食邑謝表一〉、〈加食邑謝表二〉	李之亮《王荊公文集箋注》，頁835、836	

〔註20〕 《宋史·王拱辰傳》：「除宣徽北院使，抃言：『宣徽之職，本以待勳勞者，唯前執政及節度使得爲之，拱辰安得汙此選？』乃以端明殿學士知永興軍，歷泰定二州、河南大名府，積官至吏部尚書。神宗登極，恩當轉僕射，歐陽脩以爲此宰相官，不應序進，但遷太子少保。熙寧元年，復以北院使召還。」見〔元〕脫脫等撰：《宋史》，卷三百一十八，頁 10361。可見王拱辰至熙寧元年才得宣徽北院使一職，如果王安石於治平三年寫信，不會稱王拱辰爲「宣徽」。

	〈慈聖光獻皇后啟殯及復土返虞慰皇帝表〉二道、〈慈聖光獻皇后神主祔廟慰皇帝表〉	《宋史・神宗本紀三》，頁 301，記太皇太后於元豐三年正月在殯，三月祔神主於太廟	
	〈慈聖光獻皇后祥除慰皇帝表〉	李之亮《王荊公文集箋注》，頁 899	
	〈賀章參政啟〉、〈與章參政書〉	《宋史・宰輔表》二：「（元豐三年）二月丙午，章惇自翰林學士、右正言、知審官東院除右諫議大夫、參知政事。」故將〈賀章參政啟〉、〈與章參政書〉繫於元豐三年	
	〈回文太尉書〉	文中：「某再拜留守太尉儀同。」長編三百九，頁 6：「（元豐三年閏九月）乙卯，河東節度使、守太尉、開府儀同三司、判河南府潞國公文彥博。」可知此時文彥博擔任此官職	
	〈祭吳侍中沖卿文〉	蔡上翔《王荊公年譜考略》卷二十一，頁 537	
	〈祭北山元長老文〉	文中自署	
	〈王平甫墓誌〉	顧棟高《王荊國文公年譜》卷下，頁 113	
元豐四年（1081）	〈與彭器資書〉、〈與程公辟書〉	李之亮《王荊公文集箋注》，頁 1393、1394	
	〈賀冬表三〉、〈賀正表三〉	《王文公文集》（龍舒本）於題目下標明寫作時間	
	〈答呂吉甫書〉	顧棟高《王荊國文公年譜》卷下，頁 116 繫於元豐四年。蔡上翔《王荊公年譜考略》，卷二十一，頁 548 就改制官名，而繫此文於元豐三年。故此文最晚成於四年	
	〈八皇子薨慰皇帝表〉、〈八皇子葬慰皇帝表〉	李之亮《王荊公文集箋注》，頁 901、902	
元豐五年（1082）	〈進《字說》表〉	顧棟高《王荊國文公年譜》卷下，頁 117 記元豐五年上《字說》二十四卷	
	〈賀生皇子表一〉至〈賀生皇子表六〉	李之亮《王荊公文集箋注》，頁 796～803	
	〈賀魏國大長公主禮成表〉	《長編》卷三百十一，頁 15：「（元豐五年十二月）丁巳，賢妃周氏進位，德妃冀國大長公主進封魏國大長公主。」	

	〈賀冀國大長公主出降表〉	李之亮《王荊公文集箋注》，頁 806	
	〈賀正表四〉	《王文公文集》（龍舒本）於題目下標明寫作時間	
	〈答許朝議書〉	李之亮《王荊公文集箋注》，頁 1259	
	〈與郭祥正太博書一〉、〈與郭祥正太博書二〉	李之亮《王荊公文集箋注》，頁 1290、1291	
	〈答范峋提刑書一〉、〈答范峋提刑書二〉	由題名判斷當時范峋官職爲提刑，而《長編》卷三百二十七，頁 9：「（元豐五年六月丁巳）江南東路提點刑獄范峋言事。」故將二文繫於元豐五年	
	〈答蔣穎叔書〉	李之亮《王荊公文集箋注》，頁 1419	李之亮將此文繫於元豐四、五年間，今暫從五年
	〈祭馬玘大夫文〉	李之亮《王荊公文集箋注》，頁 1658	李之亮將此文繫於元豐四、五年間，今暫從五年
元豐六年（1082）	〈賀冬表四〉、〈賀冬表五〉	《王文公文集》（龍舒本）於題目下標明寫作時間	
	〈賀冊仁宗英宗徽號禮成表〉	李之亮《王荊公文集箋注》，頁 885	
	〈魯國大長公主薨慰表〉	《宋史‧公主列傳》，頁 8778，記魯國大長公主於元豐六年薨	
	〈賀致政文太師啓〉	《長編》卷三百四十一，頁 3：「（元豐六年十一月）甲寅，河東節度使、守太尉、開府儀同三司、判河南府、潞國公文彥博爲河東、永興節度使、守太師、開府儀同三司致仕。」	
	〈賀留守王太尉啓〉	李之亮《王荊公文集箋注》，頁 1436	
	〈祭刁景純學士文〉	李之亮《王荊公文集箋注》，頁 1662	
	〈長安縣太君王氏墓誌〉	文中「其卒，……實元豐三年正月己酉。……卜六年，葬江州德化縣某鄉里之原。兄安石爲誌如此」，故將此文繫於元豐六年	李之亮《王荊公文集箋注》據顧棟高《王荊國文公年譜》說法，繫於元豐三年，疑誤

元豐七年 （1084）	〈乞以所居園屋爲寺并乞賜額箚子〉、〈詔以所居園屋爲僧寺及賜寺額謝表〉	蔡上翔《王荊公年譜考略》，卷二十三，頁 573	
	〈回蘇子瞻簡〉	《蘇軾年譜》〔註21〕卷二十三，頁 649：「（元豐七年八月）軾在眞州，與王安石簡，薦秦觀。安石回簡。……回簡見《王臨川集》卷七十三，謂得軾簡『知尚盤桓江北，俯仰踰月，豈勝感悵。得秦君詩，手不能捨』，讚觀詩清新嫵麗。」與〈回蘇子瞻簡〉內容相合	
	〈與陳和叔內翰簡〉	李德身《王安石詩文繫年》，頁 278 說：「『今日承以卷致餽，喻令來取』云云，則當爲陳繹知江寧府時事。」李之亮《王荊公文集箋注》，頁 1258，記陳繹知江寧府於元豐五年至七年間，故繫於此	
	〈與李修撰書〉	李之亮《王荊公文集箋注》，頁 1395	
	〈回元少保書一〉、〈回元少保書二〉	視二文內容，應爲元絳致仕後二人所來往之書信。《宋史》卷三百四十三，頁 10907：「明年，加資政殿學士、知青州，過都……又明年，以太子少保致仕……三年而薨，年七十六。」知元絳於元豐四年致仕，卒於元豐七年，故將二文暫繫於元豐七年	
	〈答俞秀老書〉	顧棟高《王荊國文公年譜》卷下，頁 119～123	
元豐八年 （1085）	〈辭免司空表一〉、〈辭免司空表二〉	蔡上翔《王荊公年譜考略》卷二十四，頁 577，記王安石被封爲司空	
	〈賀哲宗皇帝登極表〉	《宋史·神宗本紀三》，頁 313，記元豐八年，哲宗即位	
	〈賀呂參政啓〉	《宋史·宰輔表》二，頁 5494：「（元豐八年）七月戊戌，呂公著自資政殿大學士、銀青光祿大夫兼侍讀加尚書左丞。」	
	〈吳錄事墓誌〉	文中：「卜以元豐八年……，葬於唐州……臨川王某誌。」	

〔註21〕 見孔凡禮撰：《蘇軾年譜》（北京：中華書局，1998 年）。

元豐	〈謝賜《元豐勅令格式》表〉	《元豐勅令格式》成於元豐年間	
	〈璨公信心銘〉	李之亮《王荊公文集箋注》，頁 15	
	〈蔣山鍾銘〉、〈蔣山覺海元公眞讚〉	提至蔣山，應爲晚年退居金陵之作	
	〈梵天畫讚〉、〈維摩像讚〉、〈空覺義示周彥眞〉	李之亮《王荊公文集箋注》，頁 18、19、20	
	〈賀康復表〉	李之亮《王荊公文集箋注》，頁 808	
	〈賀多表六〉、〈賀多表七〉、〈賀多表八〉	李之亮《王荊公文集箋注》，頁 820、821、822	
	〈賀正表五〉	李之亮《王荊公文集箋注》，頁 829	
	〈賜曆日謝表一〉、〈賜曆日謝表二〉	李之亮《王荊公文集箋注》，頁 854、855	
	〈賀升祔禮畢表〉	文中說：「久隔清光。」應指回到江寧後，久未見皇帝	
	〈正旦奉慰表〉	文中：「太皇太后棄捐宮闈。」可知應作於元豐二年太皇太后去世之後	
	〈《易》泛論〉、〈卦名解〉	李之亮《王荊公文集箋注》，頁 939、950	
	〈題〈燕華仙傳〉〉、〈書《金剛經義》贈吳珪〉	李之亮《王荊公文集箋注》，頁 1198	
	〈答蔡天啓〉	李之亮《王荊公文集箋注》，頁 1261	
	〈與沈道原舍人書二〉、〈答郟大夫書〉、〈答孫莘老書〉	李之亮《王荊公文集箋注》，頁 1312、1388、1414	
	〈回留守太尉賀生日啓〉	由「如畎畝之餘生，乃門闌之舊物」，推測爲元豐年間退隱金陵所作	
	〈回賀多啓〉三道、〈回賀正啓〉三道	李之亮《王荊公文集箋注》，頁 1461～14466	
	〈賀文太師啓〉	文中「某限以病居在遠」，應作於王安石晚年	
	〈祭虞靖之文〉	文中「衰老邂逅，綢繆山水」，應作於王安石晚年	
元祐元年（1086）	〈謝宣醫箚子〉、〈中使宣醫謝表〉	顧棟高《王荊國文公年譜》卷下，頁 124	
早年	〈君子齋記〉、〈石門亭記〉	李之亮《王荊公文集箋注》，頁 1563、1597 將二文繫於早年	

編年未詳	〈思歸賦〉、〈釋謀賦〉		賦作
編年未詳	〈三聖人〉、〈周公〉、〈子貢〉、〈揚孟〉、〈夔說〉、〈鯀說〉、〈季子〉、〈荀卿〉、〈楊墨〉、〈老子〉、〈莊周上〉、〈莊周下〉		論議
編年未詳	〈原性〉、〈性說〉、〈對難〉		論議
編年未詳	〈材論〉、〈禮論〉、〈禮樂論〉、〈大人論〉、〈致一論〉、〈九卦論〉		論議
編年未詳	〈命解〉、〈《易‧象》論解〉、〈《周南》詩次解〉		論議
編年未詳	〈題旁詩〉、〈策問十一〉		
編年未詳	〈答程公闢議親書〉、〈與曾子山書〉、〈答黎檢正書〉、〈答李參書〉、〈答史諷書〉、〈謝張學士書〉、〈答宋保國書〉、〈回謝舍人啟〉、〈上宋相公啟〉、〈上集賢相公啟〉、〈上泉州畢少卿啟〉、〈上信州知郡大諫啟〉、〈上通判啟〉		書信
編年未詳	〈送胡叔才序〉		贈序
編年未詳	〈祭蘇虞部文〉、〈祭李審言文〉、〈祭沈中舍文〉、〈祭束向元道文〉		祭文
編年未詳	〈祈雨文〉、〈謝雨文〉		

| 編年未詳 | 〈尙書兵部員外郎知制誥謝公行狀〉、〈太常博士鄭君墓表〉、〈貴池主簿沈君墓表〉、〈處士征君墓表〉、〈鄱陽李夫人墓表〉、〈翁源縣令楊府君墓表〉、〈建安章君墓誌銘〉、〈秘書丞張君墓誌銘〉、〈司封郎中張君墓誌銘〉、〈吳處士墓誌銘〉、〈贈尙書吏部侍郎句公墓誌銘〉、〈漢陽軍漢川縣令陳君墓誌銘〉、〈主客郎中知興元王公墓誌銘〉、〈秘書丞謝師宰墓誌銘〉、〈建陽陳夫人墓誌銘〉、〈仙遊縣太君羅氏墓誌銘〉、〈曾公夫人吳氏墓誌銘〉 | | 墓誌銘 |

參考書目

一、**古籍文獻**（以成書朝代先後及作者姓名筆劃多寡爲排列順序）

1. 《十三經注疏》臺北：藝文印書館，1989 年 1 月。

2. 〔漢〕司馬遷撰：《史記》臺北：大申書局，1982 年 2 月。

3. 〔南朝梁〕劉勰：《文心雕龍》臺北：臺灣商務印書館，1965 年 8 月，四部叢刊初編集部，上海商務印書館縮印明刊本。

4. 〔隋〕王通：《中說》上海：上海商務印書館，1940 年 6 月。

5. 〔唐〕慧能：《金剛經解義》，收入《卍續藏經》臺北：中國佛教會影印卍續藏經會，1967 年 5 月。

6. 〔唐〕韓愈著、〔宋〕朱熹考異：《朱文公校昌黎文集》臺北：臺灣商務印書館，1965 年 8 月，四部叢刊初編集部，上海商務印書館縮印元刊本。

7. 〔宋〕王安石：《王文公文集》上海：上海人民出版社，1974 年 7 月。

8. 〔宋〕王安石：《臨川先生文集》臺北：臺灣商務印書館，1965 年 8 月，四部叢刊初編集部，據上海商務印書館縮印明刊本。

9. 〔宋〕王應麟：《玉海》臺北：華文書局，1964 年 1 月。

10. 〔宋〕王鞏：《甲申聞見二錄補遺》，收入《景印文淵閣四庫全書》。

11. 〔宋〕包拯：《孝肅包公奏議》，收入《叢書集成初編》上海：上海商務印書館，1939 年 12 月。

12. 〔宋〕司馬光：《溫國文正司馬公文集》臺灣：臺灣商務印書館，1965 年 8 月，四部叢刊初編集部，上海商務縮印常熟瞿氏藏宋紹興本。

13. 〔宋〕朱熹、李幼武同編：《宋名臣言行錄》，收入《宋史資料萃編》第一輯，臺北：文海出版社，1967 年 1 月。

14. 〔宋〕朱熹編：《伊川先生年譜》，收入《北京圖書館藏珍本》北京：北

京圖書館出版社，1998 年 8 月。

15. 〔宋〕沈作喆纂：《寓簡》臺北：新文豐出版社，1984 年 6 月。

16. 〔宋〕汪藻：《浮溪集》，收入《叢書集成初編》上海：上海商務印書館，1935 年 12 月。

17. 〔宋〕吳子良：《荊溪林下偶談》，收入王水照編：《歷代文話》上海：復旦大學出版社，2007 年 11 月，第一冊。

18. 〔宋〕吳曾：《能改齋漫錄》上海：上海商務印書館，1939 年 12 月。

19. 〔宋〕李心傳編：《道命錄》臺北：文海出版社，1981 年 6 月。

20. 〔宋〕李覯：《直講李先生文集》臺北：臺灣商務印書館，1965 年 8 月，四部叢刊初編集部，上海商務印書館縮印江南圖書館藏明刊本。

21. 〔宋〕李燾撰：《續資治通鑑長編》臺北：世界書局，1961 年 11 月。

22. 〔宋〕朱熹編：《河南程氏遺書》臺北：臺灣商務印書館，1968 年 3 月。

23. 〔宋〕周必大：《文忠集》，收入《景印文淵閣四庫全書》臺北：臺灣商務印書館，1983～1986 年。

24. 〔宋〕邵伯溫：《邵氏聞見錄》北京：中華書局，1983 年 8 月。

25. 〔宋〕范仲淹：《范文正公集》（臺北：臺灣商務印書館，1965 年 8 月）（四部叢刊初編集部，上海商務縮印江南圖書館藏明翻元刊本。

26. 〔宋〕洪邁：《容齋隨筆》上海：上海商務印書館，1935 年。

27. 〔宋〕晁公武：《郡齋讀書志》臺北：廣文書局，1967 年 12 月。

28. 〔宋〕陳均：《九朝編年備要》，收入《景印文淵閣四庫全書》，史部八六。

29. 〔宋〕陳亮：《龍川文集附辨譌考異》臺北：新文豐出版社，1984 年 6 月。

30. 〔宋〕陳善：《捫蝨新話》，收入《叢書集成初編》上海：上海商務印書館，1939 年 12 月。

31. 〔宋〕陳師道：《後山談叢》，收入《百部叢書集成》臺北：藝文印書館，1965 年。

32. 〔宋〕陳振孫：《直齋書錄解題》臺北：臺北商務印書館，1968 年 3 月。

33. 〔宋〕陳騤：《文則》，收入《叢書集成初編》上海：上海商務印書館，1937 年 12 月。

34. 〔宋〕張表臣編：《珊瑚鈎詩話》，收入《叢書集成初編》上海：上海商務印書館，1939 年 12 月。

35. 〔宋〕陸九淵：《象山先生全集》臺北：臺灣商務印書館，1965 年 8 月，四部叢刊初編集部。

36. 〔宋〕陸佃：《陶山集》臺北：新文豐出版社，1984 年 6 月，據商務民

國二十四年十二月初版依聚珍版叢書排印。

37. 〔宋〕陸游:《老學庵筆記》臺北:木鐸出版社,1982 年 5 月。

38. 〔宋〕程頤撰:《二程文集》,收入《百部叢書集成》臺北:藝文印書館,1965 年。

39. 〔宋〕程顥、程頤著:《二程全書》臺北:臺灣中華書局,1965 年 11 月,四部備要,據江寧刻本校刊。

40. 〔宋〕曾季貍:《艇齋詩話》,收入《叢書集成初編》上海:上海商務印書館,1936 年 12 月。

41. 〔宋〕曾鞏著:《元豐類薬》臺北:臺灣商務印書館,1965 年 8 月,四部叢刊初編集部,上海商務印書館縮印烏程蔣氏密韻樓藏元刊本。

42. 〔宋〕黃庭堅:《豫章黃先生文集》臺北:臺灣商務印書館,1956 年 8 月,四部叢刊初編集部,上海商務印書館縮印嘉興沈氏藏宋本。

43. 〔宋〕黃震:《黃氏日抄》京都:中文出版社,1979 年 5 月。

44. 〔宋〕楊囷道:《雲莊四六餘話》,收入《叢書集成初編》上海:上海商務印書館,1939 年 12 月。

45. 〔宋〕楊仲良撰:《資治通鑑長編紀事本末》,收入《宋史資料萃編》第二輯,臺北:文海出版社,1967 年 11 月。

46. 〔宋〕楊時編:《二程粹言》,收入《叢書集成初編》上海:上海商務印書館,1936 年 6 月。

47. 〔宋〕楊時:《楊龜山先生全集》臺北:學生書局,1974 年 6 月。

48. 〔宋〕楊萬里:《誠齋詩話》,收入吳文治主編:《宋詩話全編》南京:江蘇古籍出版社,1998 年 12 月。

49. 〔宋〕葉夢得:《巖下放言》臺北:臺灣商務印書館,1981 年,四庫全書珍本十一集。

50. 〔宋〕葉適:《習學記言序目》,收入《叢書集成續編》臺北:新文豐出版公司,1989 年 7 月。

51. 〔宋〕趙升:《朝野類要》,收入《叢書集成初編》上海:上海商務印書館,1939 年 12 月。

52. 〔宋〕趙與時:《賓退錄》臺北:廣文書局,1969 年 9 月。

53. 〔宋〕黎靖德編:《朱子語類》臺北:文津出版社,1986 年 12 月。

54. 〔宋〕歐陽脩:《歐陽文忠公文集》臺北:臺灣商務印書館,1965 年 8 月,四部叢刊初編集部,上海商務縮印元刊本。

55. 〔宋〕歐陽脩、宋祁等撰:《新唐書》臺北:臺灣中華書局,1965 年 11 月。

56. 〔宋〕歐陽脩:《歸田錄》臺北:木鐸出版社,1982 年 2 月。

57. 〔宋〕蔡居厚：《蔡寬夫詩話》，收入吳文治主編：《宋詩話全編》，第一冊。

58. 〔宋〕謝伋：《四六談麈》，收入《叢書集成初編》上海：上海商務印書館，1936 年 12 月。

59. 〔宋〕謝采伯：《密齋筆記》臺北：廣文書局，1970 年 12 月。

60. 〔宋〕韓琦：《韓魏公集》，收入《叢書集成初編》上海：上海商務印書館，1936 年 6 月。

61. 〔宋〕羅從彥：《豫章羅先生文集》，收入四川大學古籍所編：《宋集珍本叢刊》北京：線裝書局，2004 年 6 月。

62. 〔宋〕蘇洵著：《嘉祐集》臺北：臺灣商務印書館，1965 年 8 月，四部叢刊初編集部，據上海商務縮印無錫孫氏小淥天藏影宋本。

63. 〔宋〕蘇軾：《蘇東坡全集》臺北：世界書局，1964 年 2 月。

64. 〔宋〕蘇軾著、孔凡禮點校：《蘇軾文集》北京：中華書局，1990 年 4 月。

65. 〔宋〕釋惠洪輯：《冷齋夜話》，收入羅振玉輯：《殷禮在斯堂叢書》臺北：藝文印書館，1970 年，日本五山本。

66. 〔元〕吳澄：《吳文正集》，收入《景印文淵閣四庫全書》。

67. 〔元〕馬端臨：《文獻通考》臺北：新興書局，1959 年 1 月。

68. 〔元〕脫脫等撰：《宋史》臺北：鼎文書局，1983 年 11 月。

69. 〔元〕陸友仁：《研北雜志》，收入《百部叢書集成》臺北：藝文印書館，1965 年。

70. 〔宋〕王安石撰、李雁湖箋註、〔元〕劉須溪評點：《箋註王荊文公詩》臺北：廣文書局，1960 年 3 月。

71. 〔明〕吳訥、徐師曾著：《文章辨體序說·文體明辨序說》臺北：長安出版社，1978 年 12 月。

72. 〔明〕茅坤評選：《王荊公文鈔》臺北：臺灣中華書局，1970 年 3 月。

73. 〔明〕黃佐：《翰林記》上海：上海商務印書館，1936 年。

74. 〔明〕馮琦撰、陳邦瞻增訂、張溥論正：《宋史紀事本末》臺北：臺灣商務印書館，1965 年 5 月。

75. 〔明〕鄒元標：《願學集》，收入《景印文淵閣四庫全書》。

76. 〔清〕王之績：《鐵立文起》，收入王水照編：《歷代文話》，第四冊。

77. 〔清〕王夫之：《夕堂永日緒論外編》，收入《四庫禁毀書叢刊補編》北京：北京出版社，2005 年 8 月。

78. 〔清〕方宗誠：《讀文雜記》，收入王水照編：《歷代文話》，第六冊。

79. 〔清〕方苞：《望溪文集》臺北：臺灣中華書局，1965 年 11 月。

80. 〔清〕方苞:《古文約選》臺北:廣文書局,1969 年 3 月。

81. 〔清〕包世臣:《藝舟雙楫》臺北:臺灣商務印書館,1968 年 6 月。

82. 〔清〕朱仕琇撰、徐經輯:《朱梅崖文譜》,收入王水照編:《歷代文話》,第五冊。

83. 〔清〕朱景昭:《論文蒭說》,收入王水照編:《歷代文話》,第六冊。

84. 〔清〕何焯:《義門讀書記》上海:上海古籍出版社,1992 年 7 月。

85. 〔清〕李紱:《李穆堂詩文全集》,據清道光辛卯(十一)年珊城阜祺堂重刊本影印,1998 年。

86. 〔清〕李紱:《秋山論文》,收入王水照編:《歷代文話》,第四冊。

87. 〔清〕李漁:《笠翁別集》,收入《李漁全集》杭州:浙江古籍出版社,1998 年 6 月。

88. 〔清〕吳德旋撰、呂璜整理:《初月樓古文緒論》,收入《叢書集成初編》上海:上海商務印書館,1939 年 12 月。

89. 〔清〕姚範:《援鶉堂筆記》臺北:廣文書局,1971 年 8 月。

90. 〔清〕袁枚:《小倉山房尺牘》,收入《袁枚全集》杭州:江蘇古籍出版社,1993 年 9 月。

91. 〔清〕袁枚:《隨園詩話》臺北:漢京文化,1984 年 2 月。

92. 〔清〕徐松纂輯:《宋會要輯稿》臺北:新文豐出版社,1976 年 10 月。

93. 〔清〕孫梅:《四六叢話》臺北:臺灣商務印書館,1968 年 9 月。

94. 〔清〕陳康黼:《古今文派述略》,收入王水照編:《歷代文話》,第九冊。

95. 〔清〕張謙宜:《更定文章九命》,收入王水照編:《歷代文話》,第四冊。

96. 〔清〕焦循:《易餘籥錄》臺北:文海書局,1968 年 2 月。

97. 〔清〕黃以周等人輯:《續資治通鑑長編拾補》臺北:世界書局,1961 年 11 月。

98. 〔清〕黃宗羲編選:《明文海》,收入《景印文淵閣四庫全書》。

99. 〔清〕畢沅撰:《續資治通鑑》臺北:臺灣中華書局,1965 年 11 月。

100. 〔清〕馮應榴輯注:《蘇軾詩集合注》上海:上海古籍出版社,2001 年 6 月。

101. 〔清〕葉元墀:《睿吾樓文話》,收入王水照編:《歷代文話》,第六冊。

102. 〔清〕葉矯然:《龍性堂詩話續編》臺北:廣文書局,1973 年 9 月。

103. 〔清〕劉大櫆:《論文偶記》,收入王水照編:《歷代文話》,第四冊。

104. 〔清〕劉熙載:《藝概》臺北:廣文書局,1969 年 4 月。

105. 〔清〕蔡上翔:《王荊公年譜考略》,收於〔宋〕詹大和等撰,裴汝誠點校:《王安石年譜三種》北京:中華書局,2006 年 6 月。

106. 〔清〕蔡絛《鐵圍山叢談》，收入《知不足齋叢書》北京：中華書局，1999
     年 6 月。

107. 〔清〕魏禧：《日錄論文》，收入《叢書集成續編》上海：上海書店出版
     社，1994 年 6 月。

108. 〔清〕儲欣輯：《唐宋十大家全集錄》，收入《四庫全書存目叢書》臺南：
     莊嚴文化，1995 年。

109. 〔清〕儲欣：《唐宋十大家文集》，收入《四庫全書存目叢書》臺南：莊
     嚴文化事業，1997 年 6 月。

110. 〔清〕顧棟高輯：《司馬溫公年譜》，收入〔明〕馬巒、〔清〕顧棟高撰：
     《司馬光年譜》北京：中華書局，2006 年 6 月。

二、近人著作（以作者姓名筆劃多寡爲排列順序）

（一）專　書

1. 王水照：《宋代文學通論》高雄：高雄復文圖書出版社，2000 年 6 月。

2. 王兆鵬、黃崇浩編選：《王安石集》南京：鳳凰出版社，2006 年 11 月。

3. 王基倫：《唐宋古文論集》臺北：里仁書局，2001 年 10 月。

4. 王晉光：《王安石詩探索》馬尼拉：德揚公司，1987 年 1 月。

5. 王晉光：《王安石詩技巧論》西安：陝西人民出版社，1992 年 11 月。

6. 王晉光：《王安石論稿》臺北：大安出版社，1993 年 11 月。

7. 王晉光：《王安石八論》臺北：大安出版社，2006 年 8 月。

8. 王夢鷗等著：《中國文學的發展概述》臺北：中央文物供應社，1982 年 9
   月。

9. 方元珍：《王荊公散文研究》臺北：文史哲出版社，1993 年 3 月。

10. 方笑一：《北宋新學與文學——以王安石爲中心》上海：上海古籍出版社，
    2008 年 6 月。

11. 吉川幸次郎著、鄭清茂譯：《宋詩概說》臺北：聯經出版事業，1977 年 4
    月。

12. 江菊松：《宋四六文研究》臺北：華正書局，1977 年 9 月。

13. 余英時：《朱熹的歷史世界》臺北：允晨文化，2007 年 1 月。

14. 何寄澎：《北宋的古文運動》臺北：幼獅文化事業，1992 年 8 月。

15. 吳雪濤：《蘇文繫年考證》呼和浩特：內蒙古教育出版社，1990 年 2 月。

16. 李之亮箋注：《王荊公文集箋注》成都：巴蜀書社，2005 年 5 月。

17. 李德身：《王安石詩文繫年》西安：陝西人民教育出版社，1987 年 9 月。

18. 李震：《曾鞏年譜》蘇州：蘇州大學出版社，1997 年 12 月。

19. 李燕新：《王荊公詩探究》臺北：文津出版社，1997 年 12 月。

20. 呂思勉：《宋代文學》上海：上海商務印書館，1929 年 10 月。

21. 呂慧鵑、劉波、盧達編：《中國歷代著名文學家評傳》濟南：山東教育出版社，1984 年 5 月。

22. 林紓：《文微》，收入王水照編：《歷代文話》，第七冊。

23. 林紓：《春覺齋論文》，收入王水照編：《歷代文話》，第七冊。

24. 林科棠：《宋儒與佛教》臺北：臺灣商務印書館，1968 年 1 月。

25. 祝尚書：《北宋古文運動發展史》成都：巴蜀書社，1995 年 11 月。

26. 苗書梅：《宋代官員選任和管理制度》開封：河南大學出版社，1996 年 6 月。

27. 柯昌頤編：《王安石評傳》上海：上海商務印書館，1947 年。

28. 柯敦伯：《王安石》上海：上海商務印書館，1935 年 4 月。

29. 姚瀛艇：《中國經學史論文選集》臺北：文史哲出版社，1993 年 3 月。

30. 施懿超：《宋四六論稿》上海：上海古籍出版社，2005 年 9 月。

31. 袁行霈主編：《中國文學史》北京：高等教育出版社，1999 年 8 月。

32. 高步瀛：《唐宋文舉要》臺北：漢京出版社，1984 年 5 月。

33. 徐文明：《出入自在——王安石與佛禪》鄭州：河南人民出版社，2001 年 9 月。

34. 徐洪興：《思想的轉型：理學發生過程研究》上海：上海人民出版社，1996 年 12 月。

35. 夏長樸：《李覯與王安石研究》臺北：大安出版社，1989 年 5 月。

36. 馬茂軍：《宋代散文史論》北京：中華書局，2008 年 4 月。

37. 馬秀娟：《王安石詩文選譯》成都：巴蜀書社，1994 年 7 月。

38. 梁啟超：《王荊公》臺北：臺灣中華書局，1956 年 9 月。

39. 章培恆、駱玉明主編：《中國文學史》上海：復旦大學出版社，1996 年 3 月。

40. 張仁青：《中國駢文發展史》臺北：臺灣中華書局，1970 年 5 月。

41. 張白山：《王安石》上海：上海古籍出版社，1986 年 8 月。

42. 張宗祥輯錄、曹錦炎點校：《王安石《字說》輯》福州：福建人民出版社，2005 年 1 月。

43. 張祥浩、魏福明：《王安石評傳》南京：南京大學出版社，2006 年 6 月。

44. 張毅：《宋代文學思想史》北京：中華書局，1995 年 4 月。

45. 張檉總策劃：《中國道教大辭典》臺中：東久企業，1999 年 1 月。

46. 郭紹虞：《中國文學批評史》臺北：明倫出版社，1972 年 9 月。

47. 陳衍：《石遺室論文》，收入王水照編：《歷代文話》，第七冊。

48. 陳振：《宋代社會政治論稿》上海：上海人民出版社，2007 年 11 月。

49. 陳植鍔：《北宋文化史述論》北京：中國社會科學出版社，1992 年 3 月。

50. 莫道才：《駢文通論》南寧：廣西教育出版社，1994 年 3 月。

51. 程元敏：《三經新義輯考彙評（三）──周禮（上）》臺北：國立編譯館，
1987 年 12 月。

52. 程元敏：《三經新義輯考彙評（三）──周禮（下）》臺北：國立編譯館，
1987 年 12 月。

53. 程杰：《北宋詩文革新研究》臺北：文津出版社，1996 年 12 月。

54. 曾棗莊、劉琳主編：《全宋文》上海：上海辭書出版社、合肥：安徽教育
出版社，2006 年。

55. 黃啟方：《兩宋文史論叢》臺北：學海出版社，1985 年 10 月。

56. 黃復山：《王安石字說之研究》永和：花木蘭文化出版社，2008 年 9 月。

57. 賈志揚：《宋代科舉》臺北：東大圖書出版社，1995 年 6 月。

58. 葉國良：《石學蠡探》臺北：大安出版社，1989 年 5 月。

59. 楊政烺：《中國古代職官大辭典》河南：河南人民出版社，1990 年 10 月。

60. 楊慶存：《宋代散文研究》北京：人民文學出版社，2002 年 9 月。

61. 慈怡主編：《佛光大辭典》高雄：佛光出版社，1988 年 12 月。

62. 臺靜農：《中國文學史》臺北：國立臺灣大學出版中心，2007 年 10 月。

63. 劉乃昌、高洪奎：《王安石詩文編年選釋》濟南：山東教育出版社，1992
年 12 月。

64. 劉子健：《兩宋史研究彙編》臺北：聯經出版社，1997 年 4 月。

65. 劉正忠：《王荊公金陵詩研究》永和：花木蘭文化出版社，2007 年 3 月。

66. 劉咸炘：《文學述林》，收入王水照編：《歷代文話》，第十冊。

67. 劉師培：《論文雜記》臺北：廣文書局，1970 年 10 月。

68. 劉聲木：《桐城文學淵源考》，收入王水照編：《歷代文話》，第十冊。

69. 劉麟生：《中國駢文史》臺北：臺灣商務印書館，1980 年 8 月。

70. 蔡信發：《文史論衡──論學自珍集》臺北：漢光文化，1993 年 6 月。

71. 蔡興濟：《王安石之學術及作品》臺中：瑞成書局，1960 年 7 月。

72. 蔣伯潛：《駢文與散文》臺北：世界書局，1956 年 10 月。

73. 蔣義斌：《宋代儒釋調和論及排佛論之演進》臺北：臺灣商務印書館，1988

年 8 月。

74. 蔣義斌：《宋儒與佛教》臺北：東大圖書有限公司，1997 年 9 月。

75. 潘富恩、徐余慶：《程顥程頤理學思想研究》上海：復旦大學出版社，1988 年 11 月。

76. 諸橋轍次撰、唐卓群譯：《儒學之目的與宋儒之活動》南京：首都女子學術研究會，1937 年。

77. 錢穆：《中國學術思想史論叢》臺北：東大圖書有限公司，1978 年 7 月。

78. 錢穆：《國史大綱》，收入《錢賓四先生全集》臺北：聯經出版社，1998 年 5 月。

79. 謝鴻軒：《駢文衡論》臺北：廣文書局，1973 年 10 月。

80. 齋藤正謙：《拙堂文話》，收入王水照編：《歷代文話》，第十冊。

81. 簡宗梧：《賦與駢文》臺北：臺灣書店，1998 年 10 月。

82. 顏瑞芳、溫光華：《風格縱橫談》臺北：萬卷樓圖書股份有限公司，2004 年 2 月。

83. 羅聯添：《唐代文學論集》臺北：臺灣學生書局，1989 年 5 月。

84. 龔延明編：《中國歷代官制別名大辭典》上海：上海辭書出版社，2006 年 7 月。

（二）碩博士論文

1. 石佩玉：《王荊公中晚年的心靈世界——以其詩為討論中心》臺中：靜宜大學中文研究所碩士論文，2005 年。

2. 江珮慧：《王荊公詠史詩研究》彰化：彰化師範大學國文研究所碩士論文，2004 年。

3. 李小蘭：《論王安石散文創作中的思維類型》武漢：華中師範大學碩士論文，2004 年。

4. 李唐：《王安石詩歌論稿》哈爾濱：哈爾濱師範大學博士論文，2005 年。

5. 李康馨：《王荊公詩析論》臺北：臺灣大學中文研究所碩士論文，1978 年。

6. 呂青雲：《王安石詠物詩研究》成都：四川大學碩士論文，2006 年。

7. 胡傳志：《論王安石的詩歌創作》四川：四川大學碩士論文，1988 年。

8. 洪雅文：《王安石禪詩初探》臺北：華梵大學東方人文思想研究所碩士論文，2000 年。

9. 夏長樸：《王安石的經世思想》臺北：臺灣大學中文研究所博士論文，1980 年。

10. 翁志萍：《王安石及其散文之研究》臺北：銘傳大學應用中國文學研究所

碩士論文，2005 年。

11. 張沈安：《王安石政論散文研究》瀋陽：遼寧大學碩士論文，2005 年。

12. 張煜：《王安石與佛教》上海：復旦大學博士碩文，2004 年。

13. 梁明雄：《王安石詩研究》臺中：東海大學中文研究所碩士論文，1973 年。

14. 梁貴淑：《王安石絕句探析》臺北：輔仁大學中文研究所碩士論文，1986 年。

15. 陳玉蓉：《歐陽脩與王安石墓誌銘研究──以韓愈文體改創為中心的討論》臺北：政治大學中文研究所碩士論文，2004 年。

16. 陳德財：《王安石墓誌銘研究》新竹：玄奘大學中國語文研究所碩士論文，2004 年。

17. 陳錚：《王安石詩研究》（臺北：東吳大學中文研究所博士論文，1992 年。

18. 郭春輝《王安石政論文研究》臺南：成功大學中文研究所碩士論文，2007 年。

19. 童強：《王安石詩歌研究》南京：南京大學博士論文，2002 年。

20. 廖育菁：《王安石《周官新義》研究》彰化：國立彰化師範大學國文研究所碩士論文，2004 年。

21. 趙鯤：《論王安石的絕句》蘭州：西北師範大學碩士論文，2003 年。

22. 潘文鶯：《王安石詩中女性形象研究》高雄：中山大學中文研究所碩士論文，2005 年。

（三）期刊論文

1. 于大成：〈王安石著述考〉，《國立中央圖書館館刊》（1968 年 1 月），新一卷第三期。

2. 方元珍：〈王荊公散文與其時代之關係〉，《國立空中大學人文學報》（1992 年 4 月），創刊號。

3. 方元珍：《「桃李不言而成蹊」──《文心雕龍》作家論探析》，《文與哲》（2007 年 12 月），第十一期。

4. 何寄澎：〈論歐陽修的「簡而有法」〉，《幼獅學誌》（1987 年 5 月），第十九卷第三期。

5. 李栖：〈王安石的詩學理論與其實際運用的情形〉，《高雄師範學院國文研究所教師論文專輯》（1989 年 6 月），第 2 輯。

6. 李春桃：〈論王安石晚期思想與詩歌〉，《綏化學院學報》（2005 年 2 月），第二十五卷第一期。

7. 吳惠珍：〈臺灣公藏王安石詩文集版本考〉，《臺中商專學報》（1993 年 6

月），第二十五期，文史、社會篇。

8. 金中樞：〈宋代古文運動之發展研究〉，收入《新亞學報》（九龍：新亞書院，1963 年 8 月），第五卷第二期。

9. 林素芬：〈「道之不一久矣」——論王安石的「道一」說〉，《臺大中文學報》（2002 年 12 月），第十七期。

10. 倪志僩：〈北宋古文學之新發展〉，《東方雜誌》（1983 年 10 月），第十七卷第四期。

11. 夏長樸：〈尊孟與非孟——試論宋代孟子學之發展及其意義〉，《中國哲學》瀋陽：遼寧教育出版社，2002 年 4 月。

12. 夏長樸：〈一道德以同風俗——王安石新學的歷史定位及其相關問題〉，收入彭林主編：《中國經學》桂林：廣西師範大學出版社，2008 年 4 月，第三輯。

13. 郭預衡：〈北宋文章的兩個特徵〉，《社會科學戰線》（1985 年 3 月）。

14. 張仁青：〈宋代駢文新探〉，《第一屆宋代文學研討會論文集》高雄：高雄復文圖書出版社，1995 年 5 月。

15. 陳友冰：〈中國大陸宋文研究綜論（1979～2006）〉，漢學研究通訊，2007 年 2 月。

16. 陶豐：〈王安石新學興廢述〉，收入王水照主編：《新宋學》上海：上海辭書出版社，2001 年 10 月，第一輯。

17. 莫礪鋒：〈論王荊公體〉，《南京大學學報》（哲學・人文・社會科學）（1994 年），第 1 期。

18. 程元敏：〈三經新義與字說科場顯微錄〉，收入《屈萬里先生七秩榮慶論文集》臺北：聯經出版事業公司，1978 年 10 月。

19. 黃盛雄：〈王安石之文論〉，《靜宜學報》（1978 年 6 月），第一期。

20. 葉國良：〈唐宋哀祭文的發展〉，《臺大中文學報》（2003 年 6 月），第十八期。

21. 鄒陳惠儀：〈曾鞏與王安石關係剖析〉，《嶺南大學中文系系刊》（1998 年 6 月）。

22. 楊果：〈宋代「兩制」概說〉，《秘書之友》（1989 年）。

23. 楊果：〈宋人墓誌中的女性形象解讀〉，《東吳歷史學報》（2006 年 6 月），第十一期。

24. 詹杭倫、曹麗萍：〈論楊萬里四六文的創作特色——兼論南宋四六文對六朝駢文的繼承〉，《宋代文學研究叢刊》（2007 年 6 月），第十四期。

25. 廖育菁：〈兩岸王安石研究回顧與未來發展（1949～2007）〉《漢學研究通訊》（2008 年 11 月），第 27 卷第 4 期。

26. 蔡文彥：〈試析論王安石議論文〉，《孔孟月刊》（2000 年 3 月），第三十八卷第七期。

27. 蔡崇禧：〈論梁啓超的《王荊公》〉，人文中國學報（2004 年 5 月），第十期。

28. 鄭芳祥：〈歐陽脩「以文爲四六」探析〉，《人文集刊》（2006 年 4 月），第四期。

29. 徐洪興：〈論唐宋間的「孟子升格運動」（下）〉，《孔孟月刊》（1993 年 12 月），第三十二卷第四期。

30. 劉成國：〈王安石江寧講學考述〉，收入《中華文史論叢》上海：上海古籍出版社，2003 年 10 月。

31. 劉靜貞：〈女無外事？——墓誌碑銘中所見之北宋士大夫社會秩序理念〉，《婦女與兩性學刊》（1993 年 3 月），第四期。

32. 龔鵬程：〈宋代文化在中國的地位〉，收入黎活仁主編：《宋代文學與文化研究》臺北：大安出版社，2001 年 10 月。

（四）報　紙

1. 邱鋒：〈新發現的一封王安石家信〉，《光明日報》，1976 年 8 月 9 日。

三、非書資料

1. 〔宋〕馬永卿輯：《元城語錄》國家圖書館古籍影像檢索系統，明萬曆丁巳（四十五年，1617）魏縣知縣區龍禎刊本。